Né en 1962 à Toulouse, influencé par Hitchcock, Kubrick, De Palma et Tarantino, initié aux arts martiaux et bassiste rock à ses heures, Philip Le Roy vit à Vence. Après deux premiers polars coup de poing, il emprunte la voie du samouraï pour enquêter sur la mort, forcer les portes du Vatican et s'imposer comme une des révélations françaises du thriller ! *Le Dernier Testament* a reçu le Grand Prix de littérature policière en 2005.

DU MÊME AUTEUR

Le Dernier Testament
Au diable vauvert, 2005
et « Points Thriller », n° P1477

La Dernière Arme
Au diable vauvert, 2007
et « Points Thriller », n° P1839

Couverture dangereuse
Au diable vauvert, 2008
et « J'ai lu », n° 6175

Léviatown
Baleine, 2007

Evana 4
Au diable vauvert, 2009

La Dernière Frontière
Au diable vauvert, 2010
et « Points Thriller », n° P2696

La Porte du Messie
Le Cherche Midi, 2014

L'Origine du monde
Le Cherche Midi, 2015

Philip Le Roy

POUR ADULTES SEULEMENT

ROMAN

Au Diable Vauvert

À Vanessa et à Johanna

TEXTE INTÉGRAL

ISBN 978-2-7578-0249-6
(ISBN 2-290-30927-3, 1re publication poche)

Pour faire un adulte,
il faut tuer un enfant…

PREMIÈRE PARTIE

Break on through to the other side...[1]
Jim MORRISON

1. *Passe de l'autre côté...*

1

Au-delà des deux minuscules pinces dorées, il y avait l'infinité du désert avec l'horizon pour frontière. Depuis des milliards d'années, le soleil inépuisable y brûlait le sable, les rochers, les arbustes squelettiques. La lumière blanche ressemblait à un immense flash photographique déclenché chaque jour à l'aube, coincé pendant une seconde d'éternité jusqu'au crépuscule. La chaleur endémique sur le bitume liquéfié exhalait une brume visqueuse et hyaline, ondulant au-dessus de la route qui partageait le paysage. Vu d'ici, à un centimètre du sol, entre les pinces, tout semblait géant et menaçant. Surtout cette voiture écarlate et sans toit qui venait de s'arrêter en vrombissant comme un gigantesque frelon d'acier. Après un dernier ronflement qui fit croire qu'elle allait éclater, elle se tut, lâchant quelques craquements métalliques vite étouffés par le silence du néant.

Il valait mieux ne pas bouger, éviter d'attirer l'attention, à l'ombre protectrice du buisson desséché. Le ruban de goudron noir était peu fréquenté, ce qui rendait la traversée presque sûre. Mais contrairement aux autres automobiles qui marquaient leur passage d'une violente rafale, celle-ci venait de s'arrêter. Le cas était suspect.

La portière de la décapotable s'ouvrit sur une paire de bottes en lézard qui contournèrent le véhicule. Une adolescente aux longs cheveux noirs apparut. Celle-ci était bien trop frêle pour porter des santiags de cette taille. Car ici, on s'y connaissait en pointures. La chaussure était la première chose que l'on remarquait chez un être humain et souvent la dernière.

Clok !... Pshiiit... La fille aux cheveux de jais dégagea son doigt de l'anneau d'aluminium et ferma ses paupières en faisant couler le breuvage édulcoré dans sa gorge déshydratée. Le spectacle était banal bien que trop rare dans le coin pour ne pas susciter l'intérêt. Elle éructa, froissa la boîte d'aluminium rouge, la jeta, scruta l'horizon de ses yeux verts et s'éloigna en marchant lentement, comme si le trajet l'avait épuisée.

L'arrière-train du véhicule bougea. Désormais il fallait choisir quoi surveiller, car le champ visuel n'était pas suffisamment large pour contenir à la fois l'auto à gauche et la jeune fille qui s'éloignait à droite.

Va pour l'auto ! Un grognement s'en échappa. Deux menus poings roses montèrent vers le ciel, suivis d'une chevelure blonde, bouclée, ébouriffée, puis d'une silhouette en pyjama blanc. Une fillette. Quelque chose d'étrange la liait à l'autre personne en dehors de leur appartenance à l'espèce humaine : la peur. On la lisait aisément sur leurs visages.

La fillette inquiète chercha son aînée qui s'était accroupie pour marquer son territoire. Elle appela d'une voix aiguë, s'éjecta de la voiture et atterrit sur la terre qui trembla, projetant un nuage de poussière et une avalanche de cailloux qui roulèrent jusqu'au buisson. À une centaine de centimètres, des baskets venaient de se poser sans se soucier du cataclysme microcosmique qu'elles venaient de déclencher. Un cri perçant acheva de troubler la torpeur des lieux écrasés par la chaleur. Un son si soudain, si strident qu'il présageait un sinistre assassinat.

Une ombre menaçante noircit le ciel sous la forme d'une semelle de santiag taille 44, avant de s'écraser brutalement.

2

Julie aplatit d'un coup de botte le scorpion qui avait menacé Venus, paralysée face à l'arthropode venimeux qui la toisait à l'ombre de l'herbe sèche. Alertée par ses hurlements, elle s'était précipitée pour neutraliser l'aiguillon rebelle sous son talon.

Sccrraassh... !

Elle empoigna la gamine et l'entraîna jusqu'à la voiture. Elle aussi avait eu peur, pas du scorpion, d'autre chose de beaucoup plus dangereux.

— Je suis soif, dit la petite Américaine.

Pliée au-dessus de la portière, Julie ramassa une boîte de Coca-Cola et la tendit à Venus.

— Du Coca, ça ira ?

Elle avait décidé de s'arrêter, pas longtemps, car le soleil cognait. La chaleur engourdissait. Le goudron collait. La lumière aveuglait. Elle ajusta des lunettes noires et s'assit derrière le volant en fixant la route qui se rétrécissait à l'horizon, vers une destination inconnue.

Heureusement qu'elle avait déniché ces santiags et un pack de Coca-Cola dans le coffre de la Mustang. Venus était en train de boire en imitant le bruit d'un broyeur d'évier, lorsque les coups de feu claquèrent à nouveau... Les oreilles de Julie bourdonnaient de ces détonations qui l'avaient réveillée la nuit précédente dans une luxueuse villa de Bel Air. Elle avait fui ; cent cinquante miles n'avaient pas suffi. Elle remonta les grosses Ray-Ban qui dévalaient l'arête lisse de son nez et essuya la sueur perlant sur son visage bronzé.

— On y va, dit-elle à Venus en allumant la radio :

...tried to run, tried to hide.
break on through to the other side...

— *Where is Mum ?*

La question qui tuait. « Où est Maman ? »

Comment lui avouer que sa mère, son père, son frère avaient été assassinés six heures auparavant. Pour l'instant, il s'agissait d'éluder le sujet.

— Tu n'as pas faim ?
— Non.
— Tu veux m'aider à trouver un téléphone ?
— Ici ?
— Les méchants cesseront de nous poursuivre quand nous en aurons trouvé un.
— Ils nous poursuivent encore ?
— Je crois qu'on les a semés.
— Semés ?
— Comment dit-on en français ?... Je sais même plus...

3

David incarnait cette publicité dans laquelle un garagiste installé dans le désert ne voyait passer devant chez lui que des Toyota qui bien sûr n'éprouvaient pas le besoin de s'arrêter. Les rares automobilistes s'aventurant sur cette route qui l'avait conduit jusqu'ici ne cherchaient pas d'essence : on ne s'enfonce pas dans le désert sans prendre ses précautions. Pour David, cela n'était pas gênant. Au contraire. Il pouvait lire toute la journée sans être dérangé. Un livre par jour. En ce moment, il dévorait l'œuvre complète de Tony Hillerman dont il savourait la façon d'associer la culture navajo aux règles du polar, de substituer les paysages lumineux et grandioses aux ruelles sombres et pluvieuses.

Son seul problème venait de son patron : verrait-il longtemps un avantage à payer un étudiant français pour s'occuper d'une station-service dans un endroit aussi vide que les rues de Rome pendant une finale de Coupe du monde de football ? Avant de repartir David profitait de la situation. Il s'évadait en lisant Hillerman, fusionnait avec le paysage en écoutant les Pink Floyd, versait quelques gouttes d'essence en grappillant d'occasionnels pourboires. C'était sa conquête de l'Ouest.

Parti de New York six mois plus tôt, il avait pratiquement traversé le pays, avançant au gré des petits boulots payés au noir et de l'obligeance des routiers qui acceptaient de partager leur route avec un *frenchy*. Quand il en aurait fini avec ce job il rejoindrait la Pacific Coast Highway reliant San Francisco à Los Angeles. Le rêve américain pour une poignée de dollars. À vingt ans, David jugeait que la vie était belle.

4

— Ils vont suivre nous longtemps ces enculés ?

— Ces quoi ? s'étonna Julie.

— Ces encul...

— Faut pas dire ça, Venus !

— Qu'est-ce que j'ai mal dit ?

— À ton âge, tu ne dois pas prononcer des gros mots.

— Pourquoi, il y a un âge pour utiliser des grands mots ?

— Des gros mots, pas des grands mots ! Non, il n'y a pas d'âge, par contre cela n'est pas beau dans la bouche d'un enfant.

— Les mots doivent être beaux même pour les choses qui sont pas belles ?

— Écoute j'en sais rien !

— Tu m'as pas répondu.

— Je te répète que j'en sais rien !

— Non pas à cette question, à l'autre ! Ils vont suivre nous encore ces enc... euh !...

— T'as qu'à dire ces enfoirés, ce sera moins grossier.

— Est-ce que ces enfoirés vont suivre nous longtemps ?

— Nous devons rouler jusqu'à ce qu'on repère un téléphone. Après, je t'expliquerai ce que tu voudras.

— Tu m'expliqueras aussi pourquoi maman n'est pas venue avec nous ?

— Oui.

Au volant de la Ford Mustang caméléon qui commençait à prendre la couleur du désert, Julie changea de fréquence, invitant The Smashing Pumpkins à s'exprimer :

... welcome to nowhere fast
nothing here ever lasts...

— T'aimes cette musique, Julie ?

— Oui, pas toi ?

— Yaarrk !

— Qu'est-ce que tu aimes, toi ?

— Les 3T !

— Les quoi ?

— Les 3T ! ! Taj, T.J. et Tarryl ! Ils sont de la famille de Michael Jackson. Ils habitent Hidden Hills, dans la banlieue de Los Angeles. Tu sais quoi ? Ils ont accepté de venir chanter pour mon anniversaire. T'aurais vu la tête de mes copines !

— Je connais pas. En général je préfère vos chansons aux nôtres. Surtout celles des années 1960 et 1970.

— Comment ça se fait que tu préfères les chansons américaines aux chansons françaises si tu ne comprends pas les paroles ?

Julie pour qui les noms de « Superclochard », « Scarabées », « Grande détresse », « Reine », « Simple d'esprit », « Toi aussi », « Pierres qui roulent », « Pistolets du sexe » ne signifiaient rien, alors qu'en anglais ils voulaient tout dire, ébaucha une savante comparaison qui allait largement dépasser Venus.

— C'est comme lorsque un Américain commande dans un restaurant français un plat dont il ne comprend pas le nom. Ce qui est important, c'est le goût.

— J'aime pas la cuisine française.

— Qu'est-ce que tu aimes de la France ?

Pendant que Venus réfléchissait à sa réponse, Julie plissa ses paupières. Elle n'osait plus y croire. Miracle ou mirage, une cabine téléphonique était plantée devant une station-service oasienne ! La Mustang vint buter sur l'obstacle comme pour s'assurer qu'il était bien réel.

En touchant le sol, Julie s'imagina à la place d'Armstrong posant un pied sur une terre inconnue.

Ouf! Le téléphone fonctionnait.

Biiiiiiiiiiiiiiiiiiiiiiiiiiiiip... La tonalité résonna à ses oreilles et lui fit plus d'effet qu'un riff de Santana. L'objectif désormais était de joindre l'opérateur pour se connecter à la police.

— Police ?

Elle grimaça en entendant la voix aiguë de l'opératrice.

— Merde, je capte rien... Venus, viens vite !

Comme un animal bien dressé, Venus sauta hors de la décapotable.

— Explique-lui qu'on veut la police.

La gamine s'agrippa au combiné géant et commença sa phrase en anglais. Une phrase qu'elle n'eut pas le temps de terminer.

5

La cabine téléphonique symbolisait pour elles la fin du cauchemar, le retour à une réalité rationnelle. L'appel était donc important, leur ouïe exclusivement sollicitée, leurs autres sens relâchés. Elles étaient concentrées sur leur interlocutrice invisible, lorsque soudain l'appareil se disloqua en même temps qu'une détonation leur perça le tympan. Dans le quart de seconde qui suivit, Julie aurait pu reculer pour se dégager de la trajectoire du cadran en pleine éjection et des balles destructrices. Heureusement, sa réaction fut adaptée à la situation. Conditionnée par une nuit de cavale, elle se projeta au sol contre Venus, laissant la rafale d'arme automatique poursuivre son balayage saccadé dans le vide. Protégées par la Mustang, elles sentirent les balles siffler sur leur tête, plus menaçantes que l'épée de Damoclès et les serpents des Furies d'Andromaque réunis. Elles avaient échappé à la première salve, s'octroyant quelques minutes de sursis.

6

Chee avançait prudemment le long de la piste, restant à l'abri des genévriers. Il n'eut pas besoin d'aller bien loin...

Punk ! Punk ! Punk ! Punk ! Punk ! Punk !

En entendant la rafale d'arme automatique qui n'avait aucun lien avec le nom du mouvement incarné par les Sex Pistols excepté peut-être le slogan « *no future* », David referma son livre et se précipita à la fenêtre. Dehors, c'était Beyrouth. Un 4 x 4 kaki et une Oldsmobile noire étaient garés de chaque côté de la route. De leurs véhicules, des policiers et des soldats tiraient sur une Ford Mustang décapotable qui tremblait sous l'impact des balles. À ses roues, devant la calandre, deux filles étaient couchées. David n'avait jamais vu un tel spectacle de sa vie, en dehors des salles de cinéma. Face au drame qui était venu se nouer devant lui en plein désert, il devait intervenir. Malheureusement, il n'était pas dans un film. Tout en s'efforçant de se remémorer les scènes du genre, David se rongea les ongles. Que faire ? Cela ne servait à rien de grignoter de la corne, ni d'appeler les flics, puisqu'ils étaient déjà là. Le problème, c'est qu'ils étaient en train de tirer sur deux gamines !

Il fouilla le magasin jusqu'à ce qu'il dénichât une batte de base-ball en plastique mauve à l'effigie de Mickey. Il empoigna l'objet avec fermeté et détermination avant d'y nouer un vieux chiffon blanc taché de graisse. Profitant d'une accalmie, il sortit en agitant ce qui lui servait de drapeau blanc.

— Punk ! Punk ! Punk ! Punk ! répondirent les assaillants.

La salve déchiqueta son dérisoire symbole de reddition et l'obligea à battre en retraite. L'option de la capitulation venait de lui être refusée. Le tir nourri d'artillerie reprit de plus belle.

David progressa vers la fenêtre qui vola en éclats. « Une balle perdue », songea-t-il pour se persuader qu'on ne le visait pas. Le temps lui parut très long. Pourtant, depuis qu'il avait refermé son livre, il ne s'était passé que trois minutes. Les filles allaient mourir s'il ne tentait rien.

Lorsqu'il se décida à appeler la police faute de meilleure idée, le téléphone était coupé. La pluie de métal avait endommagé la ligne. Il ne manquait plus qu'une balle aille faire exploser les pompes à ess…

— Mais oui bien sûr ! s'exclama-t-il.

Tout en soliloquant pour se galvaniser, il ramassa un jerrican d'essence dans lequel il bourra son chiffon blanc, fouilla sa poche, fit claquer son Zippo. À proximité de sa cible, il n'eut pas de mal à toucher les pompes avec son projectile enflammé. Contrairement à ses prévisions, l'explosion fut quasiment instantanée. Un gigantesque brasier s'éleva dans le ciel, ceinturé par un anneau de fumée. Il eut à peine le temps de se retrancher derrière son comptoir que des déchiquetures de tôles traversèrent la fenêtre pour aller se planter dans le mur comme les lames d'un lanceur de couteaux. Désormais, il ne maîtrisait plus rien. Le feu avait pris les commandes. Quels dégâts avait-il causés dehors ?

David pesait le pour et le contre de son initiative, lorsqu'il entendit la porte du magasin s'ouvrir au milieu des crépitements d'armes automatiques et des explosions sporadiques, puis se refermer sur le raffut. Tremblant à l'abri de son comptoir, il saisit une clé à molette et se leva en empruntant un air martial.

Adossées au distributeur de boissons, main dans la main, Julie et Venus suffoquaient. Le Français fixa les deux rescapées et lâcha la clé qui atterrit sur son orteil. Derrière la crasse qui couvrait leurs visages et leurs vêtements, il les jugea jeunes, belles, héroïques. La grande devait avoir au moins dix-huit ans. De longs cheveux noirs frisés faisaient ressortir la finesse de ses traits, durcis par des yeux verts égarés. Le débardeur qu'elle portait faisait apparaître un ventre plat, réservé à ces femmes qui n'ont pas donné la vie, entouré par une grosse ceinture en cuir qui retenait un Levi's déchiré au bout duquel pointaient deux santiags.

La petite devait avoir sept ou huit ans. Blonde, le regard bleu, la bouille sale, vêtue d'un pyjama qui avait dû être blanc jadis.

L'inspection de David dura bien trente secondes, sans qu'un seul mot fût prononcé. David se racla la gorge et s'exprima dans un mauvais anglais :

— *Who are you ?*

— *Help !...*, répondit Julie.

— *What's going on ? Why all these guys outside are after you ?*

Julie se tourna vers Venus.

— Qu'est-ce qu'il dit ?

— J'ai pas compris. Il a un drôle d'accent.

Le Français allait de surprise en surprise.

— Vous êtes françaises ?

— Vous aussi, conclut Julie. Merci, vous nous avez sauvé la vie !

David venait de tomber amoureux. Le vacarme dehors le fit se ressaisir.

— C'est quoi tout ce tremblement ? Vous avez assassiné le président des États-Unis ?

— Est-ce que le téléphone fonctionne ?

— Répondez-moi d'abord.

Julie se détacha de Venus pour décrocher le combiné qui resta muet.

— Merde, qu'est-ce qu'on fait ?

Elle analysa la situation à travers le trou béant qui avait remplacé la fenêtre. Dehors, les explosions avaient laissé la place aux flammes et à un épais nuage noir qui masquait les assaillants.

— Vous avez une voiture ?

— Non. Le patron en a une. Le problème c'est qu'il est pas là en ce moment.

— Y a pas une seule caisse dans ce garage ?

— En fait c'est une station-service.

— Merci pour le service. Vous avez repoussé notre mort de quelques minutes.

La fillette qui n'avait pas bronché jusque-là se mit soudain à pleurer.

— C'est rien ma grande, on va s'en sortir, je te le promets, dit Julie pour la consoler.

— C'est votre sœur ?

— Non.

Le feu avait déjà pratiquement tout dévoré autour de la boutique. Le 4 x 4 et l'Oldsmobile avaient disparu. David s'évertuait à régler la radio.

— Plus de courant, dit-il.

Julie fixait la route déserte.

— Il revient quand ?

— Le courant ?

— Non, votre patron.

— À 17 heures.

— Génial ! ironisa-t-elle.

— Tu crois qu'ils sont partis ? s'inquiéta David, s'autorisant le tutoiement à la suite de ces quelques minutes d'intense complicité.

— Non.

La porte arrière du magasin explosa sous l'impact d'une roquette. Un soldat bâti comme un char d'assaut entra dans le local comme à la guerre, mitraillant tout devant lui. Après avoir vidé son arme, il examina les lieux. Personne. Le canon fumant de son arme automatique effectua un mouvement gyroscopique avant de s'immobiliser sur les toilettes. Le colosse glissa un autre chargeur dans sa machine à tuer et se soulagea en éparpillant la menuiserie aux quatre coins de la pièce. Il avança d'un pas désorienté en roulant sur les douilles avant de stopper net. Un cric énorme venait de s'écraser contre son visage bovin dans un bruit similaire à celui que fait un boucher tranchant gaillardement une côte de bœuf. Le soldat s'écroula en même temps que le cric tombait des mains de Julie qui se précipita vers le congélateur. À l'intérieur, Venus s'était recroquevillée au milieu des Häagen-Dazs et des Mister Freeze, tremblant de froid, de peur, de tout. Figé derrière une pile de batteries en promotion, David était sidéré.

— Bouge-toi ! Il n'est pas tout seul, cria Julie.

— Qui êtes-vous ?

David s'était remis à la vouvoyer.

— La fille au pair.

— Quoi ?

— Oui, la fille au pair, la baby-sitter, la garde du corps, l'exterminatrice. C'est au choix. Ça dépend des moments.

— On va crever, putain ! Alors dis-moi au moins si je suis du côté des bons !

— Pourquoi, ça se voit pas ?

— Ils s'en vont ! s'exclama Venus agrippée à une brèche dans le mur.

— Ils vont revenir.

Venus blêmissait. David alla lui chercher un Mister Freeze, mais la fillette voulait bien plus. Partir d'ici. Revoir sa maman, son papa. Julie la consola comme on peut consoler une enfant que l'on a sortie du lit en pleine nuit pour fuir le chaos : en la serrant très fort dans ses bras, sans bouger, sans un mot, longuement. David respecta ce silence, jusqu'à ce qu'il soit rompu par le rugissement d'un camion.

— Non ! Reste ici !

Julie s'était retournée vers le seuil que David venait de franchir, courant déjà vers le poids lourd flambant neuf qui rutilait sous le soleil du désert Mojave. La première détonation la fit sursauter. La deuxième lui fit couler une larme. La troisième fut couverte par le coup de frein du camion qui laissa son empreinte sur l'asphalte moelleux. Face au spectacle cataclysmal de la station calcinée, le routier descendit de son truck made in USA. Sa masse musculaire couverte de poils, de tatouages et d'un débardeur XXL aurait pu paraître salvatrice, si en chemin il n'avait pas rencontré un policier, si ce policier n'avait pas été l'un des tueurs et si à cet instant le Mac 10 d'un type en battle-dress n'avait pas été pointé sur la tempe de Venus.

Rassuré par le flic, le routier remonta dans sa cabine climatisée, sans remarquer, à quelques mètres de ses roues, le corps d'un jeune homme gisant sur le sol, trois balles dans le dos, une glace fondue dans la main. Cet été, David ne terminerait pas *La Voie du fantôme* de Tony Hillerman et ne réaliserait pas son rêve américain.

7

Face à la mort, l'humain peut puiser en lui la force de ce que Nietzsche appelait le surhumain. Julie était sur la corde raide tendue au-dessus de l'abîme et il était dangereux de s'arrêter ou de regarder en arrière. Alors elle allait de l'avant. Son instinct de conservation prenait le dessus, ses sens étaient hypertrophiés, ses forces décuplées. En d'autres circonstances, elle aurait pu servir de cobaye aux chercheurs en biologie du comportement. Débarrassée de son affectivité, de sa mémoire, de son vécu, elle utilisait son cerveau reptilien, celui qui lui assurait la survie. Sa force venait aussi de Venus dont elle se sentait responsable. Elle avait deux vies à sauver.

Julie lorgnait Venus qui la fixait sans rien dire, les traits tirés, sombrant dans un état second. Une arme plus grosse que son visage était collée sur sa tempe. Julie se donna trois secondes pour agir. Trois. Le soldat allait tirer. Elle ne devait compter que sur elle, car Venus ne serait d'aucun secours. Deux. Il fallait vite une idée pour que le militaire cesse de braquer la petite. Ensuite, elle aviserait.

— *Kill him !!!* cria-t-elle en direction d'un complice imaginaire.

Dans un mouvement circulaire indécis que Julie perçut comme un ralenti, le tueur en treillis dirigea son arme vers la caisse enregistreuse et tira. Elle ne vit plus que l'arme qui hoquetait en crachant la mort. Profitant de la légère déstabilisation de son adversaire, elle plongea brusquement en avant pour le pousser contre le mur. Le Goliath en kaki lâcha une rafale hasardeuse avant de s'empaler sur une langue d'acier fourchue que l'explosion des pompes avait plantée là. Au terme de trois secondes et demie d'action surdécoupée qui avait enchaîné les ralentis et les accélérations, le Mac 10 tomba lourdement sur le sol. Julie le ramassa et cacha Venus derrière le comptoir. Les assaillants devaient surestimer le nombre des assiégés. Elle espérait se servir de cet avantage psychologique, lorsque tout un pan du magasin trembla et se déchira dans un vacarme assourdissant à faire passer un son numérique THX DTS pour un vulgaire couac. Les bidons d'huile savamment rangés sur un rayon s'enflammèrent.

— Cours jusqu'à la voiture, Venus ! *Run ! run !*

La fillette, que l'apathie rendait méconnaissable, se déplaça comme un zombie et s'enfonça dans la fumée en direction de la Ford Mustang. Julie leva son pistolet-mitrailleur, fit feu sur des ombres et des bruits jusqu'à ce qu'un clic signalât qu'il était vide, puis détala vers la Ford.

Venus s'était allongée à l'arrière, ses deux mains collées sur les oreilles. Julie tourna la clé de contact. La voiture refusa de démarrer. Au loin une camionnette apparut. Une nouvelle chance de s'en sortir ?

— Cours vers cette voiture, Venus ! Vite !

Julie entraîna sa protégée sur la route face à la camionnette qui zigzagua pour éviter d'écraser les deux filles aux allures de folles.

8

Désert Mojave. 6 juillet. 10 h 30.

Je viens de tuer deux hommes. Deux morts pour sauver deux vies. Drôle d'équation. Comment j'en suis arrivée là ? J'écris ces lignes pour laisser un témoignage de ce qui s'est passé cette nuit. Je n'aurai peut-être pas l'occasion de le faire de vive voix..

J'écris pour me justifier, et pour exorciser ce cauchemar qui me hante. Je crois que cela s'appelle une catharsis.

Excusez-moi, messieurs les policiers, si vous lisez ceci vous serez obligés de vous servir d'un dictionnaire.

9

Venus dormait sur le canapé du mobile home. Julie envia l'innocence de l'enfant qui parvenait à s'échapper du monde réel. À travers la fenêtre, elle observa l'homme qui les avait arrachées in extremis des griffes des deux policiers qui n'avaient pas réussi à les suivre dans ce coin perdu de Californie. Sans qu'elles sollicitent quoi que ce soit, il les avait recueillies chez lui. Julie était désorientée par l'insondable profondeur de la mesquinerie humaine. Elle l'était encore plus quand elle rencontrait du désintéressement.

Assis sur une brique, un fusil posé sur les genoux, un chien couché à ses pieds, Dick Spaceck fixait le lointain en écoutant la *Toccata* de Bach que torturait une radiocassette déglinguée. Avec sa silhouette fragile, sa gueule chiffonnée, ses cheveux en bataille, sa chemise élimée, son regard perdu, il lui évoquait Philippe Léotard, version côte Ouest. Dick guettait « *The Big One* », le tremblement de terre qui effacerait un jour la Californie de la carte. Assis sur la faille de San Andreas, il imaginait déjà l'océan Pacifique devant sa caravane.

Julie songea à son père, à la Côte d'Azur, à la vie qu'elle y menait. Elle essaya de composer avec sa mémoire qui se mit à bombarder des flashs sur du Bach. Flash-back.

10

BLAAAM ! La détonation fit sursauter Julie. Cela faisait quatre jours qu'elle avait posé sa valise, aussi elle ne reconnut pas d'emblée sa nouvelle demeure quand elle ouvrit les yeux. Le cri de Nicole, la mère de Venus, la glaça jusqu'au sang.

BLAAAM ! La deuxième détonation fit taire ce cri d'effroi qui avait pénétré dans chacune des nombreuses pièces de la luxueuse villa. Des pas martelaient l'escalier, des portes claquaient, des objets étaient renversés... Julie, qui ne portait qu'un débardeur, enfila un jean à la hâte et ouvrit la porte de sa chambre. Son nez heurta l'uniforme d'un policier.

BLAAAM ! Elle sursauta à nouveau et s'adressa au flic qui ne l'avait pas vue :

— *What... ?*

Le policier, qui avait plus de poils sous le nez que sur le crâne, fit volte-face. Depuis son enfance, Julie détestait les moustaches ; celles de cet homme étaient tellement volumineuses qu'on aurait pu les utiliser comme brosses roulantes pour un *carwash*. Il tenait un fusil à pompe dans sa main gauche. De la droite, il fit coulisser le fût sur le canon. Grande consommatrice de films américains, Julie savait que le fusil pointé sur elle venait d'être rechargé. Une cartouche était prête à jaillir par simple pression sur la détente. Elle referma, se jeta par la fenêtre, dégringola du toit de la terrasse, s'accrocha aux branches d'un jacaranda et se lâcha au-dessus d'un massif. Heureusement que les propriétaires avaient décidé à la naissance de Venus de remplacer les cactus du jardin par des camélias.

— Venus ! s'exclama Julie devant la piscine.

Elle l'avait oubliée. Trois coups de feu seulement avaient été tirés. Il restait donc au moins une personne vivante à l'intérieur. Si c'était Venus, il fallait aller la chercher. Ce n'est pas que Julie prenait à cœur son rôle de fille au pair, seulement vivre le reste de sa vie en sachant qu'elle avait abandonné une gosse de sept ans à une mort certaine ne la branchait pas du tout.

BLAAAM ! À ses pieds, une margelle vola en éclats. Elle plongea, nagea sous l'eau jusqu'à l'autre extrémité du bassin et tenta d'en sortir vingt mètres plus loin aussi vite qu'elle y était entrée. Un soldat barrait la porte d'accès à la cuisine.

PSHHHHHHH !

L'adrénaline jaillit des glandes surrénales de Julie avec un débit proche de celui de l'eau des arroseurs automatiques. Le militaire s'éloigna pour se mettre à l'abri de la fine pluie artificielle, donnant à Julie l'opportunité de pénétrer dans la villa sans se faire remarquer. À l'intérieur, l'adolescente engagea une course contre la montre, en fonçant dans le noir, enfilant le couloir, le vestibule, l'escalier, un corridor encore, pour arriver enfin devant la chambre qui jouxtait la sienne : celle de Venus. Elle se glissa discrètement dans la pénombre. Lit vide. Peu familiarisée avec l'agencement elle tâtonna, devinant l'alcôve aménagée en salon de beauté, l'immense dressing, le lit à baldaquin, la montagne de peluches… qui se mit à bouger ! Entre Piglet et Droopy, l'une d'elles se dandinait. Un reptile de plus d'un mètre de long, couvert d'écailles pointues ! Julie recula, heurta la commode et renversa un cadre dans lequel on pouvait reconnaître Venus à cinq ans posant pour une publicité des jouets Dakin. Elle se figea. L'animal s'était réfugié sous le sommier et la fixait. Dans sa panique, elle n'avait pas reconnu Higgins, le varan de Venus. Elle qui avait peur du moindre lézard n'aimait pas trop Higgins.

Elle essaya de combattre son émotion et toucha les draps froissés. Ils étaient froids. La fillette devait s'être levée depuis un moment. Où était-elle ? Dans la chambre de son frère ? Julie se précipita au bout du couloir. Jeremy était couché sur le plancher, les bras en croix, les poumons perforés sous un tee-shirt blanc qui avait pris l'apparence du drapeau japonais. Elle enjamba le cadavre pour s'introduire dans la pièce. Venus dormait dans le lit de son frère. Les coups de feu ne l'avaient pas arrachée à ses songes somnambuliques ; pas même celui qui avait touché Jeremy en pleine poitrine.

— Venus ! Venus !

La gamine grogna avant de lui présenter son dos. Julie la porta dans ses bras. Des pas dans l'escalier les obligèrent à se réfugier dans la chambre de Venus et à se cacher dans le dressing. M. Kleinfeld avait utilisé la moitié de cet espace pour y aménager une maison de poupée, à plusieurs étages, accessible par une ouverture de la taille d'une Barbie. Julie en souleva le toit, pour enfoncer à coups de talon les cinq étages et les réduire à un simple rez-de-chaussée qu'elle occupa entièrement avec Venus.

Quelqu'un entra, en reniflant sur fond de grésillement de talkie-walkie, et marcha lentement vers le dressing. Julie cala le toit sans bruit au-dessus de sa tête et de celle de Venus qui émit un grognement léthargique. Par l'une des fenêtres trouant la fine façade de balsa, elle distingua les rangers d'un soldat qui fouillait la penderie. Un cintre heurta la cheminée de la maisonnette. Julie resta immobile jusqu'à ce que le silence soit devenu total. Elle était incapable de prendre une décision. Rester là jusqu'au matin ? Sortir maintenant et alerter la police ? La police ? Leur dire quoi ? Que des flics avaient massacré une famille innocente ?

Elle se dégagea de sa cachette en laissant la fillette dormir. Les lieux semblaient avoir été balayés par un cyclone. Higgins, qui n'avait pas bougé d'une écaille, la regarda traverser la pièce.

Elle longea le couloir, descendit l'escalier et se retrouva dans le hall. Malgré tout ce qu'elle venait de vivre, elle n'était pas préparée à ce qu'elle allait découvrir en entrant dans la chambre de Nicole et Benjamin Kleinfeld. Ce qu'elle vit pendant une seconde devait rester gravé dans son esprit. Une vision qu'elle tenta d'effacer en fermant aussitôt les yeux. Trop tard, sa mémoire l'avait enregistrée. Deux corps déchiquetés, du sang tapissant les murs et maculant les draps, des projections de chair sur la moquette. Elle retint un hoquet. La peur, l'horreur, les tueurs, la sueur, l'odeur lui donnèrent la nausée. Il fallait se ressaisir, prendre des initiatives, sauver Venus, téléphoner… Elle se dirigea vers le téléphone mural situé dans la cuisine ; un Post-it rose était collé sous l'appareil et indiquait le numéro de la police, à composer en cas d'urgence… À l'autre bout du fil, une voix nasillarde baragouina un dialecte proche du gargarisme. La Française sollicita tout son anglais :

— *Please come… there are three dead… my address is six zero three North Hill Street, Bel Air… please come… help…*

L'interlocutrice continua à se rincer l'arrière-bouche tout en se pinçant le nez. Julie réitéra son appel au secours et, à court de vocabulaire, raccrocha pour contacter son père en France. Comme elle le présageait, le répondeur se mit en marche. Elle préféra ne laisser aucun message. De toute façon, il était en voyage d'affaires, quelque part en Asie.

Elle remonta au premier étage pour aller chercher Venus, qui sortait des toilettes :

— *What time is it ?*

— On va faire un jeu, ma puce. On va se cacher jusqu'à ce que la police arrive.

— C'est pas nuit ?

— Justement c'est plus amusant. Tu vas voir.

— *'know what ?* J'ai réveillé dans le maison des poupées.

Julie entendit soudain un bruit de moteur, des portières claquer, quelqu'un appeler.

— Déjà ? s'étonna-t-elle.

— *Anybody here ?*

La voix venait du vestibule. Julie ordonna à Venus de ne pas bouger et descendit. En bas, un grand flandrin habillé en policier la dévisageait avec des yeux très rapprochés, séparés par un nez aquilin. Il s'adressa à elle sur un ton autoritaire.

— *I am French !* le coupa-t-elle.

L'adolescente désigna la chambre des Kleinfeld au policier qui examina brièvement le lieu du carnage.

— *Where is the little girl ?*

Croyant avoir mal compris, elle le fit répéter.

— *Where is the little girl ?* répéta-t-il lentement, en articulant.

Comment pouvait-il savoir qu'il y avait une petite fille ? Un frisson glacial traversa le dos de Julie.

— *One minute please*, marmonna-t-elle en s'éloignant.

Pour la quatrième fois de la nuit, elle remonta l'escalier monumental. Contrairement à ce qu'elle espérait, le policier la suivit. Elle l'entraîna dans la chambre de Jeremy.

— *Here !* dit-elle en montrant l'extrémité de la pièce qui communiquait avec une salle de bains.

Malgré la climatisation, le policier transpirait. Il posa sa main sur son arme et se dirigea vers l'endroit qu'elle lui avait indiqué. Julie recula discrètement, sortit la clé de la serrure et referma violemment la porte. À peine eut-elle verrouillé qu'une décharge troua la porte au niveau de sa hanche. Le souffle de la mort passa à quelques millimètres. Se sentant du coup invulnérable, elle vola sans hésiter au secours de Venus en train de chausser ses baskets.

— Viens vite !

Elle traîna l'enfant comme si elle avait voulu lui arracher le bras. Elles dévalèrent l'escalier et se réfugièrent dans le garage.

— Merde ! Où sont les clés ?

— Quelles clés ?

— De la Mustang !

— Dans le hall.

— Attends-moi ici.

Au premier étage, le flic était en train de vider son arme dans la serrure de la porte qui le retenait provisoirement prisonnier. Lorsque son collègue fit irruption dans l'entrée, Julie reconnut d'abord les moustaches. Elle hésita. À mi-distance entre elle et lui il y avait un guéridon surmonté d'un calice serti de pierres semi-précieuses et contenant un trousseau de clés beaucoup plus précieuses. Elle bondit sur la coupe et se rua vers Venus en verrouillant derrière elle.

La voiture démarra au quart de tour et le panneau électrique bascula. On lui avait dit que les voitures automatiques sont faciles à conduire. C'était le moment de vérifier. Julie desserra le frein, écrasa une pédale de son pied nu, propulsa deux cents chevaux dans la rampe d'accès et déboucha instantanément dans North Hill Street sous les lumières rouges et bleues d'un gyrophare. Elle accéléra et tourna brusquement dans Sunset Boulevard.

— Qu'est-ce que tu fais ? Pourquoi tu t'arrêtes pas ? s'inquiéta Venus.

— Ce sont des faux policiers, ils veulent nous tuer.

— Où sont papa et maman ?

Julie ne répondit pas. À 4 heures du matin et à douze mille kilomètres de chez elle, dans un pays dont elle ne parlait pas la langue, témoin du massacre de la famille Kleinfeld et traquée par la police, la jeune fille au pair s'échappait au volant d'une voiture qui ne lui appartenait pas. À ses côtés, la gamine de sept ans qu'elle avait sauvée ignorait que les flics à leurs trousses venaient d'assassiner ses parents et son frère !

Julie ne savait pas où aller, pourtant il fallait fuir, et le plus rapidement possible...

11

Sunset, Beverly, Wilshire, Westwood, Santa Monica Boulevards. L'échappée de Julie ressemblait à un itinéraire touristique. Elle freina sur Ocean Avenue. Devant elle, la plage et l'océan si pacifique. Elle tourna à gauche, roula sur le trottoir, s'engagea sur la piste cyclable heureusement déserte, quitta le bord de mer en s'engageant sur Ashland Avenue. Julie conduisait n'importe comment, n'importe où, pourvu qu'elle distançât ceux qui la suivaient. Elle prit la direction d'Inglewood et se retrouva sur Manchester Boulevard. Au niveau de Hoover Street, la voiture de police doubla la Mustang. Julie braqua brusquement à droite et s'enfonça dans les rues d'un quartier délabré, jusqu'à s'y perdre.

Devant ses phares se dressaient huit tours formées de câbles d'acier, de béton et de morceaux de verre. Des sans-abri faisaient brûler du carton dans des poubelles rouillées. Sans le savoir, Julie avait pénétré sur le territoire des street gangs, quartiers noirs de Noirs, regroupant 450 bandes et 80000 combattants, principalement d'obédience Crips ou Bloods.

C'est ici, entre South Central et Watts, que l'on ramassa 58 morts et 2400 blessés au cours de la semaine d'émeutes qui avait suivi l'acquittement des policiers matraqueurs de Rodney King. Cela, Julie l'ignorait, comme la plupart des touristes étrangers qui ignorent qu'aux States, la frontière est parfois mince entre les quartiers sûrs et les quartiers durs. Maintenant qu'elle avait distancé les traqueurs, Julie cherchait une cabine téléphonique. Après avoir décroché un combiné sous lequel manquait le clavier, elle découvrit un appareil qui fonctionnait. Venus se chargea de la conversation, expliquant l'urgence de la situation au policier qu'elle avait réussi à joindre.

— Il demande où nous sommes.

— Au croisement de la 107e Rue et de... Watts Avenue.

Venus donna sa position au téléphone.

— Il demande si c'est une blague. Pourquoi ?

— Insiste, explique-lui que nous sommes perdues et que des poli… des types veulent nous tuer.

Venus répéta en anglais ce que venait de lui dire Julie et raccrocha.

— Il envoie une voitrouille de pature, euh, une voiture de patrouille.

Les deux filles regagnèrent leur voiture.

— J'ai un plan ! s'exclama Julie.

— Lequel ?

— Celui-là.

Julie lui montra une carte de Los Angeles qu'elle avait tirée de la boîte à gants.

— C'est ça ton plan ?

— *Hello sweeetiiies !* chanta une voix avec un accent black et rap.

Elles se retournèrent simultanément. Un Noir au crâne rasé était planté là, haut comme un réverbère, monté comme un basketteur, vêtu d'une chemise et d'un pantalon bleus. L'uniforme des Crips. Il ressemblait à Michael Jordan, le ballon et les dollars en moins. Il se plia en deux, au-dessus d'elles.

— *Looking fo' somethin'?*

— Est-ce qu'on cherche quelque chose ?

— Dis-lui qu'on a rendez-vous avec la police.

Le Black continuait à rapper sans musique. Venus servait d'interprète.

— D'après lui, c'est dangereux de rester ici. Il propose de guider nous.

— *No thank you,* répondit Julie nerveusement en poussant le levier de vitesse sur la position « Drive ».

Le Black sauta sur la banquette, réduisant les amortisseurs à leur taille minimum.

— Venus, ordonne-lui poliment de descendre, car nous ne sommes pas intéressées par son offre.

La fillette toisa le Noir qui s'était répandu à l'arrière de la décapotable en débordant des deux côtés.

— *Get out!*

Le Black approcha son visage de la fillette et cria « Bouh ! » ce qui la fit reculer.

— *What do you want?* baragouina Julie.

— *Havin' a fuckin' ride! That's the only fuckin' thing I can hardly get for free. So you drive and shut your little fuckin' and pretty mouth...*

La seule chose que Julie comprenait en dehors des « fucking », c'était qu'une foule de badauds balèzes commençait à encercler la Mustang. Elle libéra la pédale de frein et enfonça celle de l'accélérateur, roulant sur les sneakers des piétons malintentionnés qui laissèrent au passage sur la carrosserie des marques de couteaux, de chaînes de vélo et de barres à mines.

— *Turn left!* claironna le Noir.

Julie tourna à gauche en essayant de repousser une paire de baskets géantes à moitié lacées qui venaient d'atterrir sur le tableau de bord.

— *Turn left!*

Elle tourna encore à gauche. Le Black se replia pour allumer la radio et manipula le bouton tuning comme une poignée de baby-foot, jusqu'à ce que du rap violent fasse vibrer les enceintes 4 x 80 watts. Julie baissa le volume. La lame d'un cran d'arrêt, rutilante comme un collier en argent, jaillit sous sa gorge.

Gangster-X, ainsi surnommé à l'époque où ce Crips pur et dur cassait du Bloods, retrouva avec nostalgie ce bon vieux réflexe du *Natural Born Killer*. Car depuis la trêve de mai 1992 entre les bandes rivales la lame n'avait plus eu l'occasion de s'émousser. Gangster-X avait alors choisi de se reconvertir dans les relations publiques en faisant le pitre devant les caméras de télévision qui enregistraient la fraternisation des ex-frères ennemis et la réhabilitation de South Central.

— *Listen to me, juicy pussy, ya don't fuck with me or I cut ya. Got it?* menaça-t-il.

Venus traduisait ce qu'elle pouvait. Car le langage du Noir était plutôt vert. Elle faisait de son mieux, malgré la peur et la fatigue qui la poussaient à se retrancher derrière les larmes légitimes d'une enfant surprotégée qui découvrait la réalité en vrac.

— Il dit qu'il faut pas l'embêter... qu'il est cool, que si on est en vie c'est grâce à lui... que si personne ne nous attaquées c'est à cause qu'il est avec nous... il veut juste guider nous... Il dit qu'il faut prendre la 110, là, à droite.

— *Telephone ?*

Julie imita un combiné téléphonique avec sa main.

— *Who you gonna call ? Ghostbusters ?* fredonna Gangster-X.

— C'est une joke... commença Venus.

— Ouais, je connais le film moi aussi. Quel conard ce type !

— *Who you gonna call ?* répéta-t-il.

— La police ! clama Julie.

Le Black sortit à nouveau son couteau qu'il avait prématurément rangé.

— Je crois qu'il a compris. Ça se dit pareil en anglais, précisa Venus.

— *No, no, police not for you !...*

Julie préféra tout sortir en anglais sans passer par les services de traduction bénévolement offerts par Venus. À peine eut-elle terminé sa phrase qu'une voiture de police apparut dans son rétroviseur.

— *Fucking shiiit ! ? !* chanta Gangster-X.

La Mustang roulait vite sur la Harbor Freeway 110, ce qui ne l'empêcha pas de se faire tamponner avec une telle violence que le pare-chocs se décrocha, racla le bitume et mordit dans les roues du véhicule de police qui la collait au train.

— Alors, ducon, tu vas nous défendre avec ton canif ? ironisa Julie.

— Je traduis ?

— *Turn right !*

Julie vira tellement vite que son passager faillit voler par-dessus bord. À la sortie de l'autoroute, la Mustang continua de filer à la même vitesse dans les rues défoncées de Downtown. Le Blackos commanda à Julie de stopper au niveau du terminal Greyhound, plutôt craignos. Malgré l'heure avancée de la nuit, une faune composée de dealers, de zonards, de Noirs, de Mexicains encercla la voiture rouge, devenue en quelques secondes l'attraction du quartier. Gangster-X s'en éjecta pour entamer un rituel gestuel, communiquant par d'étranges signes de mains et de doigts, baragouinant un dialecte scandé. À la fin de son entretien, il s'approcha de Venus et prononça des mots plus intelligibles qu'elle s'empressa de traduire :

— Les *cops* n'oseront pas venir ici.

Gangster-X cligna un œil vers Julie qui ne se sentait pas tellement plus rassurée.

— Et qu'est-ce qu'on fait maintenant ?

Pas la peine de réfléchir longtemps. Malgré les paroles sécurisantes du géant noir, la voiture de flics venait de les rejoindre, accompagnée d'une Oldsmobile noire. Julie qui n'avait pas relâché son attention accéléra. Gangster-X eut juste le temps de s'accrocher à la portière et de monter en marche. Un coup de fusil enfonça le rideau de fer tagué d'une boutique. Les deux véhicules filèrent à l'assaut de la Mustang, tout en déchargeant leurs munitions sur tout ce qui bougeait.

En suivant les indications de son passager, Julie fit demi-tour sur Broadway, se faufila dans le ghetto comme dans un jeu vidéo et roula jusqu'au niveau de la Santa Monica Freeway. Les poursuivants avaient à nouveau disparu. Le Black ordonna à Julie de s'arrêter et sauta du véhicule. Venus lui servit une dernière fois d'interprète :

— Il dit que c'est trop dangereux de nous servir de guide... que si on veut quitter la ville, c'est tout droit... qu'il ne sait pas ce qu'on a fait et qu'il ne veut pas le savoir... Son nom est Gangster-X et il nous souhaite bonne chance...

L'ex-Crips en donna cinq à Venus qui tenta de reproduire le signe de ralliement, paume contre paume, qu'elle avait vu plusieurs fois à la télévision. Il s'approcha ensuite de Julie et l'embrassa sur la bouche avant qu'elle n'eût le temps de réagir.

— *Come back soon in L.A.!*

Julie s'essuya la bouche et se frotta les yeux : devant elle se déroulait un long ruban d'asphalte jusqu'à une lueur laiteuse signalant que le soleil ne saurait tarder à étirer ses rayons. Elle accusa un passage à vide. Le rap lui râpait les tympans. Elle titilla le tuning et resta sur Bon Jovi qui hurlait « *Keep the faith* » d'une voix rock rauque. Il fallait qu'elle garde la foi.

12

La solitude est une étrange maladie qui par définition n'est pas contagieuse puisqu'il faut être seul pour l'attraper. L'incubation peut durer des années, puis un jour, sans prévenir, une crise éclate et c'est la chute, soudaine, brutale, parfois mortelle.

Aussi triste qu'une chanson de Nick Cave et aussi paumé qu'un héros de Tim Burton, Dick Spaceck était atteint de cette terrible affection. Sa femme l'avait quitté pour un autre type et avait obtenu la garde de leurs deux enfants. Classique. Dick en avait fait une dépression. Logique. La Columbia en pleine restructuration y avait trouvé une excuse pour le virer de son poste d'*executive*. Fatidique.

Dick vivait désormais au milieu du désert, dans un mobile home rouillé, conduisait une camionnette déglinguée, nourrissait un chien pouilleux et recueillait occasionnellement des jeunes filles poursuivies par des tueurs.

Après s'être remémoré sa nuit cauchemardesque pour mieux la résumer sur papier, Julie frissonna en songeant qu'elle n'était protégée que par cet homme sans défense.

Elle mordillait le crayon qu'elle lui avait emprunté lorsqu'elle s'aperçut qu'il sentait le tabac. Elle le ressortit de sa bouche et se pencha au-dessus d'un carnet offert par Dick et dont Venus avait eu le temps de barbouiller la première page. Elle commença son récit par :

« *Cette nuit-là, je me suis réveillée dans un cauchemar...* »

Elle ne se sentait pas à l'aise, ni vraiment à l'abri dans cette caravane visible de loin comme un sex-shop au centre de Téhéran, ignorant qu'elle avait rejoint le meilleur des refuges. Dans une ville, on se cache. Dans le désert, on s'efface. Pour combien de temps Dick Spaceck leur avait sauvé la vie ? Le brave homme avait cédé l'intérieur de sa caravane à ses hôtes et s'était couché dehors, à côté de son chien et de sa radio en reniflant quelques dollars. Julie continua d'écrire.

13

Désert Mojave. 6 juillet. 11 h 30.

Dick Spaceck nous a délivrées de l'enfer, tel un ange ridé sur son nuage rouillé. Certes il est un peu destroy. Il nous a fait monter dans sa camionnette et nous a emmenées loin des tueurs, dans un paysage sans route et sans ville, où les cactus remplacent les feux rouges et les rochers les gratte-ciel. En s'écartant des pistes et en tirant parti du relief, Dick a semé les flics qui étaient à nos trousses et nous a hébergées sans poser de question. Bien entendu, il n'a pas le téléphone. Au début, j'ai pas voulu rester, mais Venus était trop naze. Nous nous sommes alors incrustées dans son mobile home un peu glauque. La gamine s'est écroulée sur un canapé défoncé. Dick, défoncé lui aussi, m'a proposé de l'alcool. J'ai d'abord cru qu'il me proposait de désinfecter ma blessure (je me suis fait mal avec le cric). En fait c'était pour boire. J'ai donc bu. Ça ne m'a pas aidée à dormir, au contraire ça m'a filé un coup de fouet. Je suis trop speedée. J'ai peur de voir les tueurs débarquer à tout moment. J'ai peur de recevoir une balle. J'ai peur de mourir. Le pire dans l'histoire, c'est de ne pas savoir pourquoi ces flics font ça. Je me force à écrire pour ne pas devenir dingue. J'essaie de me convaincre que ce que j'ai fait n'est pas si nul.

J'ai sauvé une gamine de 7 ans.

Peut-être que je suis devenue enfin mature. C'est mon père qui va être content, lui qui me reproche sans cesse d'être irresponsable, d'avoir aucun sens de l'initiative, d'être assistée. Après la mort de maman et cette nouvelle épreuve, j'ai l'impression d'avoir changé, de m'être décâblée de la génération « Hélène et les garçons ». Fini le trip fringues et boyfriends. En une nuit, j'ai fait plus de choix importants qu'en 19 ans. Je me suis battue pour survivre. Je n'étais pas préparée à ça. Bienvenue dans le monde des adultes.

Tout à l'heure, Dick a éternué au moment où il sniffait de la coke. Il s'est mis à jurer à cause de la marchandise qu'il venait de lourder au milieu de sa morve, dans le creux de sa main. Pas dégoûté, il a collé sa paume contre ses narines pour tout renifler. Depuis quelques heures, je découvre tout en bloc. Le crime, la drogue, la misère au programme de la soirée.

D'après les traductions de Venus, Dick Spaceck récupère tous les déchets laissés par les bagnoles sur la route pour créer des sculptures. Je les ai vues qui traînaient derrière le mobile home. Venus en a trouvé une qui ressemblait à E.T. Elle a beaucoup d'imagination ! La pauvre ! Elle aussi débarque de son cocon. Pour l'instant, elle réalise pas trop. Je n'ai pas la force de lui avouer ce qui est arrivé à ses parents.

Des interrogations m'assaillent continuellement. Qui sont ces policiers criminels ? Pourquoi ont-ils massacré toute une famille ? Pourquoi nous traquent-ils ? Comment prévenir la police sans risquer de retomber sur eux ? Que faire ?

14

Julie souleva son crayon qui resta suspendu au-dessus du carnet. Elle évalua la décision qu'elles venaient de prendre. Elles avaient choisi de poursuivre leur cavale jusqu'à Santa Fe où résidait Zach, le grand-père de Venus. Lui saurait quoi faire. C'était aussi une façon de donner un but à la fillette tout en repoussant temporairement le moment tragique où il faudrait qu'elle apprenne la mort de ses parents et de son frère.

Depuis des années, Zach avait rompu les relations avec sa fille et son gendre, pour une raison qui faisait partie de ces secrets que les adultes confient rarement aux enfants. Néanmoins, Venus aimait bien son grand-père, surtout depuis qu'il lui avait acheté un cheval qu'il élevait dans son ranch du Nouveau-Mexique. Un achat qui, malgré la réticence des parents, justifiait qu'elle fît le déplacement l'été à Santa Fe. Du moins jusqu'à cette année où Nicole et Benjamin Kleinfeld avaient opposé un veto définitif à ces séjours qui rendaient Venus chaque fois un peu plus agressive à leur égard.

Dans ce choix de prolonger leur cavale jusqu'à Santa Fe, la gamine voyait une manière de transgresser ce veto injustifié. Il s'agissait d'un cas de force majeure que ses parents accepteraient aisément.

Le mobile home se mit à tanguer sur le désert transformé en océan. E.T. tenait le gouvernail tandis que Dick envoyait des coups de canon sur un bateau de pirates commandé par un Capitaine Crochet arborant de longues moustaches. Julie rêvait déjà. Pour la première fois, elle oublia Venus et ne chercha pas à savoir si elle avait bien embarqué sur le navire. Ses paupières se fermèrent avant qu'elle n'eût le temps de poser son crayon. Le sommeil se montrait enfin plus fort que la tempête.

15

« Dieu m'a dépêché ici pour racheter vos studios. » C'est ainsi que Pat Flanagan, deux cents livres derrière sa cravate et une dizaine seulement dans sa bibliothèque, en incluant huit versions de la Bible, avait fait son entrée dans le bureau du directeur d'une station de télé locale au bord de la faillite. Pour une poignée de dollars, complétée par des financements occultes, Pat Flanagan était devenu télévangéliste. Il avait baptisé sa chaîne « I CAN[1] », mauvais acronyme pour désigner l'Indépendant Christian American Network[2]. Vaticinateur des temps modernes, cet ancien représentant pour un fabriquant de laxatifs révolutionnaires n'avait pas son pareil pour convaincre son auditoire. Anti-homo, anti-libéral, anti-violence, anti-avortement, anti-étrangers, anti-tout, il ratissait large. Il avait son site sur Internet, aux côtés de ceux de l'Aryan Nations, du White Pride World Wide ou de ZOLTAN, un obscur groupuscule qui lui avait fourni l'argent sale pour grossir ses fonds propres.

Ce matin-là, comme après chacune de ses prestations télévisées, Pat, dans sa Cadillac, rejoignait son hacienda du Nouveau-Mexique qu'il s'était payée cash à coups de sermons. Cela aurait été un matin comme les autres, s'il n'y avait pas eu cette histoire de meurtres qui l'obsédait.

Sa femme Becky, grosse comme une dinde de Thanksgiving farcie aux marshmallows, se cultivait devant « La Roue de la fortune ».

— Tu as vu ce massacre à Los Angeles ? clama Pat en débarquant chez lui.

— J'ai vu ça à la télé, quelle horreur ! compatit la grosse dinde.

1. « Je peux. » *(N.d.A.)*
2. Ou I.C.A.N., réseau américain et chrétien indépendant, inventé par l'auteur. *(N.d.A.)*

— Le type qui a été tué, tu sais ce qu'il faisait ?
— Il dormait ? !
— Non, ce qu'il faisait comme métier !
— Avocat ?
— C'était un dévoyé !
— Un avocat alors !
— Non, un gynécologue obstétricien qui pratiquait des avortements, histoire d'équilibrer. Ce mec s'est enrichi sur le dos des nourrissons qu'il massacrait en série.
— Des fœtus, tu veux dire.
— C'est pareil, ce sont des êtres humains. Putain, c'est pas croyable ! Il mérite son sort le salaud.
— Oui, mais sa femme et son fils, tu te rends compte. Et la petite fille qu'ils ont kidnappée, qu'est-ce qu'elle va devenir ?
— Rien à foutre de ce bordel ! Des mecs comme ça, il faudrait tous les supprimer, leur famille avec.
— Voyons, Pat, tu t'emportes !
— Putain, demain je balance un sermon sur l'avortement, avec une émission spéciale et un talk-show anti-IVG ! Tu vas voir les avorteurs avortons comment je les traite moi. Les types qui ont descendu cet enculé, je vais les transformer en héros.
— Pat, tu prends tout ça trop à cœur. Viens t'asseoir. Tu veux revoir ton homélie à la télévision ? Je l'ai enregistrée.

Pat disparut dans la cuisine et attrapa une Budweiser dans le frigo dont la porte était couverte de pieux magnets.

PSSHHHHHTT ! La mousse de la Bud gicla sur les gros doigts bagués.
— Paupiettes de veau ! s'écria Becky devant son écran.

Ses cheveux blond filasse, son nez en patate, ses oreilles roses en forme de charcutaille et ses joues carminées lui donnaient l'apparence d'une choucroute avariée.
— Quoi ? cria Pat.
— J'ai deviné « Paupiettes de veau » ! J'aurais pu gagner une cuisine complète !

Soudain, rugissant et rougissant, Pat déboula dans le salon, la bière dans une main, une bible dans l'autre.

— C'est la guerre ! déclara-t-il à Becky qui en resta bouche bée malgré les marshmallows qu'elle venait d'enfourner.

Pat traversa la pièce et s'engouffra dans son bureau où il se brancha aussitôt sur Internet. Avec la fougue d'un Jerry Lee Lewis, il pianota sur le clavier de son ordinateur, après avoir tapé les lettres ZOLTAN.

16

Une langue râpeuse lui léchait le visage. Julie se réveilla nez à truffe avec Duke, le chien de Dick. Ce dernier l'avait baptisé ainsi en hommage à John Wayne dont les films avaient bercé ou plutôt agité son enfance.

Venus n'était plus là, le mobile home était vide et sentait le café. Julie se rua dehors en paniquant. Personne.

La chaleur accablante faisait fondre tout ce qui pouvait se liquéfier à plus de quarante degrés. Une chambre à air s'était collée sur une calandre de Cadillac comme un gros chewing-gum à la réglisse, créant un objet insolite qui aurait pu trôner dans n'importe quel musée d'art moderne. Aucun signe de vie, aucune trace de douceur, tôle ondulée rouillée, ressorts enchevêtrés, boîtes empilées, bidons vides ayant perdu de leur utilité, enjoliveurs qui n'enjolivaient plus rien, durites égarées par des moteurs mal entretenus, plaques rugueuses, formes savantes, plastifiées, gaufrées, objets divers fabriqués pour une raison qui paraissait aujourd'hui bien lointaine. Dick avait tiré parti de sa décharge en dépannant une équipe de décorateurs qui construisaient un bidonville du côté de Red Mountain pour les besoins d'un long métrage tourné par Johnny Depp.

Julie fit le tour de la caravane, prolongée d'un côté par une véranda de tôles et de cartons qui dispensait de l'ombre à défaut de fraîcheur. Dick exhibait ses sculptures à Venus.

— *Hi Julie ! Look* ce que Dick m'a donné.

Le visage ravagé par le soleil, la cocaïne et l'insomnie, Dick ne paraissait pas au mieux de sa forme. Il arborait cependant un sourire édenté suscité par l'enthousiasme de Venus. Julie examina le morceau de métal recroquevillé que lui tendait la fillette.

— C'est Mickey !

— C'est super ! se contenta de répondre Julie.

— *Breakfast ?* suggéra Dick.

— *Have you got Apple Jacks ?* s'inquiéta la gamine.

— *Just bacon and eggs. I've bought them this morning.*

Pendant leur sommeil, le brave homme avait parcouru plus de cinquante miles pour acheter des œufs et du bacon. Julie accepta l'invitation et incita Venus à faire pareil, même si ses céréales préférées n'étaient pas au menu. Elle proposa de préparer le déjeuner et étala les tranches de lard sur une poêle cabossée qu'elle fit chauffer sur un réchaud asthmatique.

— *Yeark !* fit Venus en adoptant un air dégoûté.

— Il faut que tu manges, dit Julie en battant les œufs.

Dick les observait en reniflant un billet de cinq dollars. Julie était intriguée.

— Je me demande pourquoi il renifle ses billets.

La fillette se renseigna aussitôt et resta perplexe devant sa réponse.

— Il dit que les dollars à Los Angeles sont souvent… euh !… touchés par les dealers et les drogués et… euh ! Les billets gardent des traces de cocaïne.

Dick approcha son visage du réchaud pour allumer une cigarette tordue comme une nouille bouillie qui ondula lorsque ses lèvres laissèrent échapper six mots.

— Il veut savoir où on aimerait aller, enchaîna Venus pénétrée de son rôle de traductrice.

— Ne lui dis pas. Qu'il nous ramène juste sur la route principale.

Julie était soulagée de partir. Elle avait peur qu'il lui arrive un sort identique à celui du Français de la station-service. Au cours du repas elle surveilla la conversation, sans permettre à Venus de donner des précisions sur leur destination. Leurs vies en dépendaient, celle de leur hôte aussi. Elle finit par lui faire croire qu'elles avaient décidé de se rendre à Las Vegas chez une tante de Venus. Il en existait bien une mais à Salt Lake City, en plus de trois cousins installés dans le Colorado et de son grand-père à Santa Fe. Julie n'était pas très fière de son mensonge. Elle se souvint d'une scène dans *Les Canons de Navarone* qui l'avait marquée. Pour la réussite d'une opération militaire, le membre d'un commando avait donné une fausse information à son équipier blessé tout en sachant pertinemment que ce dernier allait subir l'interrogatoire de l'ennemi nazi et qu'il serait torturé pour ce renseignement.

Elle prit un gobelet et se versa du café. Il était brûlant, comme le soleil.

— Où sont les toilettes ? susurra Venus à Julie.

— Je suppose que c'est un peu partout.

— Où ça ?

— Viens, je t'accompagne.

Vingt minutes plus tard, Dick les déposait sur la route 58. Avant de le quitter, Julie le remercia.

— *Thank you, Dick. I am sorry but…*

Julie consulta Venus pour connaître la version anglaise de « J'ai menti ».

— *I lied.*

— *I lied !* répéta-t-elle. *We do not go to Las Vegas. We go to…*

Dick ne lui laissa pas le temps de terminer sa phrase. Il posa son doigt sale sur les lèvres de Julie, monta dans sa camionnette et s'éloigna dans un nuage de sable.

17

Le désert. Ici, le passé se compte en milliards d'années. Julie les compara à ses dix-neuf ans. Au milieu de cette immensité spatiale et temporelle, dans ce paysage taillé pour un géant, elle prenait conscience de son insignifiance, ce qui la rassura presque. Comment pouvait-elle être recherchée par la police, traquée par des tueurs, alors qu'elle n'était rien ?

Autour d'elle le soleil transformait l'espace en fournaise. Paysage plat, route interminable, ciel bleu turquoise, lumière aveuglante malgré les lunettes. Sa chevelure lui pesait. Elle aurait payé cher un coiffeur pour qu'il lui coupe ses longs cheveux auxquels elle tenait tant. Quelle folie d'être venues faire du stop ici ! Elle se promit d'arrêter la prochaine voiture. C'est à ce moment-là que Venus disparut.

Julie ôta ses lunettes par réflexe pour mieux voir. La luminosité était si forte qu'elle dut les remettre aussitôt. Où était donc passée la gamine ? C'était trop bête. Elle avait réussi à la protéger, au-delà de ce que l'on pouvait imaginer, pour finalement la perdre ici. Elle marcha vers un monticule de rochers gardés par un cactus.

— Bip ! Bip !

Elle reconnut la voix d'enfant.

— Venus ! ?

Les boucles blondes surgirent au-dessus du tas de pierres.

— Viens ici !

Julie employa un ton autoritaire inhabituel. La fillette sautillait, se jouant de la chaleur écrasante.

— J'ai vu un *roadrunner* ! J'ai essayé d'attraper lui...

— Un quoi ? s'étonna Julie.

— Un *roadrunner*. Tu connais pas ? T'es nulle. C'est un oiseau. T'as jamais vu le *cartoon* ?

Julie venait de comprendre de quoi elle parlait, lorsqu'une voiture noire sortit du néant. Elle courut dans sa direction en criant et en agitant les bras, en vain.

— C'est ta faute, merde!

Essoufflée, en sueur, Julie secoua la gamine jusqu'à la faire pleurer.

— Excuse-moi, Venus. Je suis en colère parce qu'on a besoin de secours. Cette voiture était notre chance. C'est la seule qui est passée ici depuis un quart d'heure... En plus, on n'a pas une goutte d'eau.

Elles cuisirent dix minutes supplémentaires.

C'est au grondement qu'elle le repéra d'abord, et à sa masse ondulante sous la brume de chaleur. Le géant rouge et chromé approchait à grande vitesse. Julie agita le bras au bout duquel son pouce était tendu. Le camion sembla ralentir. Son museau long et métallique s'arrêta devant les deux filles dans une suite de hoquets et de sifflements. Après s'être reculée par réflexe en collant Venus dans son dos, Julie accosta les quarante tonnes rutilantes qui ronronnaient docilement. Elle prit appui sur le marchepied pour escalader la montagne carénée et se hisser à la hauteur de la vitre fumée qui finit par se baisser, laissant jaillir de la musique country. Torse nu couvert de tatouages, le chauffeur, baraqué comme son bahut, fit signe à Julie de monter.

— *We go to Santa Fe!* déclara-t-elle.

— *No problem!*

Elle ouvrit la porte et tira Venus qui tendait le bras deux mètres plus bas. Le chauffeur bredouilla des commentaires et fit vrombir son monstre qui se mit en branle.

Assise confortablement dans la cabine climatisée, Julie put réfléchir. Le tatoué l'observait du coin de l'œil. Elle était attirante, vêtue d'un débardeur trop court et d'un jean involontairement déchiré. Elle croisa les bras pour masquer son ventre nu. Sous prétexte de manipuler sa radio, le chauffeur effleura sa jambe plusieurs fois.

Elle ne se sentit plus le courage de faire le trajet jusqu'à Santa Fe. Maintenant qu'elle était loin de Los Angeles et qu'elle avait semé les flics ripoux, elle pouvait tenter de recontacter la police.

— *Possible to go to the police?*

— *The police?!??* s'esclaffa le routier en retirant sa main baladeuse.

— Il craint ce mec, confia-t-elle à Venus.

— C'est plutôt moi qui le crains, répliqua cette dernière à qui échappaient les nuances du verbe « craindre ».

— Explique-lui que nous sommes poursuivies par des tueurs et que nous voulons aller à la police.

Venus s'enlisa dans des explications que le chauffeur, pris d'une crise de fou rire gras, sembla taxer d'affabulations. Celui-ci reposa sa pogne poilue sur la cuisse de Julie qui se trémoussa pour se dégager. Les gros doigts serrèrent un peu plus fort. De l'autre main, le routier tout-puissant tenait le volant d'un camion catapulté à plus de cent vingt kilomètres à l'heure. Julie ne chercha plus à le contrarier. Elle devait oublier la patte velue qui grimpait sur elle comme une mygale. Tant qu'ils rouleraient, elle n'avait rien à redouter. Elle envoya un coup de coude à Venus qui somnolait ; si elle restait éveillée, le musclé refrénerait ses ardeurs.

Animée par John Denver, la cabine sentait l'homme seul : une paire de seins en plastique rose se balançait au-dessus d'un matériel radio sophistiqué, des cartes routières et des magazines érotiques couvraient le sol. À l'arrière, elle était transformée en chambre à coucher où un lit défait remplissait l'espace. John Denver fit place à Willie Nelson. Un véritable *best of* de la country music.

— *D'you like country music?*

— *No!* répondit Julie qui était contente d'avoir compris.

Elle ne sut pas si elle l'avait vexé. En tout cas, il ne changea pas de station et ne prononça plus un mot.

18

Deux heures que le Peterbilt rouge était passé en Arizona. Un panneau signala que Flagstaff était à 90 miles. En voyant se dessiner au loin l'enseigne d'une aire de service, Julie mima au chauffeur, avec toute l'ambiguïté que cela comportait, qu'elle avait besoin d'aller aux toilettes.

Il ralentit et aligna son camion comme autrefois les cavaliers alignaient leurs chevaux devant les saloons. Face au restaurant, l'unique voiture qui venait de se garer parmi les mastodontes ressemblait à un modèle réduit.

Julie espérait rencontrer un automobiliste poli et policé, sans casquette ni tatouages, qui les emmènerait très loin, chez le grand-père de Venus à Santa Fe, sans rien exiger en échange. À moins qu'elle ne réussisse à joindre la police. Elle ne savait plus très bien ce qu'elle voulait, elle ne cessait de changer d'avis. Seul lui importait d'être en lieu sûr.

La gargote était pleine d'une clientèle qui s'arrêta de mastiquer du burger et de goulotter de la Bud en voyant apparaître les filles. Deux hommes s'avancèrent dans leurs dos. Quand Julie reconnut les moustaches de l'homme de gauche, c'était trop tard. Le voyage était fini. Paradoxalement, elle était presque soulagée. La fatigue, le stress, les émotions fortes engourdissaient son esprit. Cet état second dans lequel elle entrait ne l'empêcha pas de juger la situation bizarre. Un détail qu'elle ne parvenait pas à définir l'intriguait, détonnait dans le tableau. Venus et elle furent traînées de force vers le véhicule qui s'était rangé entre deux camions. L'Oldsmobile.

— *Excuse me, Sir !?*

Julie se retourna dans l'ombre du tatoué. Du haut de ses deux mètres, il s'adressait au moustachu. Ce dernier l'ignora, poussa les deux gamines sur la banquette, tandis que son collègue au nez aquilin se chargeait d'amadouer l'importun.

— Pourquoi il dit que t'es une criminelle ? s'inquiéta Venus qui saisissait des bribes de conversation.

— Ces sales flics se trompent, répondit Julie.

— Ça signifie quoi « flics » ?

— Chut ! Traduis-moi plutôt.

— Dis-moi d'abord ce que signifie « flics ».

— Un flic, c'est un policier. Ces types sont des policiers, ça se voit pas ?

— Ben non !

Julie allait lui parler méchamment lorsqu'elle réalisa enfin que les policiers qu'elle désignait ne portaient plus leurs uniformes. Ils avaient franchi la frontière d'un autre État. Conservaient-ils leurs droits en Arizona ? Probablement pas. Julie cria au secours par la vitre baissée :

— *Help !! They want to kill us !!*

Elle n'avait jamais autant décliné le verbe *to kill* que depuis cette nuit.

Le moustachu fit volte-face pour la gifler, tandis que son complice efflanqué dispersait sous la menace de son arme les routiers qui s'attroupaient. Après s'être constitué un périmètre de sécurité, les deux hommes montèrent dans l'Oldsmobile et enclenchèrent une marche arrière pour se dégager des deux poids lourds à la suite desquels s'en alignèrent d'autres, jusqu'à constituer un couloir aux murs de moteurs rugissants, sifflants, asphyxiants, assourdissants. Les yeux exorbités, le cou vrillé à 180 degrés, le pied au plancher, le moustachu fit reculer son véhicule le plus rapidement possible pour s'extraire de cet enfer mécanique. À la sortie de ce long corridor improvisé, l'Oldsmobile déboucha sur un terrain vague cerné par un chapelet de camions. Le tueur freina, dérapa, vira sur un tour complet. Des bras vigoureux ouvrirent les portières, arrachèrent les deux gamines de la banquette, pendant que les chevaux d'acier manœuvraient, faisant hennir leurs freins hydrauliques et ronfler leurs diesels. La voie qui s'était créée devant la voiture prisonnière sembla se courber, onduler, changer de direction, s'éloigner du restaurant où elle avait pris naissance. Désorienté, coincé comme un piston dans son cylindre, le tueur accéléra droit devant lui vers l'autre extrémité du seul passage qui lui était autorisé et qui se resserrait comme un goulot. Au bout de sa course, l'Oldsmobile gicla entre deux camions en faisant hurler sa carrosserie compressée et s'échappa comme un projectile.

19

Après avoir accompagné Julie et Venus au bord de la 58, Dick Spaceck s'arrêta sur le sentier rocailleux qui menait à son mobile home. Une canette de Dr Pepper étincelante comme une pépite d'or avait attiré son attention : étonnant de trouver cette boîte d'aluminium sur un chemin que lui seul empruntait. Il descendit, la ramassa et la jeta nonchalamment dans son pick-up, au milieu d'autres tristes récupérations artistiques.

En se rasseyant, il repensa aux deux filles qu'il venait de rencontrer, regrettant un instant de les avoir laissées à leur sort peu enviable, au bord d'une route déserte. Un relent de civilité scintilla dans son esprit poussiéreux. Il eut mauvaise conscience et ralentit. Il aurait pu les emmener au moins jusqu'à l'autoroute. Fidèle à ses principes, en particulier à celui qui consistait à ne pas se mêler des affaires d'autrui, il fila jusqu'à sa caravane.

En arrivant, il s'étonna de ne pas voir Duke. Pas d'aboiement. L'*ex-executive* hollywoodien stationna sa camionnette bringuebalante et entra dans sa caravane bosselée. La pénombre et une forte odeur de tabac avaient envahi les lieux. Le rond rouge d'une cigarette lui révéla une présence. Dick allait ouvrir la bouche lorsque son front percuta le réfrigérateur en panne et ses fesses s'écrasèrent sur une chaise bancale.

— Passe-lui les pinces ! ordonna une voix atone, tandis qu'on lui bandait les yeux avec un torchon sale.

Une paire de menottes serra aussitôt ses poignets dans son dos.

— Qui a assassiné Pancho Villa?

— Quoi?

Un brutal crochet du gauche ouvrit la parenthèse en lui dévissant la tête. Un crochet du droit la referma en la lui revissant dans sa position initiale. Dick perdit conscience momentanément. Une odeur de poulet roussi et une indicible souffrance le ramenèrent vite à la réalité. La flamme d'un briquet venait de s'engouffrer dans ses fosses nasales.

— Ne nous force pas à te tirer les vers du nez.

Dick hurla de douleur, ses larmes jaillissant avec le débit d'un lave-glace. Il se débattit inutilement car il était maintenu fermement par les épaules. Le feu s'éteignit, la voix inconnue continua :

— J'avoue que la première question était difficile. Je vais te laisser une chance. Si tu réponds bien aux deux autres, je ne te torturerai pas. Prêt?

— Qu'est-ce que vous voulez? gémit Dick au bord de la syncope.

— Où sont les deux filles que tu as serrées ce matin?

— Je les ai déposées sur la route 58.

— Où vont-elles?

— À Las Vegas.

— Bravo! Tu viens de répondre les doigts dans le n... Oh! Excuse-moi, j'allais faire un mauvais jeu de mots.

— Qui êtes-vous?

— Disons que nous sommes les anges gardiens des demoiselles que tu as recueillies. Nous les protégeons contre les méchants tueurs qui ont défouraillé à la station-service. Et toi, tu vas nous aider!

— Comment?

— Ne m'interromps pas! Quand nous serons partis, tu iras à la police leur répéter ce que tu viens de nous avouer, à savoir qu'elles se dirigent vers Las Vegas. Tu ajouteras seulement qu'elles t'ont forcé à les conduire jusqu'à l'Interstate 15 et que malgré leurs menaces, tu as préféré les dénoncer aux autorités.

— Je ne comprends rien.

— On te somme de répéter, pas d'interpréter. Tu sais très bien, comme nous d'ailleurs, que les gamines ne vont pas à Las Vegas. Comme tu as prouvé que tu savais mentir, tu vas continuer à le faire auprès de la police. Si tu refuses de nous donner ce coup de pouce, on reviendra un jour ou une nuit, dans une semaine ou dans un mois, pour t'incinérer vivant avec ton briquet. Là, tu t'en tires avec deux méchants coquards, la mort de ton clébard et quelques poils de nez grillés. C'est clair ce que je te dis ?

Dick hocha de bas en haut sa cervelle calcinée. Un nouveau gauche-droite l'éventa aussitôt.

— C'est clair ? réitéra la voix monotone.

— Très clair.

— Tant mieux ! Je garde ton briquet, il peut resservir.

Dick entendit la pierre rouler et le gaz s'échapper.

— Juste un dernier détail. Lorsque tu as déposé les deux filles sur le bord de la 58, c'était du côté gauche ou du côté droit ? Attention, la réponse est facile et tu n'as aucune excuse pour te tromper.

— Du côté droit.

Dick préféra avouer la vérité en sentant roussir les poils de sa barbe naissante.

20

Venus était fascinée par le serpent à sonnette qui ondulait à chaque mouvement musculaire de l'homme couvert de tatouages animaliers. Celui qui les avait prises en stop et qui les avait débarrassées des deux flics assassins s'appelait Burt. Un prénom qui sonnait bien avec les « burp ! » qu'il émettait à chaque gorgée de bière. Julie et Venus avaient été présentées à ses collègues de la route qui fêtaient leur victoire sur l'Oldsmobile noire. Tim, un gars qui ressemblait au Capitaine Kirk après un vol agité dans l'*Enterprise*, leur tenait compagnie à une table du restaurant, tandis que Burt trinquait au milieu de ses potes qui l'avaient élu héros du jour. Tim modéra soudain ses ardeurs en voyant rappliquer Big Burt qui avait gagné ses galons de garde du corps et espérait bien prendre du grade. La transpiration faisait luire cette montagne de muscles et de fresques. Dans une ambiance de vestiaire après un match de football, Julie essaya d'imaginer une explication rationnelle à tout ce qui lui arrivait. Les événements se succédaient, rien ne correspondait à ce qui aurait pu se passer dans un pays comme le sien. Les repères étaient différents.

— Il demande si nous sommes prêtes à partir, traduisit soudain Venus.

— Santa Fe ? énonça Julie pour s'assurer que la destination n'avait pas changé.

— *Santa Fe or the police station ?* railla Burt avec un demi-sourire.

— *Rest room !*

Julie traversa la salle surchauffée, sentant les regards se poser sur elle. Tant qu'elles restaient parmi ces molosses, les tueurs n'interviendraient plus. Cependant, leur compagnie la mettait mal à l'aise. Y avait-il une autre solution pour arriver vivante à Santa Fe avec Venus, sans passer par Burt ? Julie poussa la porte qui affichait *Ladies* et alla s'asseoir sur une cuvette sale. Elle n'était plus à ce détail près, elle qui d'habitude était constipée rien qu'à l'idée d'entrer dans des toilettes publiques... Elle tira la chasse, souleva le loquet et se pétrifia soudain face à sa mère ! Elle s'approcha de la glace émaillée collée au-dessus du lavabo : elle paraissait dix ans de plus et lui ressemblait. Elle fit couler de l'eau froide dans le creux de ses paumes moites avant d'y plonger sa figure poussiéreuse, se moucha dans ses doigts et chercha en vain un essuie-mains. Peu importe, la chaleur s'en chargerait ! En sortant, elle aperçut un téléphone public, hésita, se ravisa et rejoignit Venus qui venait d'engloutir un hamburger arrosé d'un Seven Up.

Comme elle comptait sur Burt pour payer l'addition, Julie n'avait rien commandé pour elle.

— Qu'est-ce qu'il t'a raconté ?

— Il doit aller à Oklahoma City, mais il peut déposer nous à Albuquerque cette nuit... D'après lui, c'est pas loin de Santa Fe.

— Écoute-moi bien, Venus. Tu vois l'entrée des toilettes ? Il y a un téléphone, à droite, derrière le cactus en plastique. Vas-y, décroche et précise à l'opérateur que tu désires appeler ton grand-père en PCV à Santa Fe. Tu connais son nom ?

— À l'opérateur ?

— Non, à ton grand-père, voyons !

— Oui, c'est Zach Halloway.

— Demande à ce qu'on te passe Zach Halloway, à Santa Fe, en PCV. Ça ira ?

— C'est quoi un appel en PVC ?

— En PCV ! Merde, comment ça se traduit en anglais ? C'est lorsque la personne qu'on appelle paye la communication. Explique-toi avec l'opérateur, tu verras bien.

— Pourquoi je parlerais pas à maman plutôt ?

— Parce qu'elle n'est pas chez elle... Euh !... Elle doit te chercher. On a plus de chances de joindre ton grand-père.

— Qu'est-ce que je lui dis ?

— Qu'on a besoin de son aide, qu'il prévienne la police, que nous avons été prises en stop par un énorme camion rouge et que nous roulons vers Flagstaff. Ah oui !... aussi que Flagstaff est à 90 miles de là où tu téléphones et que nous partons maintenant.

— Pourquoi on attend pas ici plutôt ?

— Burt doit repartir, ses collègues aussi. Si on reste seules dans ce restaurant, les tueurs risquent de revenir. On est plus en sécurité à ses côtés.

Julie venait de réaliser que la cabine du quarante tonnes constituait un lieu sûr.

— Tu as tout compris ? Tu appelles ton grand-père en PCV, tu lui expliques que nous roulons dans un camion rouge, en direction de Flagstaff, et qu'il doit prévenir la police pour nous intercepter. Tu veux que je te l'écrive ?

— Tu préfères pas venir avec moi ?

— Si je viens avec toi, Burt va avoir des soupçons. Je préfère qu'il en sache le moins possible. Il serait capable de changer d'itinéraire pour éviter les flics. Il vaut mieux se méfier. T'as vu ce qu'il a fait avec les deux types tout à l'heure ?

À moitié convaincue, Venus obtempéra. Julie était désemparée et perturbée par la vision de sa mère, qui lui était presque apparue dans le miroir. Les six mois qui s'étaient écoulés depuis sa mort n'avaient en rien effacé son souvenir. Au contraire, il ne restait que les meilleurs moments. Toutes les crises d'adolescence et les conflits avec celle qui symbolisait la référence et la rivale s'étaient dissipés comme une brume d'été. Seul demeurait cet amour qui transcendait la mort. Songeuse, Julie sourit à Burt qui termina sa phrase par un « Okay ? ».

— *Okay !* répondit-elle sans savoir de quoi il parlait. Il tapota sa montre avec son doigt pour signaler le départ.

— *Venus... at the Ladies...*, expliqua-t-elle.

L'addition atterrit sur la table. Julie fouilla ses poches pour en sortir une pièce de 25 cents. Burt s'exprima à travers une gestuelle signifiant que c'était à lui de régler. À ce rythme-là il pourrait bientôt monter un spectacle de mime.

— Je l'ai eu ! s'exclama fièrement Venus. Grand-père va alerter la police.

— Qu'est-ce qu'il t'a raconté ?

— Il voulait savoir avec qui j'étais. J'ai dit que j'étais avec toi. Que tu m'avais sauvée.

— C'est tout ?

— Je lui ai demandé de prévenir maman et papa.

— Ah bon et qu'est-ce qu'il t'a répondu ?

— Eh bien qu'il allait le faire ! Qu'est-ce que tu voulais qu'il dise ?

— Euh ! Rien ! Bon on y va. Burt s'impatiente.

21

Le visage légèrement vérolé de Ralph Tyler évoquait un moulage en plâtre réalisé par un enfant sans talent. Il y avait l'essentiel, guère plus : deux orbites retenant une gelée bleuâtre, un nez quelconque, une bouche droite, une mâchoire carrée, des cheveux coupés en brosse et une fausse moustache pour habiller l'ensemble. Dans le crâne c'était pareil : aucune place pour l'imagination. L'individu était constitué de bric et de broc entassés depuis l'enfance par son environnement familial et professionnel. Son cerveau était rempli de préjugés devenus des certitudes qu'il était difficile de corriger avec l'âge.

Ralph Tyler avait la quarantaine bien sonnée. Son esprit ressemblait à un puzzle dont les pièces avaient la particularité d'être scellées entre elles par des phobies. Phobies des homosexuels, des marginaux, de l'aide sociale, des minorités, des Noirs, des Indiens, des immigrés, de l'avortement, de l'Europe, du Japon, du communisme, de l'ONU, de Bill Clinton, de Hollywood, de la violence, du rap, de la pornographie, du libéralisme, du RU 486, des Juifs, des intellectuels, des multinationales, de la drogue, et surtout, depuis une douzaine d'heures, phobie de cette garce qui avait planté le lieutenant John Wallace contre un mur et défiguré le capitaine Jack Harding avec un cric. Le pire, c'est qu'il avait été obligé de les enterrer à la hâte dans un coin du désert, tels des parias. Combattre l'une de ces aversions viscérales chez Ralph Tyler revenait à menacer d'écroulement tout cet édifice culturel. Pour préserver ce conglomérat de matière grise frelatée solidement cohérente, il était prêt à tout, y compris à tuer.

C'est pourquoi, en ce jour du 6 juillet, à 16 h 35 exactement d'après sa montre Camel Adventure gagnée à un concours de tir, Ralph Tyler était en Arizona, couché à plat ventre sur un rocher, l'œil droit fixant la mire à travers une lunette vissée sur un fusil pointé en direction d'un gigantesque Peterbilt rouge.

22

Arizona. 6 juillet. 16 h 30.

Je me sens presque en sécurité dans ce camion entre Burt et Venus. J'ai réalisé la puissance des routiers américains lorsqu'ils ont fait fuir les deux tueurs qui essayaient de nous embarquer. On leur doit une fière chandelle. Ça m'a rappelé ce film avec Ali McGraw dans lequel un convoi de poids lourds défiait la police.

Burt croit nous conduire jusqu'à Albuquerque. Il ne sait pas que nous avons réussi à téléphoner au grand-père de Venus qui va prévenir la police. Si tout va bien, nous serons bientôt rejointes

23

Un bruit sec suivi par un violent coup de frein étira en énorme virgule le « S » que Julie venait d'écrire dans son carnet. Le camion avançait comme un crabe en travers de la route, n'obéissant plus à Burt avachi sur son volant. Instinctivement elle attira Venus, la serra dans ses bras pour la protéger du choc, et se contracta durant une éternité jusqu'à ce que plus rien ne bouge.

Quand les deux filles desserrèrent les dents et les paupières, le Peterbilt agonisait au point mort, le museau tourné vers la Californie, au terme d'un colossal tête-à-queue qui avait laissé son empreinte sur la chaussée. Julie souleva le visage de Burt d'où s'écoulait un filet de sang. Une balle avait traversé la vitre et perforé son crâne.

— *Look !* cria Venus.

L'Oldsmobile noire se dirigeait vers eux. Julie essaya de prendre la place du cadavre encombrant en le tirant, en le soulevant, en le poussant, jusqu'à faire basculer une partie de cette masse trois fois supérieure à la sienne sur le siège passager. Elle chercha le levier de vitesse sous le ventre de Burt, enclencha la première sans passer par l'embrayage et enfonça la pédale de l'accélérateur.

— Fonce-leur dessus !

Julie fonça. Elle se sentait forte dans ce camion trop grand pour elle et facile à conduire. Burt en avait fait la remarque en lui montrant comment « même une femme » pouvait le domestiquer. L'Oldsmobile s'écarta à la dernière seconde pour laisser passer les quarante tonnes rugissantes. La voiture cahota sur l'accotement, glissa dans le sable, dérapa dans la pierraille en effectuant un demi-tour, crissa en s'accrochant au bitume, s'arrêta, embarqua l'homme qui venait de tirer sur Burt et repartit à l'assaut du poids lourd. L'un des deux tueurs visa et creva un pneu. Puis deux. Puis trois. Julie sentit peu à peu le camion lui échapper.

— Là !

Venus avait repéré au loin une étrange boule multicolore qui tranchait sur le désert uniformément mordoré. Écoutant sans réfléchir l'indication de sa copilote, Julie s'engagea sur une piste aussi large qu'un essieu. La poussière qui se soulevait sur son passage compliquait la tâche des poursuivants. Bientôt, les roues du Peterbilt débordèrent de la piste qui rétrécissait dangereusement, traçant deux sillons de part et d'autre du filet de terre qui n'avait pas connu une telle précipitation depuis la ruée vers l'or. Derrière le pare-brise qui se couvrait de sable, Julie maintenait son cap et sa vitesse. Le camion bondissait, retombait, se cabrait, zigzaguait, se tortillait, comme un cheval sauvage.

— Ça va plus vite que dans *Back to the Future* à Universal Studios ! cria Venus accrochée à la ceinture de sécurité.

Le micro de la CB passa à deux millimètres de son front avant d'aller percer la vitre. La portière de Julie s'ouvrit d'un coup et s'arracha.

— J'ai envie de pisser !

Venus voulait s'arrêter, Julie ne voyait plus rien. Elle décida de freiner avant qu'un obstacle le fasse pour elle. Sans effet.

— Accroche-toi !

Le poids lourd ne ralentissait pas. Au contraire il volait ! Il atterrit dans un vacarme de fin du monde et se traîna sur une distance interminable. Un rocher finit par stopper dans sa course la masse de tôle hurlante qui lâcha un dernier soupir sous une pluie de sable.

— J'ai mal !

La gamine était aplatie entre le siège et le corps de Burt qui avait moelleusement amorti le choc.

— Où as-tu mal ?

— C'est lui, il m'écrase !

Julie essaya de le treuiller pendant que Venus se dégageait en geignant.

— Vite ! ordonna-t-elle sans lui laisser le temps de s'apitoyer sur son sort.

L'Oldsmobile ne tarderait pas à les rejoindre.

En sautant du tas de ferraille, Julie constata l'ampleur des dégâts : elles avaient plongé du haut d'un plateau situé à une dizaine de mètres. La partie arrière du bolide s'était encastrée dans la cabine et le moteur s'était écrasé contre un rocher. Julie s'étonna d'être vivante. L'Oldsmobile pila soudain au-dessus d'elles, la calandre dans le vide. Un type s'en éjecta et tira, faisant fuir les deux filles vers la boule multicolore remarquée par Venus.

Il fallait faire vite, courir vers cette mystérieuse sphère jaune, rouge, verte, bleue qui ressemblait à un vaisseau spatial. Julie reconnut une montgolfière. En plein désert ! Il fallait être en Amérique pour voir ça !

L'Oldsmobile réapparut au loin dans un nuage de poussière. Julie entraîna Venus vers l'immense ballon.

— *Help ! Help ! Help !*

Deux bustes émergèrent de la nacelle d'osier. Mike et Treat.

À bout de souffle et à toute vitesse, Venus leur expliqua qu'elles étaient poursuivies par des tueurs qui voulaient les supprimer. Mike et Treat échangèrent des moues dubitatives. Une rafale d'arme automatique en provenance de la voiture noire fut plus persuasive que les paroles de l'enfant.

Mike alluma le gros chalumeau qui cracha sa flamme sous le ballon, tira sur le câble de la soupape et fit s'élever peu à peu la montgolfière. Venus et Julie embarquèrent. Au-dessus d'elles, une salve sectionna un câble. La jupe de l'aéronef se déchira entre deux sangles. La nacelle se transforma en passoire. Une glacière s'éventra en répandant des canettes de V8 vitaminé. Une grosse radio qui faisait jaillir du Metallica éjecta soudain des résistances, des plaques de circuits imprimés et des rhéostats. Une paire de jumelles, des talkies-walkies, un téléphone portable et un Caméscope s'éparpillèrent en pièces détachées irrécupérables. Julie se recroquevilla sur Venus au-dessus d'un énorme rouleau de cordage élastique qui lui servait de bouclier. Mike hurla. Treat l'attira vers le coffret en acier sur lequel il s'était réfugié. Les balles mordaient dans l'osier à travers lequel l'on pouvait désormais distinguer le sol qui s'éloignait lentement, trop lentement.

L'ascension dura deux minutes. À cent mètres d'altitude, le guiderope se tendit et stoppa net l'envolée. Treat tendit le cou vers la brèche béante qui menaçait chaque passager de descendre plus rapidement qu'il n'était monté. En bas, les hommes armaient un lance-roquettes.

— *The knife !* cria-t-il à Mike.

— Qu'est-ce qu'il veut faire avec un couteau ? s'inquiéta Julie auprès de Venus.

— Il va tuer les méchants.

Treat se saisit du couteau de chasse, passa la moitié du corps par-dessus bord et s'acharna sur le cordage. En bas, Ralph Tyler épaula le lance-roquettes, tandis qu'en haut Treat sectionnait le cordon ombilical qui les retenait à une mort certaine.

La montgolfière s'échappa violemment sous la force du vent, au moment où le bazooka crachait la roquette. Les quatre passagers virent passer à quelques centimètres de la nacelle une mini-fusée qui alla se perdre dans le ciel. Mike se tordait de douleur, Treat essayait de stabiliser l'aéronef, Julie vomissait. Venus hésitait entre les larmes et le rire, entre la panique et l'euphorie. Treat se mit à jurer, incitant Julie à se blottir contre la fillette.

— Il a l'air furax.

— Furax ?

— Pourquoi il s'excite ?

— Il veut savoir qui on est. Il sort plein de grands mots aussi. Il est pas content.

— Ça, je vois !

Julie se pencha dans le vide et constata avec soulagement que l'Oldsmobile avait pris la taille d'une fourmi.

— Raconte-leur que ces types veulent nous tuer pour nous empêcher de témoigner contre eux et qu'il nous faut absolument prévenir la police ou gagner Santa Fe.

— J'ai plus envie de traduire.

— Encore un effort, ma puce, s'il te plaît, c'est important !

Venus traduisit à contrecœur. Treat semblait trop soucieux pour être attentif.

— Qu'est-ce qu'il a ? s'inquiéta Julie.

Treat et Mike organisaient des sauts à l'élastique à 120 dollars du haut de leur nacelle suspendue en l'air. Cinquante mètres de chute libre, avant que le gros sandow, actuellement roulé dans le panier d'osier sous les fesses des deux filles, ne fasse rebondir le plongeur tel un pantin. Par contre, ils n'avaient jamais manœuvré la montgolfière qui restait en permanence retenue par le câble qu'avait tranché Treat. Pour redescendre, il fallait donc une bonne dose d'improvisation et une kyrielle de prières.

— Des sauts à l'élastique ? s'étonna Julie, attentive au rapport de Venus.

À côté de ce qu'elle endurait depuis treize heures, elle estima bien dérisoire cette activité qui consistait à vendre 120 dollars un frisson de quelques secondes. Elle venait de leur livrer gratis de la trouille à la puissance dix, de la vraie, pas de l'artificielle, alors merde, il n'y avait pas de quoi se plaindre.

En voyant le pauvre Mike qui gémissait, Julie décida de lui porter assistance. L'une de ses baskets était trouée. Elle la retira délicatement pour bander le pied meurtri avec une gaze dénichée dans la trousse de secours. Heureusement, la balle avait été déviée par l'épaisse semelle de la Nike Air et n'avait emporté qu'un orteil. Mike attrapa une canette de V8 qui avait été épargnée. Il la but d'un trait en versant des larmes de bébé.

Le ballon avait acquis sa vitesse de croisière. Treat expliqua qu'il essaierait de se poser dès que possible. Cela ne voulait pas dire grand-chose et cela pouvait prendre beaucoup de temps. De toute façon, il était le maître à bord.

Soudain, Julie oublia les tueurs, la nausée, la peur, le vertige, les gémissements de Mike, la colère de Treat, sa responsabilité vis-à-vis de Venus. Elle était fascinée. Au-dessous d'elle s'ouvraient les entrailles rouges de la terre. Le Grand Canyon !

Décors de pics, de pentes, de falaises, de roches, déchiquetés par le Colorado et façonnés par deux milliards d'années. United « Strates » of America, pourpres, grises, carmin, noires, ocre, jaunes, blanches, selon l'angle de vue et l'inclinaison des rayons du soleil. Relief vertigineux, hors de toutes proportions, de toute appréhension, de toute échelle humaine. Julie voyait le géant pour la première fois. Elle distingua le Colorado, ruban d'un bleu profond qui serpentait deux mille mètres plus bas, entre deux rives distantes de vingt kilomètres. Face à ce spectacle en CinémaScope et en Technicolor, elle recevait sa plus grande leçon d'humilité. Quelle était donc sa place, infime, dans l'univers infini ? Pour l'instant, elle planait, grisée par la hauteur, hallucinée par la vue, shootée à l'air vierge qui caressait son visage. Elle écarquillait ses grands yeux verts ourlés de larmes sécrétées par le vent, pour graver ce paysage dans sa mémoire, scrutant tous les reliefs, toutes les couleurs. Elle s'en imprégna, le respira, l'écouta et le sentit ; elle tendit les bras et voulut l'embrasser.

Elle souhaitait pouvoir se rappeler chaque abîme, chaque promontoire. Elle ferma les paupières et le vit encore. Le Grand Canyon était en elle. Devant tant de beauté, tant de grandeur, Julie était en harmonie.

24

Bob Miller avait renoncé à un monde surpeuplé, régi par la bêtise et l'intérêt. Il préférait la présence des pierres, des végétaux, des animaux, devenus ses compagnons voire des interlocuteurs en qui il devinait parfois la lueur d'une âme immortelle. Ce solitaire incorrigible avait trois passions : Dieu, les labyrinthes et les échecs. Trois pôles d'intérêt liés par une force mystique et surtout la nécessité d'être seul pour s'y consacrer sans concession.

Pour Miller, l'érémitisme était la voie incontournable menant au salut. Une voie labyrinthique et millénaire, malmenée aujourd'hui par l'apologie de la ligne droite coupant les paysages en deux et quadrillant les villes modernes.

Cette approche métaphysique dédaléenne, dans laquelle il puisait sa persévérance et qui nourrissait son besoin de solitude, comportait des moments de doute, des impasses, des fausses pistes, des reculades. Bob savait tirer les leçons de ses échecs pour progresser. Les échecs. À sept ans, il jouait seul contre lui-même, faute d'adversaire de son âge capable d'éveiller son intérêt pour une partie gagnée d'avance. À douze ans, son QI dépassait les cent quatre-vingts. À dix-sept ans, il était devenu un Grand Maître sans adversaire à qui se mesurer et parlait déjà six langues sans personne à qui parler. Sa marginalité et son esprit anticonformiste l'avaient empêché de se plier aux lois édictées par les ministres corrompus de la toute-puissante Fédération, laissant ainsi l'échiquier libre à Karpov et Kasparov pour se disputer la carotte tendue par les bureaucrates.

À cinquante-trois ans, Bob Miller continuait à jouer seul. À la mort de ses parents il avait décidé de passer le restant de ses jours à quelques pas du canyon de Chelly. Il s'était installé dans ce décor hors du commun pour y déceler les preuves de l'existence de Dieu, comme un archéologue sur les traces d'un pharaon divin. Devenus ses amis, les Indiens Navajos l'avaient autorisé à faire bâtir sur leur territoire une tour étrange dans laquelle il s'était enfermé et qui symbolisait son individualisme. Bob Miller se méfiait des mots à la terminaison en « isme », à l'exception de celui-ci qui pour lui était le garant de la liberté, le dernier rempart contre le fascisme des masses.

Nul ne s'était introduit dans ce bastion de la solitude. Sauf ce jour-là.

25

Déchirée par le dieu des vents, dont la griffe avait dangereusement élargi les multiples accrocs dans l'enveloppe de nylon, la montgolfière multicolore perdait de l'altitude. Lestée de tout ce qui l'encombrait, chalumeau à fond, elle dérivait au-dessus d'une terre uniformément ocre, pavée de gigantesques blocs de rocs et bordée de falaises surplombant une mer de sable. Treat avait mis le cap sur Flagstaff qu'il n'atteignit jamais.

Ils survolèrent des villages perchés dont les toits de pierre et les rues de terre se confondaient avec le paysage, ne se révélant qu'au dernier moment. Treat réalisa alors qu'ils avaient dérivé vers les Mesa, en plein territoire Hopi.

L'aéronef frôla une aiguille rocheuse. Le souci de l'équipage était de se poser sans trop de dommages.

— *Look at the tower!* cria « Venus-Œil-de-Lynx ».

Une tour se dressait au loin, au milieu de nulle part, entourée par des arbres brûlés au dernier degré. Treat régla son chalumeau, tira sur le câble de la soupape et commanda à tout le monde de se blottir au centre de l'élastique qui allait servir de pare-chocs. À une trentaine de mètres d'altitude, il calcula sa trajectoire. Ce fut le seul paramètre qu'il parvint d'ailleurs à maîtriser. Il n'y avait plus rien à faire, excepté attendre que la gravité ait joué de sa force et que le ciel ait décidé du nombre de survivants.

L'atterrissage leur fit l'effet d'un crash. L'aéronef laboura le sable, projeta les cailloux, arracha les buissons. Les passagers étaient comprimés au cœur de l'épais cordage élastique qui avalait les secousses. Une percussion brutale signala le terminus. Treat palpa ses membres endoloris, ôta la couche de sable qui l'enveloppait et constata l'ampleur des dégâts. Un tertre qu'une vue aérienne ne pouvait déceler avait embouti la nacelle qui s'était ouverte comme une noix, tandis que le ballon crevé flottait dans le vent comme un gigantesque étendard aux couleurs de la Jamaïque. Les décombres se mirent à bouger, faisant renaître à la vie Julie, Venus et Mike, confus, contusionnés.

Treat parla lentement à Venus car il s'adressait à Julie :

— Il dit que la tour est à un demi-mile environ. Il faut y aller pour chercher du secours.

Les quatre rescapés claudiquèrent vers leur nouvel objectif, Treat en éclaireur, Mike à la traîne.

L'architecture de l'édifice, d'influence indienne et médiévale, rappelait la Watchtower de Desert View dans le Grand Canyon. Sa base était large et se resserrait à partir du tiers de la hauteur. Le haut s'évasait et se terminait par des créneaux. Une construction intrigante. Le plus étrange était l'absence d'ouverture.

Tels des pions sur un échiquier à l'assaut d'une tour, ils se positionnèrent en cercle pour en déterminer l'entrée. Venus les alerta lorsqu'elle découvrit une porte en bois sur la face est. Julie la rejoignit.

— Je ne vois rien.

Mike et Treat ne distinguaient rien non plus.

— Là ! insista Venus qui pointait son doigt vers le sommet.

La porte était située à vingt mètres au-dessus d'eux ! Mike creusa ses mains autour de sa bouche et appela en direction du panneau. Julie et Venus l'accompagnèrent en chœur tandis que Treat projetait des cailloux. Malgré la soudaine animation qui venait de réveiller ce coin engourdi par une journée de canicule, aucune réponse ne leur fit écho, sauf celle d'un crotale dérangé dans sa sieste à l'ombre de la muraille. Julie eut un sentiment d'impuissance devant la force de la fatalité qui l'entraînait inexorablement vers ces terres désolées bannissant la délivrance. Les puissances célestes qui pouvaient décider à tout moment d'en terminer avec elle devaient s'amuser de la voir se démener telle une fourmi séparée de sa fourmilière. Une douleur lui vrillait le sommet du crâne. Elle s'assit sur le sol, glissa ses doigts dans ses cheveux et les ressortit couverts de sang. Treat l'examina et la tranquillisa :

— *Don't worry. It's okay. I'll be back soon.*

Il parla à Venus et s'éloigna dans une foulée ankylosée.

— Il va chercher la valise pour soigner toi.

Adossé à un arbre mort, Mike se plaignait. Venus baissa son pyjama pour évaluer la taille d'une ecchymose sur sa cuisse.

— Qu'est-ce qu'on va faire, Julie ?

Une fois de plus, Julie n'avait pas de réponse et se contenta d'admirer le stoïcisme de la fillette qui était la seule à ne pas s'apitoyer.

Treat ne mit pas longtemps à revenir avec la mallette des premiers soins. La chaleur paralysante sembla l'atteindre lorsque l'Américain s'immobilisa. Il fixait l'édifice. Le mystérieux battant venait de s'ouvrir sur un homme !

— *We need some help, Sir ! We've had an accident !* cria Treat.

L'homme referma sans un mot. En bas, les jeunes adoptèrent des airs circonspects.

— *What an asshole !* s'exclama Mike.

— *This guy's nuts. Let's go !*

— *My foot... I can't...*

— *Gimme a break with your fucking foot !*

Les invectives des deux Américains accentuèrent la migraine de Julie. La tour prenait l'allure de celle de Pise, le sable devenait mouvant. Treat l'aida à s'allonger à l'ombre squelettique d'un arbre desséché et roula sa chemise sous sa nuque.

— Toi aller okay ?

— *You speak French ?* s'étonna Julie en esquissant un quart de sourire.

— Pas très beaucoup.

— Tout bouge.

Elle dessina des ronds dans l'air avec son doigt.

— *I know. Don't move.*

Il imbiba un morceau de coton et tamponna sa plaie. Elle grimaça.

— *What's going on here ?*

Celui qui venait de parler avait surgi derrière le groupe. Ils reconnurent le type qui était apparu à la fenêtre ou plutôt à la porte. Treat estima la distance qui séparait l'inconnu de la tour à une quarantaine de mètres. Comment pouvait-il se trouver à cet endroit sans qu'on l'ait vu sortir ? Il attribua l'incohérence de la situation à son état mental sérieusement ébranlé.

L'homme s'appelait Bob Miller. Il les invita à entrer chez lui après que Treat eut brossé un résumé elliptique de la situation. Mike réussit à se relever en maudissant le ciel. Julie n'étant plus en état de marcher, Treat décida de la porter. Venus resta à ses côtés. Ce fut dans ces conditions qu'ils suivirent Bob, en s'éloignant dans le sens opposé de la tour vers deux immenses rochers masquant l'entrée d'une grotte au fond de laquelle une échelle plongeait dans le sol. Ils s'immergèrent dans l'obscurité d'un labyrinthe souterrain. Bob leur conseilla de ne pas se perdre. Julie était à demi consciente dans les bras de Treat dont la progression souffrait de l'étroitesse des couloirs qui semblaient appartenir à une ancienne mine. Après avoir franchi une grille, le groupe pénétra dans un hall circulaire. Des marches creusées dans la roche les menèrent dans une pièce éclairée par de fines meurtrières.

Ils grimpèrent aux étages supérieurs. L'édifice renfermait un escalier en colimaçon reliant des pièces uniquement tapissées de livres écrits en anglais, en français, en allemand, en russe. Dans l'une d'elles, Treat reconnut la porte qui s'ouvrait sur le vide sans parvenir à cerner son utilité. Bob semblait n'habiter que le dernier étage, tout aussi spartiate. Un superbe jeu d'échecs sculpté dans des racines de peuplier et peint de couleurs vives était la seule touche de fantaisie. La pièce, qui servait de chambre, de salle à manger, de salle de séjour, communiquait avec une minuscule cuisine.

À bout de forces, Treat allongea Julie sur le lit. Bob ausculta la jeune fille qui s'était évanouie puis s'échappa vers la cuisine pour en rapporter du pain de mie, des tranches de dinde froide et de la mayonnaise.

— Votre petite amie a besoin de manger, diagnostiqua-t-il à Treat.

— Sa tête, c'est grave ?

— C'est son estomac qui a besoin d'être soigné.

— Et pour Mike, vous pouvez faire quelque chose ?

— Je ne suis pas médecin. Il faut l'emmener à l'hôpital.

— Vous pouvez nous y conduire ?

— Je n'ai pas de voiture.
— Vous n'avez pas de bagnole ?
— Si vous préférez.
— Aucun moyen de transport ?
— Je n'ai pas besoin de me déplacer.
— Vous ne sortez jamais ?
— Qu'est-ce que je viens de faire à l'instant ?
— Vous avez le téléphone ?
— Non.
— Comment faites-vous ?
— Comment je fais quoi ?
— Je ne sais pas, acheter votre bouffe par exemple.
— J'ai un livreur.
— Excusez-moi d'insister, on a besoin d'aide, d'urgence !
— Il faut attendre.
— Attendre quoi ?
— Mon livreur.
— Quand va-t-il venir ?... Vous pouvez développer un peu plus vos réponses ?
— Demain matin, vers 8 heures. Je vous propose de passer la nuit ici et de repartir avec lui. C'est tout ce que je peux vous offrir.

Dans un coin, Mike geignait. Bob leur évoqua l'option qui consistait à aller chercher de l'aide auprès des Indiens Navajos. Il fallait marcher au moins deux heures ; l'idée fut donc vite abandonnée. Sans autres suggestion ni commentaires, Bob se retira.

Avec une sensation d'impuissance mêlée de perplexité, Treat s'approcha de Julie et la gifla timidement pour lui faire reprendre conscience. Il porta à ses lèvres un verre de bourbon qu'elle ingurgita en toussant.

— *You eat*, lui dit-il en réunissant l'extrémité de ses doigts dans sa bouche ouverte.

Julie le dévisagea. Elle le jugea beau. Il ressemblait à un acteur dont elle avait oublié le nom qui avait joué dans un film où s'affrontaient rockers et bikers pour l'amour d'une chanteuse. Il se leva pour lui préparer un sandwich à la dinde qu'elle engloutit voracement. Après avoir vidé un verre d'eau tiède, elle pointa son index sur sa poitrine.

— *Me, Julie !*

— Toi jolie ! Très jolie !

— Non, Ju-lie *is my name*, corrigea-t-elle en insistant sur le « Ju ».

— *Oh ! Joulie !... Hi Joulie !... My name's Treat.*

Il lui fit savoir en franglais qu'il fallait patienter jusqu'au lendemain. Elle se redressa sur le lit, prise de panique. Elle s'était subitement angoissée au sujet de Venus, avant de l'apercevoir en train de manger.

— Ça va, puce ?

— *Yehp !*

— T'as de la mayonnaise jusqu'aux oreilles.

— Julie ?

— Quoi ?

— Le monsieur, tout à l'heure, il a dit à Treat que tu étais sa petite amie. C'est vrai ?

— Arrête tes bêtises.

Treat tendit un autre sandwich à la gamine et lui demanda de traduire ce qu'elle venait de dire à Julie. Elle l'ignora et continua à parler en français.

— T'as vu ? Regarde-le !... Il essaie de nous comprendre. Il a l'air d'un poisson.

— Ça suffit, Venus ! ordonna sèchement Julie. Il nous a sauvé la vie. Tu devrais être plus respectueuse.

— Qu'est-ce que ça veut dire « respectueuse » ?

— Gentille.

— C'est quand qu'on rentre, Julie ?

Julie avait réussi jusqu'à présent à repousser sans trop de mal ce moment fatal où Venus aurait à apprendre la vérité. La succession d'événements dramatiques qui avaient suivi le massacre n'avait pas donné le temps à la gamine de s'interroger sur l'origine de leur folle cavale. Jusqu'à cette tour qui semblait avoir été conçue pour l'esprit.

— Je veux voir maman et papa !

Bob entra dans la pièce avec un pansement et un flacon d'alcool. Julie essaya de gagner un peu de temps.

— Il faut que je te parle, Venus.

— Et après, on s'en ira ?

— Tu veux bien demander à M. Miller si on peut monter au sommet de la tour ?

Sans attendre la traduction, Bob leur fit signe de le suivre. Treat se leva. Venus lui expliqua alors que sa présence n'était pas nécessaire, qu'elles ne risquaient rien là-haut et n'avaient pas besoin d'un *bodyguard*.

26

Julie présageait une jolie vue. Cependant, elle ne se doutait pas que le panorama, grandiose, magnifié par un soleil couchant qui colorait sa toile d'un jaune orangé, lui insufflerait une douce sensation, une sérénité proche de l'extase, une force intérieure qui l'aiderait à parler. Face au Grand Canyon, elle avait déjà ressenti cette harmonie naissante, ce bien-être mystérieux. Elle voulait user de cette beauté qui rayonnait de toutes parts pour tempérer les horreurs de sa révélation.

Bob paraissait aussi fier de son paysage qu'un jardinier de son jardin. Mis à part que le sien n'avait pas de frontière, sauf celle imposée par les yeux. Il tendit son bras en direction d'une montagne auréolée d'une lueur vespérale.

— Le mont Taylor, la montagne du Sud, commenta-t-il. L'une des quatre montagnes sacrées qui délimitent le territoire navaj...

— Vous parlez français ? le coupa Julie, étonnée.

— Vous aussi, rétorqua-t-il comme une évidence.

— Je suis française, c'est normal.

— Moi aussi, je parle français ! renchérit Venus.

Bob éluda l'intermède afin de poursuivre ses explications :

— Les Indiens Navajos sont venus pour sauver le monde. Le ciel et la terre qui ne s'entendaient pas ont alors accepté de coopérer. La pluie a fini par tomber, faisant naître la végétation…

— Tu devais me dire quoi ? trancha la fillette indifférente à l'exposé de Bob.

Leur hôte scrutait l'horizon. Julie n'osait plus l'interrompre, malgré l'impatience de Venus qui tiraillait son débardeur.

— … Les Indiens Navajos avaient émis une condition à leur venue : qu'ils puissent être vus. Aussi, ils se sont installés à l'intérieur du périmètre délimité par les quatre montagnes sacrées, dont celle du Sud. Elles forment les poteaux d'un hogan géant, délimitant le sanctuaire de tout un peuple qui a reçu une mission précise. Vous êtes actuellement dans ce sanctuaire.

— Qu'est-ce que c'est un hogan ? demanda Julie.

— On s'en fiche ! Dis-moi d'abord ce que tu voulais me dire !

— Je vais vous laisser toutes les deux, concéda Bob.

— Non, restez ! insista Julie.

Elle se pencha vers Venus.

— Écoute, ma puce, laisse-moi parler avec Bob. Après, je te promets qu'on aura le reste de la nuit pour discuter.

— J'ai sommeil, moi !

— Tu m'accordes deux secondes ?

— Un… Deux !

— Compte plutôt deux minutes, okay ?

Lorsqu'elle se tourna vers Bob, elle avait perdu le fil de la conversation. Pas lui.

— Un hogan, c'est le nom que les Navajos donnent à leur habitation…

— J'ai soif !

— Va chercher un verre d'eau en bas et rejoins-moi après, ordonna Julie.

— Toute seule ?
— Tu ne risques rien ici ! En plus il y a Treat pour te protéger ! ironisa-t-elle.
— Ahhh, très drôle ! grimaça la gamine qui disparut dans l'escalier.
— Ouf…, souffla-t-elle.
— Les enfants sont l'aube, une lueur à l'horizon sous un ciel plein de nuages. N'oubliez pas que nous avons tous été des enfants et que nous avons contribué à illuminer ce monde. Croyez-vous au péché originel, jeune fille ?
Julie n'écoutait pas. Sa raison livrait à sa mémoire un combat sans merci pour refouler des images d'horreur qui la poussaient vers la folie. Elle voulait se confier à cet homme, sans toutefois remuer les ignominies dont elle avait été le témoin. Elle eut l'idée de lui montrer le carnet.
— C'est tout ce que je viens de vivre aujourd'hui. Ça paraît incroyable, pourtant c'est la vérité. Lisez et vous comprendrez pourquoi on a besoin d'aide.
Bob ouvrit le calepin et entra dans l'intimité de Julie dont il ne connaissait pas le prénom. Après une rapide lecture, il tenta de la rassurer.
— Demain matin, mon livreur vous conduira à la police. En attendant, vous êtes en sécurité.
— Vous vivez ici tout seul ?
— Vous vous interrogez sur le fait que je vive ici ou que je vive tout seul ?
— Sur le fait que vous vivez seul en plein désert. Ça doit être difficile…
— Il n'est pas nécessaire d'être au milieu de nulle part pour être solitaire. En revanche, vivre seul dans cette tour est une bénédiction, alors qu'y vivre à deux serait un enfer.
— Vous ne voyez personne ?
— Les gens ne m'intéressent pas, je m'ennuie à leur contact, leurs discussions sont creuses. Autrefois, j'avais besoin d'alcool pour me sentir bien parmi eux. Et

comme je ne souhaitais pas devenir alcoolique... Vous n'avez jamais remarqué comme il est difficile d'avoir prise sur les autres ? Il est pratiquement impossible de leur transmettre une idée. Dans ces conditions, pourquoi participer au jeu social ? Par peur de la solitude ? Elle ne m'effraie pas.

Julie contempla le panorama. Elle fut prise d'un léger malaise à cause d'un long silence qui s'installa et qu'elle finit par rompre.

— Où avez-vous appris à parler si bien français ?

— Dans les ouvrages des philosophes français. Blaise Pascal, Victor Hugo et surtout Descartes dont les démonstrations de l'existence de Dieu sont quasiment parfaites. La plupart de leurs travaux n'ont pas été traduits en anglais ; il m'a fallu maîtriser votre langue pour en déceler toutes les subtilités. À la mort de sa fille, Hugo a médité sur l'immortalité de l'âme, sur le destin de l'homme et du monde. Ce sont des sujets qui me préoccupent. « Vents, ondes, flammes, arbres, roseaux, rochers, tout vit ! Tout est plein d'âmes », vous vous souvenez ? Regardez devant vous et vous concevrez ce que le poète voulait dire. Victor Hugo, les Navajos, même consonance, même conscience. On ne vous enseigne pas ça dans vos écoles, n'est-ce pas ?

— Non, répondit simplement Julie un peu dépassée.

— Faites travailler votre mémoire, votre culture, votre vécu et confrontez-les à ce que vous voyez là, en ce moment.

Face à sa grimace d'incompréhension, il poursuivit :

— Baudelaire ne vous est pas inconnu, je suppose ? Devant ce spectacle terrestre, il aurait saisi ces mystérieuses correspondances du ciel, dans une de ces élévations réservées à celui qui plane sur la vie et comprend sans effort le langage des fleurs et des choses muettes !...

Ces mots enfin parurent familiers à Julie.

— ... Admirez, jeune fille, car l'instinct du beau qui est en vous et qui vous a fait monter sur cette terrasse vous fait considérer ce spectacle comme un message du ciel.

Ne ressentez-vous pas une volonté d'y surprendre une communication en provenance de l'au-delà ?

Elle pensa soudain à sa mère, l'imagina en train de l'observer, de lui signifier son amour à travers la caresse de la brise sur sa joue et le baiser du soleil crépusculaire sur ses lèvres. Elle balbutia :

— Si, on dirait... Qu'est-ce que... Ça signifie quoi ?

— Cette volonté d'interpréter ce qui est révélé face à vous comme un message de l'au-delà est la preuve de votre immortalité.

Bob Miller esquissa un sourire qui soulignait la fin de sa démonstration. Il considéra la moue de Julie qui exprimait clairement qu'elle ne s'en tiendrait pas à ce raisonnement abscons.

— Écoutez ! Écoutez la grande voix de la nature. Victor Hugo vous y aurait exhortée :

« ... *Et qu'une âme obscure, épanouie en tout,*
Avance doucement sa bouche vers nos lèvres.
L'être, éteignant dans l'ombre et l'extase ses fièvres,
Ouvrant ses flancs, ses seins, ses yeux, ses cœurs
[épars,
Dans ses pores profonds reçoit de toutes parts
La pénétration de la sève sacrée...

— *La grande paix d'en haut vient comme une marée...* », continua de réciter Julie qui reconnut le poème qu'elle avait jadis appris par cœur dans le Lagarde et Michard.

Les vers de Baudelaire, les mots d'Hugo, la poésie saisie dans la bouche de cet étrange Américain lui avaient d'abord paru irréels, avant de l'apaiser. Bob avait ouvert son âme, en se référant à sa culture, à son passé, à sa sensibilité, à la tragédie qui l'avait conduite ici, au paysage qui les entourait. Il lui enseignait le sens de la vie et de la mort en citant des auteurs universels qu'elle était présumée connaître, elle qui ne feuilletait que des magazines féminins et ne lisait que des romans faciles. Au contact de son hôte, s'était insidieusement glissé en elle un sentiment d'appartenance à l'univers, où l'esprit de clocher et le nationalisme passaient pour des anachronismes.

Comme si la seule frontière qui existait entre les êtres était celle qui séparait les morts des vivants, le ciel de la terre. Une frontière d'ailleurs bien mal gardée car, à cet instant précis, Bob Miller était en train de construire des ponts vers l'au-delà. Tel un Hugo des temps modernes, il l'entraînait au bord de l'infini.

Julie essaya d'établir un lien entre la « sève sacrée » décrite par Hugo et les « montagnes sacrées » des Indiens Navajos.

— Que représente pour eux un tel spectacle ?

— Si je peux me permettre de reprendre les termes de Baudelaire, ils ont cet instinct du beau qui conduit à croire en notre immortalité. « *... De ma bouche sort la beauté et la beauté m'environne. Je suis l'homme éternel* » chantait Jeff King, faisant écho à l'Hymne à la Beauté navajo : « *Les montagnes, j'en deviens une partie, les herbes, les plantes vertes, j'en fais partie. La brume matinale, les nuages, les eaux qui se rassemblent, j'en deviens partie...* »

Le retour prématuré de Venus annonça la fin du panégyrique de Bob Miller. Julie l'ignora et appuya ses coudes sur le rebord crénelé de la tour.

— Je vous laisse profiter de l'harmonie et de la beauté autour de vous. Ici l'avènement de la nuit est un moment magique, confessa-t-il en se retirant benoîtement.

Le soleil plongeait derrière les falaises rouges du canyon de Chelly, tissant des ombres mystérieuses devant chaque rocher et peignant les nuages clairsemés d'un jaune étincelant et pourpre. Malgré les contours du paysage qui s'estompaient sous l'épais voile de l'obscurité, Julie s'imprégnait de la vue, laissant l'infinité des grands espaces s'emparer de son être.

— Il a même pas la télé ! s'indigna Venus qui n'appréciait que les paysages audiovisuels.

— Regarde comme c'est beau. Tu sais que ton nom est celui d'une planète ?

— Évidemment.

— Concentre-toi. Tu vas voir, elle va apparaître devant nous.

— Tu me prends pour une nouille ?

— Une nouille ? Qui t'a appris ce mot ?

— Mon prof de français. Il m'a expliqué que « nouille » avait plusieurs sens.

— Eh bien non, je ne te prends pas pour une nouille. Vénus, c'est l'étoile du berger qui brille la nuit dans le ciel. Tu es une étoile !

Venus balaya négligemment la voûte céleste à la recherche de son homonyme.

— Où sont papa et maman ? Pourquoi ils viennent pas chercher nous ?

— Nous sommes loin et les méchants veulent nous empêcher de rentrer.

— Pour combien de temps ?

— Jusqu'à ce qu'on les arrête. Ton grand-père va sûrement nous aider quand il va voir que la police ne nous a pas interceptées sur la route.

— Mon grand-père n'aime pas maman et papa, je sais pas pourquoi.

— Il t'aime, il fera tout pour te sauver.

— J'espère qu'on va pas mourir.

— Tu sais ce que c'est la mort ?

— C'est quand on va au cimetière.

— Ma maman me manque à moi aussi. Quand elle est morte, j'ai refusé de croire que je ne la reverrais plus. Et ce soir, je suis sûre qu'elle était là, quelque part. Elle m'a fait savoir qu'elle m'aimait.

— Pourquoi tu me dis ça ?

— Nous avons assisté à beaucoup de meurtres aujourd'hui et c'était différent de ce qu'on voit à la télé. Pas vrai ?

— C'étaient des méchants *anyway*.

— Le Français de la station était gentil. Burt aussi.

— Il t'a touché la cuisse, je l'ai vu.

— C'était pas si méchant ! Okay ?

— Okay ! Okay !

— Je t'explique tout ça parce que si un jour, un être cher venait à décéder…

— Des CD ?

— Décéder, ça veut dire mourir ! Si une personne meurt il ne faut pas être triste. Car tu pourras continuer à la garder en toi, à l'aimer avec ton cœur, à lui parler avec ton esprit.

— Je comprends pas ce que tu racontes, Julie. J'avais juste envie d'embrasser papa et maman avant de me coucher.

— Quelqu'un passera nous prendre demain matin et nous conduira à la police où ton grand-père nous rejoindra. Il te donnera des nouvelles de ton cheval, comme ça.

Julie embrassa les cheveux de Venus qui bâilla et s'éclipsa dans l'escalier. Elle avait essayé de lui parler à la façon de Bob Miller. Elle n'avait réussi qu'à l'endormir avec des théories qui la dépassaient. En s'asseyant sur le banc de pierre qui meublait la terrasse, elle sentit le carnet qui déformait la poche arrière de son jean.

27

Canyon de Chelly, le 6 juillet au coucher du soleil.

Burt s'est fait tuer dans son camion, une balle dans la tempe. Ça peut paraître zarbi, pourtant Venus et moi avons réussi à nous en sortir en nous envolant dans une montgolfière. C'est comme ça que nous avons fait la connaissance de Mike et Treat qui organisent des sauts à l'élastique en ballon. Nous avons volé jusqu'au canyon de Chelly. Après un atterrissage en catastrophe, Bob Miller nous a recueillis. C'est un type étrange, remarquablement intelligent, qui parle français, cite Victor Hugo, Baudelaire et vit isolé dans une bâtisse qui ressemble à une tour d'échecs. C'est délire de voir ça en plein désert. Malheureusement, il n'a ni téléphone, ni véhicule et nous sommes scotchés ici jusqu'à demain matin. Malgré les apparences, ce que j'écris est la stricte vérité. Je ne suis sous l'emprise d'aucune drogue !

Venus réclame de plus en plus souvent ses parents.

Quinze heures ont passé depuis le massacre et je ne lui ai toujours pas avoué qu'ils sont morts. J'ai essayé de lui parler tout à l'heure, mais au dernier moment, je me suis dégonflée.

Bob m'a remonté le moral. Il m'a fait voir les choses sous un autre angle, celui de la beauté. Pas évident en ce moment. Pourtant j'ai ressenti une sorte d'apaisement. Était-ce dû à son lyrisme mystique, au paysage envoûtant qui nous entoure ou simplement au verre de bourbon que j'ai bu ? Je ne sais pas bien. J'ai l'impression d'avoir établi un contact avec Maman dans l'au-delà. Présenté comme ça, ça paraît débile ; c'est trop compliqué à expliquer. Je tiens en plus à préciser que Bob Miller n'est ni un gourou, ni un chef de secte à la con.

Je ne sais plus quoi écrire. Je suis fatiguée, Mike est blessé, Treat est beau. Je ne sais rien de lui et réciproquement. Est-ce qu'il a une petite amie ? Ça y est, je replonge dans mes conneries, comme une héroïne de la collection Harlequin.

Grâce à Bob, j'ai oublié pendant un moment que je risque ma vie à chaque instant. Qu'est-ce que je vais devenir, si je meurs ? Cette idée me donne froid dans le dos. J'ai peur de...

Julie sursauta en entendant du bruit.

28

C'était Treat. Elle referma son carnet. Elle avait envie de tout lui raconter en détail depuis le début. Malheureusement le vocabulaire anglais lui manquait et Venus était de mauvaise grâce avec lui. Elle se contenta d'un simple « yes ». Il s'approcha et vit qu'elle grelottait ; son visage était livide. Il lui couvrit les épaules avec sa chemise froissée et la massa énergiquement dans le dos et sur les jambes.

— *Your head okay ?*

— *My head okay, thank you.*

La nuit s'installait, exacerbant les sens. Le jaune orangé du soleil couchant faisait place au noir. Sensible au changement d'éclairage, un coyote se mit à hurler. Un oiseau étrange traversa le ciel, vira à droite, dessina un looping et passa en vrille. Un animal rampa sur la pierre avant de monter au créneau. Peu à peu, le crépuscule métamorphosait ces créatures américaines sauvages en ombres chinoises volubiles. L'obscurité amplifiait les sons. Cris et chuintements. Le ciel blêmissait, les roches noircissaient. Julie avait l'impression d'avoir atterri sur une autre planète. Treat alluma une cigarette qui rougeoya. Le claquement sec et métallique du briquet fit faiblir la cacophonie feutrée du désert qui reprit ses droits au bout de quelques secondes sur la bande-son, selon un mixage soigneusement réglé.

— *Look !* s'exclama Treat en désignant une étoile qui filait dans le ciel.

Julie avait tellement de vœux à formuler que l'étoile passa sans qu'elle eût le temps d'en énoncer un seul. Elle avait envie d'être réconfortée, protégée, prise en charge. Treat était gentil avec elle. En plus, il lui plaisait. Elle laissa les deux mains du jeune homme monter délicatement jusqu'à sa nuque et descendre se positionner fermement pour masser ses trapèzes contractés. Treat approcha sa bouche de l'oreille de Julie pour murmurer :

— *We haven't known each other long, but this is the first time I want to marry somebody.*

Il était d'autant plus téméraire qu'il savait qu'elle ne comprendrait pas. En lui déclarant son amour il préférait qu'il restât encore secret. Elle se tourna vers lui et l'embrassa. Elle se sentait mieux. Cette fois-ci, ni le paysage, ni Bob Miller, ni Victor Hugo y étaient pour quelque chose.

DEUXIÈME PARTIE

Riders on the storm.
There's a killer on the road,
his brain is squirming like a toad...[1]
Jim MORRISON

1. *Cavaliers de l'orage.*
Il y a une tueur sur la route,
son cerveau se convulse comme un crapaud...

29

Ce n'était pas beau à voir. Trente années passées à Los Angeles et six comme shérif du comté n'avaient pas blindé Henry McNeil. Ces trois cadavres encore chauds lui donnaient la nausée.

Ce matin du 7 juillet, il n'avalerait pas ses œufs brouillés baveux bordés de tranches de lard. Une tasse de café tout au plus et sans sucre, juste pour se réveiller. Le bureau l'avait appelé à 9 h 08 pour venir constater le massacre. Trois morts, trois jeunes, trois de plus. Henry McNeil avait une idée sur l'identité de l'assassin. Une femme, une *serial killer* surnommée La Furie, une rareté dans l'histoire de la criminalité, domaine plutôt réservé aux mâles. Le mobile? Pour Henry, la nature humaine, irrémédiablement viciée, était en cause. Point final. L'espèce avait été créée pour faire le mal, plus que le bien. À cause de ce déséquilibre, elle finirait un jour par se détruire totalement. Et ce n'était pas l'interdiction des ventes d'armes, le renforcement des effectifs de police ou la moralisation de la société qui serviraient à quoi que ce soit. L'*Homo sapiens* était né pour tuer, le système ne faisant qu'engendrer des refoulés qui, par crainte de la répression, choisissaient de se socialiser. Ceux qui ne se maîtrisaient pas remplissaient les prisons. N'importe quel type pouvait se lâcher et flinguer à tout va. Il fallait juste compter sur la chance de ne pas flâner dans les parages à ce moment-là. Les trois jeunes de ce matin n'avaient pas eu cette veine.

Henry examinait l'un des deux corps ensanglantés qui gisaient en travers de la route, lorsque son adjoint Ben Calder l'appela; c'était un Indien navajo et il ne partageait pas la philosophie de Henry. Pour Ben, tout reposait sur l'harmonie qui relie les créatures vivantes. Le déséquilibre chez un être correspondait à une déperdition du sacré en lui. La guérison était liée à l'*hozho*, un état de paix, d'harmonie, d'équilibre, de beauté, de santé, d'ordre et de bien, reconquis au terme d'une longue cérémonie adaptée et mise en scène par un *hataalii*, un médecin-chanteur-prêtre-historien-peintre.

Ben se tenait près d'un pick-up Ford bleu retourné sur le pavillon. Il appela Henry pour la deuxième fois, sans hausser le ton :

— Henry, par ici !

— C'est le troisième corps ?

— Ouais ! Il a fusionné avec la tôle. C'est pas beau à voir, je vous préviens.

Henry passa le buste à l'intérieur et le ressortit aussitôt.

— C'est quoi ce bordel ?

— Un cadavre.

— J'avais deviné.

— Tout ce qu'on peut avancer, c'est qu'il s'agit d'une fille.

— Vérifie à qui appartient cette camionnette.

— C'est fait ! Elle appartient à Jim Rendall, un épicier Navajo de Window Rock. On essaie de le contacter.

Henry alluma la cigarette offerte par Ben et remplit ses poumons avant d'examiner l'épave broyée dont toute l'aile gauche avait explosé et qui avait laissé une tranchée dans le sol.

— Le véhicule a dû faire une sacrée embardée pour creuser un trou pareil !

— Et pour éjecter les corps aussi loin ! ajouta Ben.

— Il n'y a qu'un seul cadavre là-dedans ?

— Heureusement !

D'une chiquenaude, le shérif envoya sa cigarette au fond du trou et se décida à inspecter l'habitacle.

Le visage de la fille avait été enfoncé par la carrosserie qui s'était déformée comme une canette de soda que l'on presse après l'avoir vidée. Le corps, plié en trois, portait un débardeur Kookaï dont l'étiquette indiquait « made in France », un jean Levi's « made in USA » et une paire de santiags « made in Mexico ». Henry chercha un indice parmi les objets qui s'étaient renversés autour du plafonnier. Il s'enfonça davantage à l'intérieur. Quelque chose attirait son attention. Il allongea le bras et saisit un carnet.

30

Deux heures avant l'arrivée du shérif McNeil sur les lieux du carnage, l'odeur du café avait réveillé Treat. Les rayons horizontaux du soleil auroral pénétraient à travers les meurtrières. Il cligna d'un œil sous l'impact d'un trait de lumière et regarda sa montre avec celui qui était resté ouvert. 7 h 30. Julie dormait sur le sol à ses côtés et bavait sur son bras. Ayant laissé son lit à Venus et à Mike, Bob avait passé la nuit devant son échiquier.

— Café ? proposa-t-il à Treat.

— Oui, s'il vous plaît. Le livreur n'est pas arrivé ?

— À 8 heures, j'ai dit.

Il déplaça en diagonale un fou noir. Noir comme le café dans lequel Treat plongea son nez. Noir comme les idées qui poignaient dans la tête du jeune homme.

— Croyez-vous que nous puissions désobéir aux ordres du destin ?

Bob ne parlait pas beaucoup. En revanche quand il s'exprimait il suscitait chez son interlocuteur un effort de réflexion auquel peu de gens étaient préparés. Treat le fit répéter, le temps de chercher une réponse :

— Cela dépend des gens. Il y en a qui se lèvent le matin en se disant : que va-t-il se passer aujourd'hui ? D'autres qui disent : que vais-je faire ? Toute la différence est là. Le destin, c'est une question de point de vue, non ?

Apparemment, il avait bien répondu car Bob enchaîna. Inutilement car Treat n'écoutait plus. Son intérêt s'était reporté sur les lamentations de Mike, puis sur Julie qui émergeait avec difficulté. Concentré sur sa partie d'échecs, Bob menaça avec un cavalier blanc le fou noir qui était parti à l'assaut de la reine. Un klaxon se fit entendre au loin.

— *It's time*, annonça-t-il.

Treat réveilla Venus, embrassa Julie, tira Mike du lit et cinq minutes plus tard, ils traversaient en sens inverse le labyrinthe qu'ils avaient emprunté la veille. Un pick-up Ford bleu entamé par la rouille était stationné devant la grotte. Une jeune Indienne aux longs cheveux noirs et brillants, vêtue d'un tee-shirt aux couleurs de l'équipe des « Indians », d'un jean et d'une paire de bottes, était adossée au véhicule, un panier de provisions à ses pieds.

Bob expliqua la situation à celle qu'il appela Wilmerine, afin qu'elle conduise ses hôtes à la police. Il s'approcha de Julie qui vomissait son sandwich à la dinde.

— Vous avez rompu un équilibre. Il faut réintroduire la beauté en vous. Je connais un chanteur qui peut vous aider.

— Un chanteur ? s'étonna Julie.

— Un *hataalii*. Un homme-médecine, si vous préférez. Il sait pratiquer la « Voie de la Nuit » qui guérit la tête. Tenez, j'ai écrit son nom sur ce papier. Vous n'êtes pas Navajo néanmoins je vous sens prête à vous soumettre à une telle cérémonie. Il suffit d'adhérer à leurs valeurs.

Julie prit le morceau de papier qu'elle aurait volontiers échangé contre un sachet d'aspirine. Elle le fourra dans sa poche après avoir lu rapidement le nom inscrit : Austin Klash. Elle remercia Bob avant de monter dans la cabine du pick-up aux côtés de Wilmerine et de Venus qui n'avait pas dit un mot depuis son réveil. Treat et Mike grimpèrent dans la benne. Quand ils se retournèrent, Bob s'était dissous dans le paysage.

La camionnette passa près de la montgolfière déchiquetée.

— Les forces de la terre sont plus puissantes que celles du vent, médita Wilmerine en baissant le volume de l'autoradio qui diffusait une cassette des Doors.

Riders on the storm, riders on the storm...

Malgré la pluie que l'on entendait tomber à la radio, il faisait déjà chaud. Julie ôta la chemise de flanelle qu'elle rendit à Treat par la fenêtre. Wilmerine l'apostropha sans que Venus traduise.

— Qu'est-ce qu'il y a, Venus ?

— J'avais un casting aujourd'hui, pour jouer avec George Clooney. Trop tard maintenant. J'en ai marre de ce désert pourri. Je veux rentrer à Los Angeles.

— Pas la peine de bouder. Je ne suis pour rien dans ce qui t'arrive. Je suis juste responsable du fait que tu sois en vie. Wilmerine nous emmène au poste de police. Ton grand-père sera prévenu, il viendra te chercher et les méchants seront poursuivis. Ça te va ?

— Tu l'as acheté où, ton tee-shirt ?

— Quoi ?

— Tu désires que je traduise, non ? Elle veut savoir où t'as acheté ton tee-shirt.

Julie pointa son menton vers Wilmerine en haussant les sourcils, tout en tirant son débardeur Kookaï vers l'avant entre le pouce et l'index, comme pour avoir la confirmation des propos de Venus. L'Indienne opina du chef. Julie s'appliqua.

— *In France, in Nice.*

— *Nice ! Do we swap ?*

— Tu veux l'échanger contre son tee-shirt ?

Surprise par la proposition, Julie accepta. Wilmerine stoppa aussitôt son pick-up sur la piste et se retrouva seins nus.

— *What's wrong ?* s'inquiéta Treat derrière la vitre.

Julie ôta son débardeur qu'elle troqua furtivement.

— J'y crois pas ! commenta Venus.

— *Thanks !* dit Wilmerine en se contemplant dans le rétroviseur.

— Merci ! dit Venus.

— Merci pour quoi ?

— Elle te dit merci.

— Ça va, j'avais compris.

Wilmerine interpella ses deux passagères.

— S'il te plaît, Venus ! adjura Julie.

— Elle demande si tu as été présentée à Jud, son frère.

— Non, pourquoi ? Où l'aurais-je vu ?

— Je ne sais pas, maugréa Venus qui apparemment n'avait plus envie de jouer les interprètes.

Julie guigna par la vitre arrière de la cabine. Treat manifesta un signe d'appréciation avant de basculer à cause du démarrage brutal du pick-up truck qui s'engagea sur la piste poussiéreuse en direction de la route 666.

31

À Gallup, pas besoin d'acheter le journal. Il y a le Side Bar. Sam, barman depuis quinze ans, se charge de diffuser les potins du coin et les nouvelles du monde à partir de son zinc. Il suffit de partager son interprétation des faits. Comme la plupart de ses clients sont des bouseux burinés par le soleil et ridés par les crédits bancaires, vieux grincheux aux mains calleuses et aux propos minimalistes, il n'est pas nécessaire d'élever le niveau très haut.

Assis un peu à l'écart, le shérif McNeil feuilletait les pages d'un carnet, indifférent au débat qui se déroulait de part et d'autre du comptoir.

— Pourquoi les kidnappeurs de la gamine auraient massacré toute sa famille ? claironna Hank, un plouc avec une casquette estampillée John Deere.

— C'est comme si t'allais flinguer ton banquier avant d'lui d'mander un prêt ! renchérit Jack, un plouc sans casquette.

— De toute façon, vivant, il t'accorde pas de prêt ! rectifia Sam.

— Ouais, qu'est-ce qu'y branle le FBI ? se réveilla Bill sous une casquette Budweiser.

— À mon avis, ils savent queq'chose, ils disent rien, pour protéger la gosse, commenta Sam. Et vous shérif, quelle est votre opinion sur cette affaire ?

Henry n'écoutait pas. Il était plongé dans le carnet, couvert d'une écriture appliquée et divisé en six paragraphes. Il ne comprenait rien, sauf qu'il devait s'agir d'une sorte de journal intime, à cause des noms de lieux et des indications horaires. Le reste était du chinois ou plus exactement du français. Il y avait aussi un prénom « EVA » écrit à la hâte sur la couverture cartonnée flétrie par l'usure. Il y avait enfin ce gribouillage d'enfant sur la première page. Il se tourna vers le bar :

— Dis-moi, Sam, le fils de Frank, il a pas fait des études en France ?

— Je veux, oui ! Même qu'il y a passé un an. Comment ça s'appelait ? Une université célèbre, à Paris. La Gorgone, je crois, un truc dans ce genre.

— Il doit parler français alors ?

— À moins d'être bouché comme son père. J'ai pas pu vérifier, vu que la seule langue étrangère que je pratique c'est celle de la femme de Bill.

L'auditoire s'esclaffa sauf Bill.

— Y serait pas pédé par hasard, le fils à Frank ? s'enquit Hank.

— Pourquoi ? Parce qu'il parle français ? intervint Sam.

— On dirait une tapette. Y s'coiffe comme une gonzesse. Y s'habille avec des chemisettes, des pantalons à pinces, des mocassins. Y s'parfume en plus !

— C'est quoi son nom au fait ? baragouina Bill-le-cocu.

— Montgomery !

— Si ça c'est pas un nom de pédé ! s'écria Hank.

— Qu'est-ce que t'as contre les pédales ? postillonna Sam.

— Rien ! Moi j'suis pas raciste. Les pédés, les chinetoques, les négros, j'ai rien contre, tant qu'y m'font pas chier…

Un Indien entra dans le bar, interrompant l'argutie dans laquelle s'était engagé Hank. Il commanda un double scotch qu'il avala sans respirer, posa cinq dollars et ressortit, laissant derrière lui un silence allusif.

— Si c'est pas malheureux de voir ça ! commenta un supporter des Chicago Bulls reconnaissable à sa casquette rouge à l'effigie d'un taureau.

— C'est l'alcool qui les a perdus, hoqueta Bill « Budweiser » en terminant sa bière.

Henry se leva et se dirigea vers la sortie.

— Allez, salut, Henry ! lança Sam.

— Quoi ?

— Eh bien, salut, quoi !

— Ah oui, salut.

L'esprit de Henry était manifestement ailleurs.

32

7 juillet. 8 h 20.

Finalement, nous n'aurons peut-être pas besoin d'aller jusqu'à Santa Fe. Wilmerine, une Indienne Navajo hyper sympa qui venait livrer des provisions à Bob Miller, nous conduit à la police. De là, nous appellerons le grand-père de Venus. Il me tarde que ce soit fini maintenant et que le cauchemar s'arrête. J'espère que je vais pouvoir joindre papa pour que lui aussi vienne me chercher. C'est la première fois que

33

Wilmerine conduisait vite sur la piste rocailleuse. À cause du pick-up tressautant dans un tintamarre d'amortisseurs trop rouillés et de la migraine tenaillant ses tempes, Julie cessa d'écrire. Elle referma son carnet sans terminer sa phrase et se concentra sur la piste avec l'attention d'un concurrent du Paris-Dakar, inutilement d'ailleurs, car la jeune Indienne possédait le chemin pour l'avoir emprunté régulièrement. Cette dernière expliqua qu'elle connaissait un ranger Hopi dont l'activité principale consistait à résoudre les problèmes de bétail et de voisinages au sein de la tribu. Il serait heureux de leur rendre service ; ça lui ferait un peu d'action. Julie se sentit soulagée. Un ranger Hopi ne pouvait pas être complice des flics tueurs de Los Angeles.

Les bourrasques sèches du matin poussaient timidement quelques buissons sauvages. Le paysage montagneux qui défilait au loin servait de cible à un soleil perçant de ses flèches lumineuses un léger manteau de brume. Julie fit part de son admiration pour la beauté naturelle qui les entourait de toutes parts. Wilmerine sourit et se mit à chanter :

Hozhoogo naashaa doo
Shitsiji hozhoogo naashaa doo
Shikeedee hozhoogo naashaa doo...

— Je sais pas traduire ça, avertit Venus.

— *In the beauty, I walk...*

Wilmerine récita en anglais les paroles de sa chanson navajo.

— Elle raconte qu'elle marche dans la beauté, avec la beauté tout autour d'elle, que la beauté est revenue... C'est nul !

La cabine du pick-up s'était transformée en véritable salle des Nations unies où l'on parlait trois langues différentes.

— *Nice song!* complimenta Julie.

— Pourquoi t'aimes les Indiens autant? l'interrogea Venus.

— Je sais pas. Peut-être parce qu'ils ne portent pas de moustaches.

— Je vois pas le rapport.

— Je déteste les moustaches.

— Pourquoi?

— Je te le dirai si nous nous en sortons vivantes.

— *French song?*

Wilmerine voulait que Julie lui chante une chanson. La Française se mit à chercher dans sa culture discographique un tube du terroir qui aurait percé au milieu des clips MTV, du rock FM et de la Techno Dance. Était-ce par affinité ou parce qu'elle cherchait un téléphone depuis la veille, en tout cas elle se référa au groupe du même nom. Connaissant par cœur les paroles de l'un de leurs succès, elle fredonna :

Je rêvais d'un autre monde
Où la terre serait ronde
Où la lune serait blonde
Et la vie serait féconde…

Wilmerine insista pour qu'elle prononce lentement ces mots au sens mystérieux. Au bout d'un moment les deux filles chantèrent en chœur. Julie était impressionnée par les capacités de la jeune Indienne à mémoriser une chanson qu'elle ne comprenait pas. Elle appréciait son intelligence et sa gentillesse, deux qualités qu'elle plaçait au-dessus des autres. Après Dick et Bob, elle était la troisième personne hors du commun croisée sur son chemin. Ici, les gens étaient rares, dans tous les sens du terme, comme si le désert se voulait un terreau fertile en destinées singulières. On l'avait pourtant prévenue avant de partir aux States que les Ricains étaient cons et primaires. Sur quelles études ces analystes de salon s'étaient-ils basés pour en arriver à une telle conclusion ? Julie se mit à imaginer des « Deschiens américains » et estima qu'il fallait de tout pour faire un pays.

Wilmerine tira une Kool du paquet qui se trimbalait sur le tableau de bord et l'alluma.

— *Do you mind ?*

— *No problem*, répondit Julie qui ne voulait pas lui avouer que la fumée la dérangeait en voiture et risquait d'aggraver sa migraine.

Elle enviait la liberté qui émanait de la jeune Indienne. Son côté sauvage aussi. Elle regretta de ne pas l'avoir connue dans d'autres circonstances et de ne pas être son amie. Elle serra soudain le bras de Wilmerine qui freina aussitôt. Une voiture couleur sable roulait à leur rencontre.

— Qu'est-ce qu'il y a ? demanda Venus qui pour une fois n'avait rien détecté.

— Dis-lui de s'arrêter. J'ai peur. Cette voiture, si c'était eux ?

La fillette expliqua la situation à Wilmerine telle qu'elle venait de lui être exposée par Julie. Leur chauffeur quitta la piste en direction d'un tas de rochers qui semblaient avoir été entassés là par un géant, contourna le monticule et stoppa le moteur. Au loin, la voiture suspecte sembla continuer sa course avant de s'arrêter à l'instant où Julie commençait à respirer. Elle sentit de nouveau son cœur battre comme un piston, lâchant des flots de sang dans ses tempes douloureuses.

Treat sauta discrètement du pick-up pour venir aux renseignements. Un « chut ! » bruyant accueillit l'Américain qui se tint coi.

Une minute de silence donna au vent léger l'occasion de s'exprimer entre quelques buissons épars. L'automobile vers laquelle tous les regards convergeaient recula et montra sa calandre. Une Cadillac. Elle roula vers le tas de rochers en soulevant la poussière du désert et l'angoisse des guetteurs. Julie ne connaissait pas ce véhicule. Elle hésitait. Wilmerine attendait d'elle un signe pour agir.

Le signe vint de la Cadillac, bruyant, fulgurant, comme une rafale d'arme automatique.

L'Indienne démarra, les roues patinèrent, le moteur hurla, le boîtier de vitesses crissa, la carrosserie s'ébranla. Julie essaya de lire la plaque minéralogique de la Cadillac tout en sortant son carnet de la poche. Difficile, entre la nausée, la peur, la précipitation. Elle tenta de noter le numéro d'immatriculation sur la couverture, mais Wilmerine freina, le crayon roula sous le siège, et une nouvelle accélération la colla au dossier. Cramponnés aux flancs de la benne, les garçons étaient secoués comme dans une machine à laver dont le tambour serait resté ouvert. Leur sort était lié à la conduite de la jeune Indienne qui comptait sur la résistance du pick-up sévèrement mis à l'épreuve. Les poursuivants commencèrent à perdre du terrain.

Le Ford déboucha comme un bolide sur la route 666, heureusement déserte. La Cadillac avait disparu. Wilmerine accéléra. Elle venait de les sauver. Treat confirma que personne n'était passé par-dessus bord. Devant, loin devant, une voiture noire était garée.

Tout se passa très vite.

Les portes arrière de l'Oldsmobile s'ouvrirent brutalement. Un type portant sur l'épaule un lance-roquettes s'éjecta du véhicule, posa un genou à terre et pointa son canon. Julie entendit une percussion précédant une secousse infernale. Dans une fulgurance qui parut s'étirer interminablement, sa mémoire se vida, ses souvenirs s'éparpillèrent dans la cabine du pick-up, projeté dans une série de tonneaux. Elle sentit que la mort était proche, puis ne sentit plus rien.

34

En sortant du Side Bar, Henry McNeil n'avait qu'un but : dénicher Montgomery Burnett, la seule personne qui parlait français dans le coin. Il fallait reconnaître que parler le français à Gallup ne servait pas à grand-chose. C'était plutôt un handicap, à en croire les mauvaises langues. Pour joindre Montgomery, on devait joindre le père, Frank Burnett ; pour joindre le père, on devait aller à son ranch. Autant aller au diable.

Henry sortit de Gallup par le nord, en direction de Window Rock, avec une intuition. Il était peut-être sur la trace de La Furie, ce mystérieux *serial killer* en jupons qui avait assassiné quatre personnes au cours du mois dernier. Chacune des victimes avait été tuée dans son véhicule avec une arme différente : un couteau, un revolver, un fusil à pompe et un pistolet-mitrailleur Uzi. Cette fois-ci, La Furie semblait être passée au bazooka.

Henry cherchait un indice qui puisse corroborer son intuition. Jusqu'à présent, il n'avait rien, à part ce carnet qu'il fallait traduire de toute urgence. Un panneau lui rappela qu'il empruntait la route 666 pour la troisième fois aujourd'hui. Les stations-service, les motels, les fast-food se bousculaient à la sortie de Gallup avant de se disperser peu à peu dans un paysage montagneux tacheté de vert. Il songea à sa femme qui, six ans auparavant, à contrecœur, l'avait suivi jusqu'ici, au confluent des cultures hispanique, anglo-américaine et indienne, pour commencer une nouvelle vie dans un Nouveau-Mexique qui n'avait rien de nouveau. Henry aurait préféré acheter un ranch dans le Montana, s'installer au milieu des Thomas McGuane, Jim Harrison, James Crumley, pour tremper sa plume dans l'Amérique profonde.

Malheureusement il n'avait rien d'essentiel à écrire, ni rien de plus à ajouter aux banalités que d'autres écrivaient mieux que lui.

Il vissa le bouton de sa radio. Warren G reprenait un succès de Bob Marley, à l'instar de beaucoup de ses contemporains qui manquaient foncièrement de créativité, pas de succès. « *I shot the sheriff* », fredonna le shérif avant de se remémorer le massacre qui avait remplacé son petit déjeuner.

C'était dans sa voiture qu'il réfléchissait le mieux. Là il n'était pas dérangé. Il n'avait qu'à suivre la route couvrant les distances interminables du comté dont il avait la responsabilité. Et ce n'était pas la circulation qui l'empêchait de se concentrer. Un jour, il avait résolu une enquête, juste comme ça, assis derrière son volant, en écoutant les Rolling Stones chanter « *Indian Girl* ». L'esprit ailleurs, il avait laissé passer un feu vert en oubliant de redémarrer. Un piéton avait alors traversé devant lui, correspondant exactement au signalement de celui qui avait incendié la grange d'un rancher. Henry l'avait ainsi cueilli par surprise, en le malmenant quelque peu pour cause de résistance. Seulement le prisonnier s'appelait Frank Burnett et c'était justement chez lui qu'il se rendait actuellement. Il espérait que le temps aurait effacé la rancœur du vieux. Car si Henry ne croyait en rien, ni en l'homme ni en Dieu, ni en quoi que ce soit, il croyait au moins en la force du temps qui s'écoule.

Au détour d'un virage, il revit l'époque où il enseignait le droit à Los Angeles, où il était heureux avec sa femme Helen et son fils Brian, jusqu'au drame. Les années avaient presque effacé cette image d'horreur. Elles avaient émoussé sa colère contre cet *Original Gangster*, cet OG comme ils disaient, qui avait tiré sur son fils, juste parce que le hasard avait voulu qu'il portât des jeans larges et un bandana bleu comme ceux d'une bande rivale. C'était il y a six ans. Son fils aurait à présent dix-sept ans. Obsession. Une victime et un assassin dans un même lieu, une vie tenue par un fil, hasard démiurgique, tout bascule pour quelques secondes, quelques millimètres. Comme Paul Auster qu'il avait beaucoup lu, Henry McNeil était fasciné par ce millimètre grâce auquel l'individu qui traverse la rue et qui évite l'accident va rester en vie. Violence. Elle avait toujours existé. De plus en plus médiatisée, elle donnait seulement l'impression d'être plus répandue. Les croisades, les colonisations, l'holocauste, les guerres entre soldats ou entre gangs, rien ne changeait au fond. Sauf la couleur de l'uniforme.

Après la mort de son fils, Henry avait démissionné de son métier d'enseignant pour entrer dans la police de Los Angeles et canaliser sa haine des autres en toute légalité. Il avait tenu six mois. À la dérive, il s'était enterré au Nouveau-Mexique, là où il croyait rencontrer la paix et s'était fait élire shérif pour l'y maintenir. Erreur, la violence avait fini par se propager jusqu'ici, comme un gigantesque cancer dont les métastases proliféraient à travers le pays. Il suffisait d'une présence humaine pour que le virus s'installât.

Deux jeunes garçons et une jeune fille avaient été assassinés ce matin dans le comté, vers 8 h 30. Y avait-il un lien avec les meurtres du mois dernier ?

Alors que le shérif McNeil ruminait ses problèmes, un animal traversa la route. Henry braqua brusquement pour l'éviter, sentit un choc et freina sur l'accotement. Son cœur tambourinait. Encore un coup du hasard. Un de ces maudits millimètres de trop...

Il descendit du véhicule avec appréhension et examina le pare-chocs pour y découvrir une trace de sang. Henry chercha le cadavre de l'animal sans déceler un indice. Il faisait un piètre détective ! Pour une fois qu'il avait l'assassin, il ne trouvait pas la victime. Il remonta pantois dans sa voiture et roula en se concentrant sur le chemin qui le menait au ranch de Frank Burnett.

35

Cloué sur une croix et pendu au bout d'une chaîne, le Christ la jugeait. Tout en se balançant, il s'adressait à elle en anglais. Était-ce donc la langue officielle du paradis ? Était-elle au paradis ?

Julie voulut se frotter les paupières car la fonction autofocus de son système oculaire semblait déréglée. Ses mains étaient paralysées. Elle se contenta de papillonner des paupières et d'écarquiller ses yeux verts, faisant une mise au point approximative sur le crucifix qui se dandinait au cou d'un homme dont le visage rougeâtre, flasque et inconnu, grossissait lentement au-dessus d'elle. Elle repéra dans cette apparition adipeuse deux trous au fond desquels rien ne brillait. La bouche, dont les lèvres étaient absentes, ressemblait à la fente d'une tirelire dans laquelle un enfant aurait eu peur de glisser ne serait-ce qu'un nickel. Du nez, piqué de points noirs, perlaient des gouttes de sueur mélangées à un filet de morve. Au-dessus du crâne, des cheveux jaune paille semblaient avoir été posés là en vrac en attendant la saison des foins.

Julie ne comprenait rien à ce que disait le faciès purpurin qui exhalait sa colère mêlée à des relents de fond d'intestins chargés, ni pourquoi elle ne pouvait bouger. Elle était allongée et souffrait d'une atroce migraine. Une douleur sourde lui écrasait les tempes tandis qu'un élancement tambourinait derrière son front. Autour d'elle, des murs sombres et impalpables suintaient d'humidité. Avait-elle pénétré dans ce fameux couloir de la mort au bout duquel la lumière accueille les âmes libérées ? Elle ne voyait pas de lumière.

Le rougeaud postillonnant lâcha une nouvelle overdose de fiel. Julie, qui sortait peu à peu de son état comateux, avoua qu'elle ne parlait pas anglais. À peine eut-elle terminé sa phrase qu'elle reçut une gifle. En essayant de se débattre, elle réalisa qu'elle était attachée par des menottes sur un sommier métallique.

En fait de paradis, c'était en enfer qu'elle s'était réveillée.

— *Listen to me, little fuck, and read my lips :* WHERE IS VENUS ?

L'homme goret articulait ses mots.

— Venus ? répéta Julie.

— *Where is she ?*

— Je ne sais pas où elle est, ni où je suis, ni qui vous êtes, ni ce que vous voulez. Je veux rentrer chez moi..., commença-t-elle en vrac pour bien lui montrer qu'elle n'était pas bilingue.

Elle ne termina pas sa phrase ; c'est le gros rougeaud qui s'en chargea en lui envoyant une deuxième gifle. « Toujours ce putain de réflexe qu'ont les hommes d'envoyer des claques aux femmes qui leur tiennent tête. »

— *Where do you come from ?*

— Quoi ?

— *You ! From Canada ? From Europe ? From Spain ? Mexico ? Italy ?*

— France !

La réponse fut satisfaisante puisque Julie, qui s'était contractée, ne reçut pas de coup. La baleine rouge s'éloigna en dodelinant, grimpa un escalier en soufflant et disparut derrière une trappe qui semblait avoir été conçue pour sa corpulence.

Julie espérait gagner du temps avant d'être obligée de leur avouer qu'elle ignorait où était Venus. Où pouvait-elle se cacher si elle n'était pas ici ? D'ailleurs, c'était quoi « ici » ? Elle récapitula brièvement tout ce qui s'était passé après l'accident. La camionnette avait fait une dizaine de tonneaux. Elle se rappela avoir été secouée violemment et avoir ressenti une douleur dans la nuque. Le véhicule s'était enfin immobilisé, les quatre roues en l'air. Il lui semblait que Venus avait été éjectée, à moins qu'on l'eût tirée du dehors. Qui ? Et comment aurait-elle pu échapper aux ravisseurs ? Il n'y avait aucune possibilité de se camoufler. Qu'était-il advenu des autres, Wilmerine, Treat et Mike ? Qui était ce type répugnant qui la cognait à tour de bras ? Julie était assaillie de questions. Pourtant c'était pour écouter ses réponses qu'on l'avait amenée ici.

La trappe se rouvrit sur l'homme qui l'avait frappée, suivi par un maigrichon nerveux dans un costume d'alpaga trop grand, qui rata une marche soit à cause de ses ourlets trop bas, soit à cause de ses lunettes trop noires. Il se rattrapa de justesse à la chemise de son complice avant de l'entraîner dans sa chute jusqu'au bas de l'escalier. Les deux imbéciles se relevèrent plus vite qu'ils n'étaient tombés et le rougeaud se mit à gueuler. Derrière ses lunettes de soleil, le petit homme sec éprouvait des difficultés à s'orienter. Il s'énerva lui aussi dans un drôle d'accent. Julie s'interrogea sur sa nationalité.

— Tou e fransseze ?

Il était italien.

— Française ! rectifia Julie.

Elle utilisait le sarcasme comme ultime moyen de résistance. Sans succès car une nouvelle claque la découragea de persister dans cette voie.

— Tou é oune criminale. Tou as toué tout'oune famiglia à Los Angeles, tou as toué due soldati é d'autres personnes ancora é ancora en t'enfouiyant. Tou é oune serial killere. C'est la péne dé mort assourée pour toi. Et en plous, tou as kidnappé oune petite figlia. Cette affaire est trop grave. La solo chance de t'en sortire vivante, cé de nous dire où tou l'as cachée.

— Qu'est-ce que vous racontez ? Qui êtes-vous ? Où suis-je ?

— Ici, cé ta dernière chance dé t'en sortir, en nous disant ce que tou as fait dé Venouss.

— Qui êtes-vous ?

— On travaille pour le governomento.

— Pourquoi vous ne m'interrogez pas dans un vrai bureau de police si vous êtes de vrais policiers ?

— On né pas dé policiers. On é payés pour être efficaces quand la police ne lé plou. Tou as entendou parlé dou FBI ?

Julie eut un frisson dans le dos.

— C'est pas légal de me séquestrer ici.

— Cé ce que je souis en train de t'espliqué, conasse. On a tous les droits. On peut te faire disparaître si on veut, sans processo, sans jugement.

— Je suis innocente. J'ai tué personne. Ce sont des policiers qui ont tué M. et Mme Kleinfeld. Je peux vous les décrire, il y avait un moustachu et un type avec un nez d'aigle. Il y avait aussi deux militaires.

— Et moi je souis le pape.

Julie ne comprenait rien. Ces types la prenaient pour une meurtrière. Elle se défendit :

— Je vous jure que je suis innocente. Je me suis juste enfuie avec Venus pour la protéger.

— Si ce que tou dis é vrai, alors dis-nous où elle é. On loui demandera de confirmé ce que tou dis.

— Je ne sais pas où elle est. Je vous en supplie. Ne me faites plus mal. Elle était avec moi au moment de l'accident, juste avant que je perde connaissance...

— Basta ! Per la dernière fois, où est-elle ? s'énerva l'Italien en la giflant.

La migraine cognait contre ses tempes et les coups n'arrangeaient rien. Le type à la trogne porcine s'approcha et la frappa aussi, pour le plaisir sûrement, car il ne posa pas de question. À bout de patience, ils quittèrent la pièce. La trappe retomba lourdement sur un silence funèbre.

Julie fit un bilan sommaire : une obscurité totale, les membres écartelés aux quatre coins d'un sommier, la figure en feu et une forte envie d'uriner. Elle tendit l'oreille pour déceler un bruit ou une présence. Aucun son. La pièce paraissait vide et bien isolée.

Elle remua son nez comme Samantha dans « Ma sorcière bien-aimée ». Pas pour réaliser un miracle, juste parce qu'il la démangeait. Cela commençait à devenir une idée fixe, lorsqu'un bruit furtif attira son attention. Un second bruit, un troisième... Comme si l'on était en train de gratter sur le sol de la cave. Des rats ? Julie tira sur les menottes qui la paralysaient. Les grattements et les glissements se multiplièrent dans le noir. Elle imagina une armée de rats grouillant sous le lit. Est-ce qu'ils étaient capables de grimper ? Elle sentit son cœur battre la chamade, sa gorge se nouer, une morsure à l'orteil. Une bête courut le long de sa jambe. Elle cria et se tortilla comme si la ferraille sur laquelle elle était allongée s'était soudain électrisée. L'animal détala en la griffant au ventre et en frôlant sa joue. Jamais Julie n'avait été aussi proche de la folie.

Un long moment passa jusqu'à ce qu'elle récupère un semblant de calme et de raison. Les raclements sur le sol et sa démangeaison nasale s'étaient dissipés, pas la peur, ni la migraine, ni l'envie d'uriner. Elle savait qu'elle allait mourir. Le pire était que ses dernières heures promettaient d'être les plus noires de sa vie.

Au cours de ses divagations, elle se remémora le film *Johnny got his gun* qu'elle n'avait pas eu le courage de supporter jusqu'à la fin. L'histoire d'un blessé de guerre atrocement mutilé qui revenait à lui dans un hôpital, sans bras, sans jambes, sans avoir la possibilité de communiquer avec les médecins et les infirmières. Seul son esprit était demeuré intact. Dans une scène atroce, le soldat avait rêvé qu'un rat lui montait sur le corps et dévorait son visage sans qu'il puisse se défendre. Julie avait décroché à ce moment-là. En comparant cette scène avec ce qui venait de lui arriver, elle gagna un peu de courage. Était-ce parce qu'elle relativisait son état à celui d'autres victimes plus à plaindre ? Elle décida aussitôt de récapituler les malheurs du monde qui auraient presque pu rendre son sort enviable : les lépreux et les handicapés physiques qu'elle avait croisés au cours d'un voyage en Inde avec ses parents, les enfants esclaves maltraités et violés en Asie, les maladies génétiques qui frappaient au hasard les nourrissons, les prisonniers torturés dans les geôles d'Amérique latine, les familles entières égorgées et décapitées en Algérie, les génocides africains, cambodgiens ou yougoslaves, les victimes du sida, les hémophiles français contaminés en masse, les internements psychiatriques en Chine, les victimes des radiations de Tchernobyl, les femmes violées par les intégristes islamiques… Sa liste était longue et il lui fallut un long moment pour en venir à bout. Un véritable rapport d'Amnesty International. La migraine anesthésiait le reste de son corps meurtri. Elle ne pouvait plus soulager sa nausée, car elle n'avait plus de bile à régurgiter. Sa gorge était sèche, son pantalon mouillé. Elle avait uriné sans s'en rendre compte, peut-être au moment où le rat avait monté sur elle. Elle ne savait plus très bien où elle en était. Elle ferma les yeux en espérant qu'elle n'en avait plus pour longtemps à vivre. Elle se laissa aller, s'enfonçant peu à peu dans le coma.

36

— Tou é réveillée ?

Une claque tonique sur le point d'interrogation sortit Julie d'une syncope.

— Tou é réveillée ?

— Quoi ?

L'Italien reposa sa question, ponctuée par une nouvelle gifle.

— Oui, ça va, je suis réveillée !

— Bene. Où é Venouss Kleinfeld ?

— Je ne sais pas.

Nouvelle gifle. Cette fois, son nez fut touché. Elle déballa ce qu'ils savaient déjà :

— Elle était assise à côté de moi dans la camionnette au moment de l'accident. Je ne sais pas ce qui lui est arrivé, ni à elle, ni aux autres. Elle s'est sûrement enfuie avec eux.

— Les trois autres sont morts, dit l'Italien en se prenant la langue dans les « r ». La pétité n'était pas dans le pick-up. Où é-t-elle ?

Julie accusa le choc. Treat, Mike, Wilmerine morts !

— Où é-t-elle ? répéta l'Italien comme un disque rayé.

— Je sais pas.

— Dis uno endroit.

— Je sais pas, merde!!!

Elle tira sur ses menottes, épuisant ses dernières forces mêlées de rage et d'impuissance.

Un coup de poing la calma instantanément. Un spot fut braqué sur elle. L'Italien s'adressa en anglais à celui qui venait de la frapper. Julie reconnut les moustaches du flic de Los Angeles. Elle réalisa soudain que ces types l'avaient manipulée, en prétendant qu'ils étaient du FBI et en l'accusant des meurtres pour la faire parler. En fait, elle était prisonnière des vrais coupables, des assassins de la famille Kleinfeld, du Français, de Burt, de Treat, de Mike, de Wilmerine et peut-être d'autres.

Le tueur qui avait adopté la tenue du cow-boy Marlboro s'approcha et fit une grimace en reniflant le jean de sa proie. Il fit jaillir la lame d'un couteau qui brilla comme un éclair à la lueur du spot et la guida adroitement, tranchante et froide, sous les vêtements de Julie, le long de ses jambes, de son aine, de ses côtes, de ses aisselles, jusqu'à ce que son pantalon et son tee-shirt fussent taillés en pièces et arrachés à son corps comme les pelures d'un fruit. En quelques minutes, elle fut entièrement nue, toujours menottée, aussi vulnérable qu'un masochiste à la merci d'un sadique. Le sommier lui tailladait la peau du dos; le fer entrait dans sa bouche, le goût du sang coulant de ses lèvres et de son nez. Le boucher en haute couture fouilla avec dégoût le pantalon de Julie qui souffrait tellement qu'elle en oublia d'être humiliée. Il sortit de l'une des poches un papier froissé et humide qu'il déplia avec soin et essaya de lire. L'urine avait rendu l'inscription presque illisible.

— *Austin? What is this? Is that where Venus is?*

— Kécékécé? Austin, cé là où é Venouss?

— Oui, Venus est à Austin, au Texas.

Julie entendit L'Italien transmettre sa réponse en anglais. L'homme aux bacchantes «carwashiformes» resta impassible. Il rétracta son couteau et fit glisser le manche sur le corps de la jeune fille, autour de son nombril, entre ses seins, sous sa gorge, le long de sa joue, sous son œil. La lame claqua sous sa paupière comme un dard létal et métallique. Elle cria. Il rit. Satisfait de sa mise en scène, il rentra la langue acérée dans son fourreau qu'il descendit lentement vers le sexe de Julie, caressant sa peau frissonnante et son corps ondulant. Il plongea ensuite l'arme blanche entre ses jambes écartées, s'immobilisa et reformula sa question, le doigt sur le cran d'arrêt.

— Je crois que tou n'as plou le choix, il faut parlé é tout dire maintenant, commenta L'Italien, dont la voix s'était mise à chevroter, masquant à peine un léger désaccord avec la méthode de son complice.

Il ajouta de sa propre initiative :

— Dis n'importe quoi, au moins uno nome, qué sinon tou vas mourir dans les pires sofferenza.

Julie chercha une réponse tout en veillant à la crédibilité de ce qu'elle allait inventer.

— Elle est restée à la tour, chez Bob Miller ! Elle n'était pas dans la camionnette.

Elle réalisa un peu tard que cela eût été une excellente idée. « Bacchantes Man » esquissa un sourire victorieux. Apparemment, Julie savait bien mentir. Le problème était qu'elle venait de plonger Bob Miller dans les emmerdes.

37

Frank Burnett portait ses lunettes de vue moins souvent que son fusil. Un détail qui avait son importance car il avait sauvé la vie des quelques indésirables qui avaient osé franchir l'entrée de sa propriété signalée par un « B » géant gravé dans le bois.

À 11 h 09, en passant sous le fameux « B », le shérif Henry McNeil entendit partir le coup de feu sans qu'il sentît l'impact du plomb. Il actionna aussitôt le gyrophare pour signifier à Frank que sa cible n'était pas n'importe laquelle, et roula lentement jusqu'à une bâtisse en bois mal entretenue. Lorsqu'il sortit de sa Chevrolet, il vit d'abord le double canon fumant pointé sur lui. Un vieil homme s'y agrippait, fougueux et tremblant, les cheveux blancs et les mains noires, un œil collé sur le chien du fusil, l'autre mi-clos et la braguette de son jean élimé ouverte sur un slip Calvin Klein. Un homme plein de contrastes.

— Qu'est-ce que vous foutez chez moi, shérif ?

— Salut, Frank. Je cherche Montgomery.

— Pas possible ! Il a oublié de payer une contravention ? ironisa le vieux en se grattant l'entrejambe avec la crosse de son arme, l'index sur la détente.

— J'ai besoin de lui.

— Qu'est-ce que ça peut me foutre ?

— Je pourrais le voir ?

— Besoin de ma permission ? Vous voulez peut-être me demander sa main ?

Le coup de feu fit gicler une volée de plombs qui arracha le gyrophare de la Chevrolet. Les jambes fléchies comme à l'exercice, Henry avait déjà sorti son .38 qu'il pointait sur le vieux.

— Bouge pas, Frank, et jette ton putain de fusil ! Tu vas me payer ça.

— Déformez pas, shérif ! Le coup est parti tout seul.

— Colle ta gueule contre le mur, les jambes écartées.

Henry le fouilla et lui passa les menottes. Il connaissait bien le vieux Franky et ne voulait pas laisser retomber la pression.

— Qu'est-ce tu veux à mon fils ? balbutia Burnett.

Henry avait gagné. Le vieux allait parler.

— C'est plus ton problème, Frank. Je le trouverai seul.

— Ça m'étonnerait ! Il est constamment avec cet enculé de Steve.

— Ce que je t'explique c'est que je me passerai de toi pour le trouver.

— Va jeter un œil au Bureau des Affaires indiennes, il y est souvent fourré. Je sais pas ce qu'il y trafique et ça m'est bien égal. Depuis qu'il est rentré de France, je ne l'ai vu qu'à deux reprises. Et les deux fois, on a failli se taper sur la gueule. Si tu le vois, dis-lui que… Non et puis merde, lui dis rien.

— Ça va, Frank. Je vais te laisser vivre. Par contre je suis obligé de confisquer ton fusil.

Henry lui libéra les poignets et laissa le vieux, piteux, les bras ballants, seul avec sa parkinson.

Tout ce cirque pour un simple renseignement. Décidément, communiquer normalement avec les êtres humains devenait pour lui de plus en plus difficile. Et ce n'était rien à côté de ce que l'avenir lui réservait.

38

À l'intérieur du *Tribal Council* de Window Rock, des fresques racontent l'histoire du *Dineh*, le peuple, une appellation plus humaine préférée à celle de « Navajo », contraction espagnole de *Na va he dineh*, désignant à la fois le guerrier et le chasseur. Les visiteurs peuvent y découvrir une série de peintures qui en illustrent les moments forts. Sa migration vers le sud-ouest à la fin du XVe siècle, sa conquête des *pueblos* et son adaptation à un nouveau mode de vie ancré sur l'élevage et le tissage, révélant une extraordinaire faculté d'assimilation chez ces nouveaux arrivants. Puis la période noire : les luttes intestines entre les tribus, les pillages, les attaques contre la cavalerie des Blancs, les accords de paix bafoués, l'intervention de Kit Carson glorifié plus tard par des historiens amnésiques, et la « longue marche » déplaçant neuf mille Indiens jusqu'à Bosque Redondo dont la moitié avait été décimée par le froid, la famine, les épidémies. Enfin la tranquillité : le traité de 1868, la création de la réserve et le droit au *Dineh* de revenir sur sa terre et d'y exercer sa souveraineté.

Henry contemplait les fresques en attendant Montgomery Burnett. Pour la sixième fois, il regarda sa montre : 11 h 46. Henry mesurait le temps avec rigueur. Un réflexe qu'il avait acquis en suivant « Columbo » à la télévision. Beaucoup d'intrigues pouvaient être résolues grâce à la précision horaire. Le fils Burnett avait seize minutes dans la vue et cela en faisait déjà un suspect.

L'hôtesse, une ancienne Miss Navajo reconvertie dans la fonction publique, légèrement grassouillette, avec des yeux à l'esquimaude, lui envoya un sourire charnu. Celle-ci avait proposé au shérif de patienter après avoir prévenu Montgomery par téléphone. Henry lui rendit son sourire et s'approcha d'une peinture pour y lire une inscription. Il n'en eut pas le loisir, car le fils de Frank apparut dans le hall d'entrée. Grand, mince, jeune, habillé comme un étudiant fraîchement sorti d'une Business School, il ne ressemblait pas à son père. Il marcha vers Henry à qui il offrit une main dégoulinante.

— Bonjour, shérif !

— Bonjour, Montgomery. Je suis venu vous voir parce que j'ai besoin de votre aide.

Henry sortit de sa poche le carnet et le lui tendit.

— Je voudrais une traduction.

— C'est mon père qui vous envoie ?

— Non.

Montgomery feuilleta rapidement la pièce à conviction, sans y porter un intérêt particulier. Il semblait mal à l'aise. Le shérif s'en inquiéta.

— Quelque chose ne va pas ?

— Non, non, tout va bien. Pour quand ?

— Le plus tôt serait le mieux.

— Demain matin ?

— Ce soir ? tenta le shérif.

— Je vais essayer. Vous me le laissez ?

— Je préférerais vous donner des photocopies.

— C'est naturel.

Montgomery surveillait le hall, comme s'il se savait épié. Henry le ramena à ses préoccupations.

— Vous avez une photocopieuse ici ?
— C'est comme vous voulez.
— Hein ?
— Pardon, excusez-moi, vous disiez ?
— Y a-t-il une photocopieuse dans vos locaux ?
— Oui, oui, bien sûr, je m'en charge.

Le jeune homme dont l'esprit était ailleurs s'éloigna vers les bureaux. Drôle de type, estima Henry en s'asseyant. Un exemplaire du *Navajo Times* était plié sur le siège voisin. Il se l'appropria et parcourut les gros titres qui annonçaient les prochaines élections et se perdaient en conjectures quant à l'identité de La Furie. Il reposa le journal, étendit les jambes et commença à juger le temps long. Il en perdait beaucoup et espérait que ce foutu calepin dont il aurait dû signaler l'existence au FBI le mènerait au-delà des discordes de la famille Burnett.

Au bout de vingt minutes, Montgomery se manifesta en s'excusant du retard causé par une feuille de papier qui s'était coincée entre les rouleaux de la photocopieuse. À l'appui de son excuse, il montra au shérif ses mains couvertes d'encre, ce qui lui donna un point commun avec son père. Henry décida d'abréger l'entretien :

— Où est-ce qu'on se donne rendez-vous ?
— Un rendez-vous ?
— Pour la traduction.
— Ah oui ! Disons, chez moi, ça vous poserait un problème ?
— Non.

Le jeune homme griffonna son adresse et dessina un plan succinct sur une feuille de papier. Henry lorgna sur son épaule :

— Vous habitez Grants ?
— J'étais sûr que ça vous poserait un problème.
— Non, c'est pas ça, je rentre à Gallup ce soir, donc je peux faire un saut chez vous. Ce qui m'étonne, c'est que vous habitiez loin de votre lieu de travail.
— Je ne fais pas le trajet tous les jours.
— Vous me rassurez.

— En fait, vous avez eu de la chance de me trouver ici.

— À quelle heure je peux passer ?

— Je vous aurais bien donné rendez-vous à Gallup, mais je dois être à Grants cet après-midi.

— Je vous dis qu'il n'y a aucun problème. À quelle heure ?

— À 9 heures, ça ira ?

— Ça ira, dit le shérif en pensant à sa femme.

Lorsqu'ils se saluèrent, Henry analysa la poignée de main de Montgomery, moite et molle. Il se servait souvent de cet attouchement conventionnel pour juger ses interlocuteurs. Celui qu'il avait en face de lui était fuyant.

Henry quitta le siège du *Tribal Council* des Indiens Navajos. Derrière le bâtiment, dont l'architecture moderne était inspirée du hogan traditionnel, un rocher rouge en forme d'arche ronde était percé par les rayons du soleil. Vision magique et irréelle.

39

Julie avait mal, faim, soif, froid, peur. Elle s'efforça de faire fonctionner la moitié de sa tête, l'autre moitié étant paralysée par une migraine permanente, et se remémora la façon dont elle avait réussi à s'en tirer depuis deux jours. Cela lui donna un peu d'espoir. « Espoir » et « hasard », deux mots qui, par définition, conservaient leur sens quand tout semblait perdu. Existait-il un moyen d'enlever ces quatre menottes, sortir de là, dégotter un flingue et des fringues, neutraliser les ravisseurs, voler un véhicule et foncer au bureau de police le plus proche ? Rien que ça. « Garder espoir, compter sur le hasard », se persuada Julie. Elle revit l'accident. Les tueurs avaient parlé de trois morts. Trois. Comment la puce avait-elle pu s'en tirer ? Ils avaient sûrement passé le secteur au peigne fin. Pourtant Venus était encore là-bas. Julie voulait aller vérifier, en avoir le cœur net. En plus revenir sur le lieu du crime était une façon d'augmenter ses chances, de favoriser la fortune qui requiert parfois d'être amorcée. Comment les convaincre de l'y emmener ?

Elle cria de toutes ses forces. Aucune réaction. Elle tira à nouveau sur ses cordes vocales jusqu'à ce que la trappe se soulève. Un rayon de lumière pénétra dans l'obscurité, précédant L'Italien qui préféra lui parler du haut de l'escalier.

— Qué tou veux ?

— Venus n'est pas restée à la tour.

— Qué ?

— Je vous ai menti.

Il fit retomber le panneau. Quelques minutes plus tard, il descendit l'escalier, suivi par le rougeaud.

— Cé quoi cé conneries ?

— C'est pas des conneries, c'est la vérité. J'en peux plus. Je vais tout vous dire. Venus est cachée dans le désert…

— Oh ! Piano, piano. Va moins vite, j'arrive pas à traduire.

— Elle est descendue de la camionnette avant que vous nous bombardiez, elle s'est cachée au milieu des buissons… Elle est là-bas. Il faut y aller, sinon, elle risque de mourir… Je vais vous y conduire.

Le gros lui balança une gifle qui lui fouetta la figure. La douleur qu'elle ressentit se diffusa dans son corps, des larmes glissèrent sur ses joues. Quelque chose de dur se balada au fond de sa bouche.

— Tou dis dé conneries !

Julie cracha sa dent pour continuer à parler.

— Je vous dis la vérité. Si je mens, vous n'aurez qu'à m'achever sur place. Dépêchez-vous de prendre votre décision, car dans l'état où je suis, je ne pourrai bientôt plus vous y emmener.

Perplexes, Laurel et Hardy discutèrent, remontèrent et se retirèrent avec la lumière. Julie serrait les poings.

Elle s'imaginait étendue sur une table d'opération, impatiente qu'on lui ôte la tête pour en mettre une neuve.

Nouvelle visite. Cette fois la trappe resta levée.

Il y avait le gros lard, le Rital et un autre type que Julie n'avait jamais vu, une sorte de mongolien géant qui s'acharnait à enfoncer dans ses narines une batte de base-ball. Une force de la nature, une erreur génétique dont les traits s'apparentaient à ceux du rougeaud. Peut-être son fils. Aucune importance, l'essentiel était que l'on détachât ses menottes. Le trisomique riait bêtement en bavant et en fixant le corps dévêtu de l'adolescente. L'Italien tendit à Julie les lambeaux de son tee-shirt sale et son jean souillé.

— Vous n'avez pas un autre pantalon ?

— Té pas ché Pantashop, conasse.

Ils appliquèrent sur elle les fragments du tee-shirt encore imprégné par l'odeur de Wilmerine et du Levi's trempé d'urine que le gros rapiéça directement sur elle à coups de bandes de Chatterton. Elle ne réclama pas ses santiags car l'Italien les avait chaussées. Ce con avait même eu le temps de les graisser. Après avoir rempli son rôle de tailleur, le rougeaud lui passa les menottes par-devant et la poussa vers l'escalier, précédée par l'Italien et le demeuré. Ils ne prenaient aucune précaution pour se cacher ni pour dissimuler leur planque. Mauvais signe. En haut des marches, Julie émergea dans une pièce lourdement décorée qu'elle prit d'abord pour une boutique d'antiquaire. Il s'agissait en fait d'une salle de séjour ; deux fauteuils imprimés étaient placés devant une télévision grand écran coincée dans un caisson en bois travaillé. Parmi les tableaux qui couvraient les murs, figuraient des portraits de famille dont l'un représentait le mongolien aux côtés d'une grosse femme. Une photo géante du rougeaud en compagnie d'un type aussi laid que lui trônait au-dessus d'une cheminée encombrée de bibelots et d'images pieuses. La décoration de la pièce aurait découragé n'importe quel cambrioleur un tant soit peu respectueux de l'esthétique et du bon goût.

Ils fermèrent l'entrée de la cave, qu'ils recouvrirent d'un tapis navajo et d'une table basse dont le plateau était porté par un Christ en bronze ayant troqué sa croix de bois pour une glace en verre. Le goret, de plus en plus rouge à cause des efforts physiques qu'il fournissait et du souci que semblait lui procurer cette affaire, entraîna Julie jusqu'au garage. Elle reconnut la Cadillac qui les avait pourchassés dans le désert.

Le moustachu et son collègue s'étaient volatilisés. Probablement s'étaient-ils rendus chez Bob Miller. Julie atterrit sur la banquette arrière, encadrée par le mongolien qui gloussait en bavant et l'Italien qui se grattait l'entrejambe en dégoisant. L'équipe semblait s'être échappée de *Vol au-dessus d'un nid de coucou*. Il ne manquait plus que le sourire cabotin de Jack Nicholson pour compléter le tableau. Le poussah poussif et pansu cala son estomac derrière le volant, essuya son front dégoulinant avec un mouchoir froissé et appuya sur une télécommande. La porte du garage se souleva, les inondant d'une lumière blanche. Le soleil radieux était indifférent au sort de Julie. La douleur sourdait sous son visage hâve. « Une belle journée pour mourir », se dit-elle, sans savoir qu'elle paraphrasait le titre d'un roman de Jim Harrison.

40

Route 666. « La route du diable », considéra Julie qui vivait un nouvel enfer. La climatisation était en panne et la température grimpait dans l'habitacle qui empestait la transpiration et l'urine. Le mongolien fondait comme du saindoux, le Rital se desséchait comme une saucisse, Julie rendait tripes et boyaux. L'Italien et l'Américain, qui n'avaient échangé que quelques phrases pendant tout le voyage, étaient en train de rattraper le temps perdu. Ils différaient sur l'itinéraire et parlaient en gesticulant, ce qui avait entraîné le véhicule hors de la route à plusieurs reprises. Le mongolien s'était endormi avec la batte de base-ball dans la bouche. Il avait posé sa face suintante et baveuse sur l'épaule de Julie qui n'osait pas bouger de peur de réveiller le monstre. À la suite d'une interjection peu distinguée, le gros décida de s'arrêter pour examiner la carte. Il la déplia maladroitement et la pointa d'un doigt assuré pour montrer à l'Italien qu'il savait où il allait. Les deux complices haussèrent le ton, réveillant Quasimodo qui essuya ses lèvres, marmonna et descendit pour aller pisser contre l'aile gauche de la Cadillac, ce qui fit rire l'Italien. Le gros engueula son fils, se retourna et menaça d'un flingue son équipier qui ravala aussitôt son sourire narquois. L'ambiance était à la guerre froide et les nerfs des deux types étaient à vif. Julie comptait de plus en plus sur ce fameux hasard qui l'aiderait à tirer profit de la bêtise de ses ravisseurs.

Au moment où le Rital, peu enclin à supporter les vexations de son partenaire, toucha son arme, une voiture de police se rangea derrière eux, comme pour confirmer que la chance et le hasard existaient.

— *Police ! Police ! Police ! Police !* répéta le fiston dont le visage était aussi rouge que son gland qu'il était en train de montrer à tout le monde.

— *Shut your fucking mouth and your fucking zipper !* lui cria le père.

Laurel et Hardy rangèrent leurs jouets et le mongolien son engin en se coinçant la chemise dans la braguette. Deux policiers sortirent de leur Chevrolet, remontèrent leur lourde ceinture et soulevèrent le capot.

— Le moindre geste, le moindre mot, é tou créves illico, chuchota l'Italien à Julie en la piquant avec un couteau.

Elle eut un geste de recul pour éviter que la lame ne s'enfonce entre ses côtes. Dès que le fils reprit sa place, le père murmura des consignes à l'Italien et démarra en douceur devant les policiers occupés à régler leur moteur.

Le hasard, le vrai, celui qui n'arrive qu'une fois ou bien jamais, venait d'être servi à Julie sur un plateau. Elle n'avait pas su en profiter. Tout avait mal tourné : non seulement la police avait empêché les tueurs de s'entretuer, mais en plus elle ne lui avait été d'aucun secours.

41

En essayant de suivre leur conversation, Julie avait seulement réussi à comprendre leurs prénoms. Le rougeaud s'appelait Pat, l'Italien Tony, le mongolien Tim. Pas difficile à retenir. Cette fois, Pat semblait sûr de sa route et roulait vite. Tony s'était rallié à son avis, plus convaincu par le calibre de son acolyte que par sa perspicacité. Son visage l'intriguait. Sa frange couvrait variablement sa surface frontale. Un peu comme un store que l'on déroule en fonction du soleil. En réalité, Tony portait une perruque, couleur merde de bison assortie à ses poils de cul, lui seyant comme un gant à un manchot.

Julie repensa aux flics qui s'étaient garés juste derrière eux. Elle qui n'aimait pas vraiment la police, comme tous les jeunes de son âge qui n'ont rien à protéger, rien à perdre et tout à revendiquer, recherchait leur présence plus que celle de n'importe qui au monde. Au point qu'elle les imagina encore là. Ce fut lorsque Pat lâcha un gros « *Holly shit* » et que son fils se remit à bégayer « *Police ! Police !* » qu'elle sut qu'elle ne rêvait pas. La Chevrolet les suivait et son gyrophare allumé les sommait de s'arrêter. Pat ordonna à son fils de la fermer, glissa son flingue sous une bible dans la boîte à gants, ralentit et se rangea sur l'accotement, aussitôt imité par la voiture de police.

Julie sentit à nouveau que le Rital lui perçait la peau. Pat s'essuya le front avant de baisser sa vitre. Un flic s'approcha et salua les passagers tout en jetant un rapide coup d'œil de contrôle dans l'habitacle. Il baragouina quelques phrases à Pat dont le visage se détendit rapidement. Le policier lui présenta la batte de base-ball que Tim avait oubliée sur l'aire de repos. Pat le remercia vivement et tourna sa clé de contact pour mettre le démarreur sous tension. Le moteur ronfla. Julie tenta le tout pour le tout et cria « HELP ! » de toutes ses forces. Cependant, aucun son ne sortit de sa bouche. Une douleur profonde venait de la paralyser. Sa vue se brouilla à l'instant où le flic lui parla. La force de l'ordre au garde-à-vous saluant le rougeaud en train de brandir ses papiers fut la dernière image qu'elle enregistra avant le black-out.

42

Quand elle se réveilla, le soleil se couchait. La trogne hilare de Tim en face d'elle la ramena très vite à une brutale réalité. Elle souleva son tee-shirt des « Indians ». À l'emplacement de la douleur, elle ne vit qu'un trou minuscule, alors qu'elle s'attendait à une plaie. L'Italien lui avait fait une piqûre pour la droguer.

Les portières étaient ouvertes. Malgré la chaleur suffocante, Tim était resté à l'intérieur, agenouillé sur le siège avant, le menton posé sur l'appuie-tête, contemplant la jeune fille avec les yeux émerveillés d'un adolescent pénétrant dans un peep show. Adossé au véhicule, le petit Italien tirait sur une longue américaine. Un peu plus loin, Pat scrutait l'horizon à travers une paire de jumelles. Les grognements lascifs de Tim attirèrent l'attention des deux compères.

— Bene, maintenant, conasse, tou vas nous dire où é Venouss.

Pat s'approcha rapidement et expulsa Julie sans ménagement. Ses poignets étant menottés, son crâne heurta le sol rocailleux. Sous les protestations de son fils, il releva violemment Julie pour la plaquer contre la carrosserie transformée en véritable plaque chauffante. Plus vultueux que jamais, il lui postillonnait au visage tandis que Tony traduisait ses vociférations :

— Tou as cinque minutes. Sinon, on té lesse avé loui !

Il désigna Tim qui essayait de casser une pierre avec sa batte. Julie qui n'avait pas répondu assez vite reçut une claque. Elle avait gagné du temps, elle avait réussi à sortir de la cave, tout avait marché comme prévu, jusqu'ici, sur ce tertre qui surplombait la route et qui signalait les limites de son plan. Elle reconnut la camionnette en contrebas, carbonisée au milieu des buissons d'herbes séchées et d'une terre brûlée qui semblait avoir été soulevée par les racines géantes d'arbres invisibles. Entre chaque relief, elle essayait de deviner une chevelure blonde. Le soleil couchant qui étirait les ombres gênait sa recherche. Elle évalua la tour de Bob Miller à une trentaine de kilomètres. Elle ne devait pas paraître indécise :

— Il faut se rapprocher de la camionnette !

— Pas dé blagues, okay ?

Ils remontèrent tous en voiture comme un groupe de touristes, chacun à sa place. À cinq cents mètres de l'épave, Pat attendit les indications de Julie qui scrutait chaque parcelle de terrain, la moindre excavation.

— Qué-ce que tou cherches ? On a déjà ratissé le coin.

Les ravisseurs s'impatientaient. Julie pointa son doigt sur une piste rocailleuse, celle que Wilmerine avait empruntée dans l'autre sens. Pat alluma ses phares car l'obscurité prenait peu à peu possession des lieux. La Cadillac serpentait au milieu des rochers et des cactus. Julie était perdue. Pat s'énerva. Tony aussi.

— Alors cé où putain ?

Il colla son revolver sur la tempe de Julie.

— *What the fuck... ?* s'exclama Pat.

Une bâche multicolore leur barrait le chemin.

— *Here !* cria machinalement Julie.

— Cé ici ! dit Tony à Pat avant de s'apercevoir qu'il venait de lui traduire de l'anglais en français.

Ils stoppèrent. Julie n'y croyait pas. Impossible qu'elle ait trouvé si vite la montgolfière qui s'était écrasée tout près de la tour de Bob Miller. Tony la fit descendre et la suivit vers l'immense toile colorée qui se soulevait mollement dans la brise. L'enveloppe de nylon s'était détachée de la nacelle avant d'être entraînée par les bourrasques. Les câbles avaient fini par s'enrouler autour d'un cactus géant interrompant sa course hasardeuse.

Julie improvisa :

— Venus est cachée ici.

— On té souit ! dit Tony en faisant signe à Pat qui les éclairait de ses phares.

Julie s'approcha du saguaro garrotté. Une chose l'intriguait. Les câbles étaient noués : quelqu'un avait amarré le ballon crevé au cactus, à un mètre cinquante du sol. Qui ? À cette hauteur, sûrement pas Venus. Elle épia autour d'elle. Il y avait des rochers, des buissons, des cactus et, tapis dans les ténèbres, des crotales, des coyotes, des scorpions, des buses, des chauves-souris.

— Là ! cria-t-elle à Tony en montrant une tache plus sombre que la pénombre : l'entrée d'une caverne.

Tony la poussa, escorté par Tim. Derrière son pare-brise et ses feux de route, Pat, aux premières loges, projetait leurs ombres sur la paroi rocheuse. Julie sentait les cailloux sous ses pieds nus, redoutant à chaque pas un dard, un aiguillon, une morsure.

— Venus se cache ici, dit-elle, hésitante devant l'ouverture béante et froide.

Elle espérait qu'un animal sauvage occupait la tanière et sortirait pour décimer les intrus. Un grognement la fit frémir, mais ce n'était que Tim qui s'exprimait. La Cadillac inonda la cavité d'une lumière jaune. Tony y pénétra, prêt à tirer sur le moindre signe suspect. Le ronronnement feutré et lancinant du moteur domina le silence jusqu'à ce qu'une série de trois bruits tranchants vienne le syncoper ; le cri d'un enfant, une détonation, un râle.

Julie se retourna vers le mongolien qui saignait sans savoir pourquoi il perdait du liquide. Pat descendit du véhicule l'arme au poing et appela Tony qui réapparut aussitôt. À peine s'était-il avancé dans la lumière qu'une pierre le frappa au visage comme un projectile lancé par un spectateur mécontent du spectacle. L'Italien s'écroula aussitôt devant Pat dont le fils, aveuglé par le sang, s'était mis à courir comme une poule étêtée.

Julie profita de cette situation désordonnée pour fuir dans la nuit, poursuivie et dépassée par des balles perdues, tirées au juger par le rougeaud ébloui par ses phares. Au terme d'un sprint olympique, elle heurta Treat de plein fouet, lâchant un cri de stupeur.

— *Shh !* fit-il en posant son doigt sur la bouche de la jeune fille.

— Venus ?

Treat s'écarta d'elle et effectua une rotation sur lui-même accompagnée d'un mouvement ample et rapide du bras pour projeter une pierre en direction de la Cadillac. Sous une salve meurtrière, il entraîna Julie vers une destination inconnue. Pat remonta dans sa voiture, recula sur un cactus et roula à leur poursuite. Julie suivait Treat dont elle ignorait comment il avait ressuscité. Après avoir contourné une colline, ils en escaladèrent le flanc éclairé par la Cadillac qui les avait rattrapés. Dès que les balles se mirent à crépiter en ricochant sur le roc, Treat la poussa dans le vide. La chute fut douloureuse surtout pour ses fesses.

— Julie !

Elle sentit Venus à ses côtés et passa ses poignets menottés dans la nuque de la fillette pour l'enlacer, l'embrasser, la serrer. Au-dessus d'elles, les coups de feu reprirent sporadiquement. La chasse à l'homme continuait.

— Treat ?

Elle essaya de deviner d'où elle venait de dégringoler. Des cailloux roulèrent sur les deux filles qui s'écartèrent à l'atterrissage de Treat. Ce dernier rebondit en touchant le sol et les guida à travers une gorge qui les ramena à l'entrée de la caverne. Dans le ciel, un cumulo-nimbus dévoila une lune ronde qui irradia aussitôt la nuit d'une lumière argentée. Devant eux, gisait Tony. Treat tâta son pouls et ramassa son arme.

— *He's dead... Hurry up!* cria-t-il en enjambant le cadavre.

Ils longèrent la colline en file indienne. Derrière eux, les phares balayaient le secteur en se rapprochant. Treat fit grimper les filles le long d'une paroi abrupte, se retourna et tira. Un phare éclata sous l'impact, le véhicule borgne maintint sa course sans ralentir. Il tira une deuxième fois. Sans effet. Une troisième fois. Le véhicule zigzagua, zébrant la roche. Treat poussa énergiquement Julie qui s'accrocha aux pierres saillantes et aux broussailles épineuses. Venus repéra une étroite faille à travers laquelle il était possible de s'infiltrer si l'on ne craignait pas de s'arracher les vêtements contre les deux murs de pierre qui se resserraient jusqu'à réduire le ciel étoilé à une fine guirlande. Treat se contorsionna en vidant ses poumons pour pouvoir suivre les deux filles fines comme des anguilles qui se faufilaient facilement. La faille débouchait sur une cavité souterraine reliée à l'air libre par une longue colonne naturelle creusée dans une falaise. Venus compara l'abri au salon des Flinstones. Pour Treat, ce cratère de forme circulaire ressemblait plutôt à une kiva, sorte de salle de prières que les Indiens Anasazis cavaient devant leurs maisons. L'Américain avait déjà pu observer dans les villages Hopis et Pueblos ces fameuses chambres rondes et enterrées d'où débordaient des échelles en bois. Pour Julie, cet endroit était un cul-de-sac. Question d'état d'esprit. Le trio décida de se terrer là en espérant que les poursuivants ne parviendraient pas à les rejoindre par l'étroit passage.

À la lueur de son briquet, Treat s'escrima à rompre la chaîne des menottes. L'acier résistait aux coups de caillasse qu'il assenait. Il abandonna sans les avoir entaillées et examina le visage de Julie, exsangue, couvert d'ecchymoses. Sa lèvre supérieure avait enflé, du sang séché était collé aux commissures de sa bouche et autour de ses narines. Elle luttait pour ne pas sombrer, elle voulait savoir ce qui s'était passé après l'accident. Treat demanda à Venus de tout lui raconter. Moins volubile que d'habitude, elle résuma l'histoire :

— C'est Treat qui a sauvé moi ! Avant que le pick-up se renverse, la portière s'est ouverte et j'ai été éjectée. Après je me souviens plus très bien. Pendant que les méchants essayaient de sortir toi, j'ai senti qu'on me traînait, c'était Treat. Il avait sauté du pick-up bien avant et m'avait vue, alors il a caché moi loin de l'accident en me couvrant de cailloux et de terre et m'a dit de ne pas bouger, de ne pas parler, qu'il viendrait me chercher quand les tueurs seraient partis. Il a couru beaucoup plus loin pour ne pas se faire voir, je sais pas où. Après il est revenu et on a marché jusqu'ici...

— Je ne comprends pas. Les ravisseurs m'ont raconté qu'il y avait trois morts. Qui est le troisième ?

— Wilmerine, Mike et... comment il s'appelait au fait, ah oui, Jud, le frère de Wilmerine.

— Comment ça, son frère ?

— Il était dans la benne du pick-up. Nous n'avions pas vu lui parce qu'il était couché, il dormait. C'est Treat qui a dit.

L'Américain acquiesça, faisant confiance à Venus pour les explications en français. Il se contenta d'un commentaire :

— *We've been lucky.*

— On a eu de la chance. Après, on ne savait pas où aller, on a essayé de retrouver le chemin pour aller chez Bob... j'étais trop fatiguée, Treat m'a portée, puis on a vu la... Euh, je sais plus comment ça s'appelle...

— La montgolfière ?

— Oui ! Elle était toute tortillée autour d'une cactus. Treat l'a bien accrochée par les ficelles. Il espérait que quelqu'un nous verrait et nous sauverait, alors on a attendu. Quand on a entendu une voiture, il est sorti pour voir qui c'était, un homme est entré dans le caverne et a tiré un coup de feu... Ensuite tu es tombée à côté de moi. Je suis contente que tu es là.

Julie narra à Venus les conditions de sa séquestration sans entrer dans les détails et lui fit part de son plan, qui l'avait conduite jusqu'ici. La fillette n'écoutait plus.

— Julie, quand est-ce qu'on va à la police ? Je veux pas rester ici !

— Il ne faut pas bouger...

— Non ! Je veux partir !

— À l'autre bout de ce passage, il y a deux hommes qui veulent nous tuer parce que nous avons été témoins de... Ce que je veux dire c'est que nous connaissons leurs visages et que nous pouvons les dénoncer... Sois patiente.

Julie grimaça de douleur. Elle avait mal partout. Venus cala sa tête sur la cuisse de « sa grande sœur » en sanglotant silencieusement.

— Pourquoi t'as du scotch sur ton pantalon ?

— Il était déchiré.

Venus enfonça son pouce dans sa bouche. Une odeur bizarre émanait du pantalon de Julie, mais son odorat perdit vite de l'acuité, des vertiges la saisissaient, sa vue se troublait, le sommeil l'emportait, l'innocence l'attirait vers des rêves meilleurs. Treat se rapprocha discrètement de Julie.

— Nous rester ici un petit.

— Ça va ?

— *Yeah !* dit-il en constatant ses égratignures.

Julie n'avait qu'un sourire à lui offrir.

— *I'll run with you to hell !* murmura-t-il.

Elle le pria de répéter jusqu'à retenir par cœur cette phrase énigmatique. Elle se doutait que ce qu'il venait de lui avouer était agréable. Elle décida d'en retenir la phonétique.

Ailrunwizyoutouhel.

Leurs bouches se rapprochèrent en silence. Ils s'embrassèrent comme deux amants. Julie se dégagea délicatement de Venus et dégrafa son jean nauséabond qu'elle retira avec difficulté. Elle oublia tout, les tueurs, ses menottes, son petit ami à Nice, sa migraine, les préservatifs, la fraîcheur de la nuit. Elle était nue contre Treat qui l'étreignait fougueusement sur un matelas de sable doux et froid. Après avoir labouré le sol dans un corps à corps passionné, Treat et Julie se recroquevillèrent en s'emboîtant comme deux pièces de puzzle inséparables. Elle dormait déjà. Il était heureux d'avoir fait l'amour avec cette inconnue de qui il s'était épris. Il contempla un instant son corps diaphane qui traversait la pénombre avant de le couvrir une fois de plus avec sa chemise. Son regard qui s'était accoutumé à la nuit glissa ensuite le long de la paroi circulaire qui les entourait et les protégeait.

Cet espace le ramenait sans cesse aux Indiens Navajos. À la terre originelle, où les anciens étaient nés. Treat se rappela ces trous creusés au milieu des ruines des villages ancestraux qu'il avait visités à Mesa Verde. D'après la légende indienne, les premiers hommes de la tribu étaient sortis par ces fosses. Le guide Navajo avait expliqué que leur arrivée sur terre achevait un long voyage initiatique à travers des mondes plus ou moins hostiles, le monde noir des insectes, puis le monde bleu des loups et des renards, le monde jaune des rivières et des montagnes, et le quatrième monde, le nôtre. Treat fit un parallèle avec l'aventure de Julie : la fuite des environnements hostiles, sa venue sur le territoire sacré, cette cavité qui les avait sauvés et enfin son coït sur ce sol qui symbolisait le ventre de la Mère Terre.

43

Ce soir-là, Henry aurait préféré rentrer chez lui. Helen, sa femme, l'avait appelé plusieurs fois. Elle tournait en rond dans la maison comme les aiguilles de la pendule narquoise et paresseuse qui égrenait les heures au ralenti du haut de l'étagère de la bibliothèque. Il lui avait promis que son rendez-vous de 9 heures ne serait pas long, présumant une simple formalité.

Le shérif quitta son bureau plus tard que d'habitude et monta dans son véhicule dont la montre digitale indiquait 7 h 30. Il était tracassé par Helen en pleine dépression, par Montgomery à moitié parano, par cette odeur de pourriture qui infectait sa voiture. Il décida de résoudre ces trois problèmes en fonction des priorités.

Pour sa femme, il n'avait pas encore la solution et ce n'était pas ce soir qu'il en trouverait une. Il renvoya donc le problème à plus tard. En ce qui concernait Montgomery, il aurait plus d'éléments dans deux heures. Sa visite servirait de prétexte à un interrogatoire qui l'aiderait à cerner sa paranoïa. Henry décida de ne pas dramatiser. Il connaissait la personnalité du vieux Frank et son fils avait peut-être simplement eu peur de le voir surgir sur son lieu de travail.

Le shérif McNeil se reporta à sa préoccupation majeure du moment : la puanteur, de plus en plus insoutenable. Il fallait traiter cela d'urgence. Comme il avait un peu d'avance, il se mit en quête d'une station-service. Le panneau lumineux PHILIPS 66 se détacha dans le ciel. Il enclencha son clignotant et se gara près d'une pompe à essence. Un vieillard, au visage ridé et cuit par le soleil du Nouveau-Mexique, claudiqua vers lui. Le shérif commanda le plein et se mit à inspecter son véhicule.

— Z'avez un problème ? grogna le pompiste.

— Je sais pas, y a une odeur bizarre dans cette bagnole.

Henry souleva le capot et le coffre, inspecta le châssis, ne constata rien d'anormal. Était-il atteint de cacosmie aiguë ?

— Vous sentez cette odeur de pourriture, vous ?

— Vingt-quatre dollars ! répondit le pompiste en raccrochant la poignée.

— Je peux vous poser une question ?

— J'y gagne quelque chose ?

— Le respect de la loi.

— Tu parles !

— Vous connaissez Montgomery Burnett ? Un type de vingt-cinq ans, blond, mince, grand, habillé avec des chemisettes et des pantalons à pinces ?

— Ça me dit quelque chose. Y serait pas pédé un peu sur les bords ?

— C'est pas ce qui m'intéresse. Je voulais juste savoir s'il s'était déjà arrêté ici. Il ne doit pas y avoir des tas de stations sur cette route entre Gallup et Grants.

— Ouais.

— Ouais quoi ?

— Ben ouais, il s'est déjà arrêté.

— Vous n'avez rien remarqué de bizarre ?

— Ben, qu'il avait l'air pédé…

— Il était seul ?

— Ouais. À part une fois. Y avait un aut'type. Mais j'me rappelle pas à quoi il ressemblait.

— Merci, dit Henry en lui collant vingt-cinq dollars sur le cambouis qui recouvrait sa paume.

Il faisait un beau clair de lune parfois masqué par des nuages irréductibles. Henry n'aimait pas la pleine lune qui lui faisait faire des heures supplémentaires. Les déséquilibrés comme Frank Burnett donnaient généralement du fil à retordre durant ces périodes. Pour une fois, le shérif McNeil avait d'autres soucis que les querelles de voisinage, les tapages nocturnes et les automobilistes mal embouchés. Il avait une tueuse en série sur les bras. Montgomery allait lui remettre la traduction du carnet, le seul élément qui le reliait, il en était certain, à la criminelle. Il regretta d'avoir parlé du jeune homme au pompiste. Après tout, le fils Burnett n'avait rien à voir avec cette histoire, au contraire, on l'avait impliqué pour bénéficier de ses services. Le panneau de la route 66 lui indiqua qu'il n'était plus très loin.

Grants. Une ville moribonde qui s'est vidée avec la crise, la fermeture des mines d'uranium, la construction de l'autoroute 40 et de ses aires de service aussi grandes que des agglomérations. Grants ressemble désormais à un décor de film noir abandonné après le tournage. Les néons des motels à vingt dollars la chambre avec TV, MTV et *adult movies* affichent tous « *vacancy* ».

La Chevrolet tourna à droite, après le Lariat Lodge, comme le lui avait indiqué Montgomery, et continua tout droit jusqu'aux pavillons de bois à vérandas qui s'alignaient le long de la route. Henry s'arrêta devant la seule baraque qui n'avait pas de pancarte « *FOR SALE* » plantée dans le jardin. Il rangea sa voiture derrière une Corvette jaune qu'il estima être celle de Burnett puisqu'elle était stationnée devant chez lui et que c'était la seule du quartier à ne pas ressembler à une épave. La montre digitale sur son tableau de bord indiquait 9 h 01. Une minute de retard. Il y avait de la lumière dans la maison. Henry chercha en vain une sonnette, ouvrit la moustiquaire et frappa à la porte en s'annonçant. Ne voyant personne venir au bout de deux minutes, il tourna la poignée rouillée. L'huis mal huilé grinça en bâillant sur une grande salle de séjour, éclairée par une lumière halogène tamisée par un abat-jour high-tech. L'intérieur ne ressemblait pas à l'extérieur. Tout était soigneusement aménagé, décoré, rangé, nettoyé, feutré. Une chaîne hi-fi dernier cri diffusait une musique classique que Henry avait déjà entendue et sur laquelle il ne pouvait pas mettre de nom. Au-dessus d'un sofa en cuir, une affiche en noir et blanc représentait un jeune couple en train de s'embrasser sur une place de Paris.

Il se hasarda timidement vers la cuisine en quête de Montgomery. Une bouteille de vin français était posée sur la table, un tire-bouchon planté dans le goulot.

Shiiiiiiiiiiiiiiiii !!!

Une bouilloire siffla sur la plaque de cuisson. Henry supposa que Burnett junior avait dû quitter la pièce précipitamment pour aller aux toilettes. Il appela à nouveau. Aucune réponse. Inquiet, il inspecta les lieux. Il n'y avait personne, ni dans la chambre, ni dans la salle de bains, ni dans les toilettes, ni dans le séjour, ni dans la cuisine. Il dégaina son .38 et sortit avec l'intention d'inspecter les abords. Erreur. Il sentait qu'il avait interrompu quelqu'un qui était encore à l'intérieur. Il rentra vite et se posta debout au milieu du salon, immobile, les neurones en pleine action.

Montgomery faisait chauffer de l'eau et ouvrait une bouteille. Il avait été dérangé. Par son incursion ? Pourquoi aurait-il fui ? Le vin était français, donc cher, donc il célébrait un événement ou prévoyait un invité de marque. Quoi ? Qui ?

Henry examina la chaîne stéréo. L'affichage digital du vumètre indiquait 5.00 minutes. À sa montre, il était 9 h 06. Il s'était donc écoulé cinq minutes depuis son arrivée et cela correspondait exactement à la durée indiquée sur le lecteur de CD.

Il se concentra au risque de perdre du temps. En suivant son raisonnement, il déduisit que Montgomery avait mis son disque à 9 h 01 précises, coïncidant avec le moment où il se garait. Burnett était toujours chez lui puisque Henry ne l'avait pas vu sortir ! Pourquoi se cachait-il ? Le shérif repassa chaque pièce au peigne fin. En traversant rapidement le couloir, il aperçut un homme, s'arrêta, recula d'un pas. Son image s'était reflétée sur une glace collée sur un placard coulissant. Il fit glisser le battant vers la droite. Montgomery était là, recroquevillé à l'intérieur comme une pile de linge sale, au milieu des chaussures et des balais. La gorge tranchée. Le raisonnement minuté que Henry avait enclenché dans son cerveau progressait.

À 9 h 03, il avait pénétré dans la pièce principale, vide. Quelqu'un avait donc assassiné son traducteur entre 9 h 01 et 9 h 03. « Merde ! », ne put-il s'empêcher de crier, en songeant que s'il avait été à l'heure, Montgomery Burnett serait peut-être vivant. Cela signifiait aussi que l'assassin était encore là ! Forcément ! Où ? Il avait fouillé partout. Il jaillit sur la véranda. Dehors tout était calme.

Il s'écarta du pavillon comme pour mieux l'englober dans son champ de vision et être sûr de ne pas manquer le tueur si celui-ci décidait de s'échapper. Il resta ainsi pendant plusieurs minutes, silencieux, perplexe, aux aguets. Sa montre indiquait 9 h 15. Il contacta par radio une ambulance et du renfort.

Sa réflexion fut soudain perturbée par la présence d'une silhouette sous la véranda de la masure voisine. Une ombre immobile. Les rayons lunaires faisaient luire deux yeux qui le fixaient. Le shérif ressentit un frisson dans son dos : ce voisin devait avoir tout vu, tout entendu. Pourquoi ne se manifestait-il pas ? Il serra son arme et marcha lentement vers ce témoin potentiel, guidé par les prunelles phosphorescentes, sans cesser de surveiller la propriété de Burnett. Au bout de quelques mètres, il s'arrêta. Les deux points lumineux venaient de s'éteindre. Il adopta alors une progression plus féline. La lune étant voilée, il distinguait mal la personne qui se fondait dans la nuit. Henry posa sa semelle sur le plancher pourri et fit craquer une planche. Les pupilles brillèrent à nouveau. Il se figea, s'assura que rien ne bougeait chez Montgomery et se retourna vite vers l'inconnu qui s'élança dans un braillement proche de celui d'un nourrisson qu'on égorge. Un gros chat. *« A fucking cat » !* s'exclama-t-il. L'animal qui était posté sur un pilier, seul vestige d'une balustrade en bois rongée par le temps et les termites, avait eu peur. Henry avait failli tirer ; il accorda une pause à son rythme cardiaque et consacra toute son attention sur l'affaire qui le retenait ici.

La maison était toujours aussi calme, abritant le cadavre d'un homme et son meurtrier… ou sa meurtrière. Henry imagina La Furie. Comment agissait-elle ? Qu'est-ce qui la motivait ? Avait-elle tué Montgomery à cause du carnet ? En explorant les lieux, il n'avait pas vu la traduction qu'il lui avait commandée, ni les photocopies.

9 h 19. Il fallait patienter une bonne demi-heure avant l'arrivée des secours. Trente minutes à se faire peur avec ces conneries. Il regretta soudain son métier d'enseignant à l'université de Los Angeles.

Une vieille Camarro marron avec une portière rouge paradait dans le quartier, vibrant au rythme de 4 x 80 watts de rap. Henry reconnut la voix du *gangsta rappeur* Ice T scandant la mort des flics et le viol des filles. La voiture dans laquelle s'étaient entassés six Blackos ralentit en passant à sa hauteur. Il toisa les joyeux mélomanes qui s'éloignèrent plus rapidement qu'ils ne s'étaient pointés. Il ne manquait plus que ça, que la guerre entre rappeurs de la côte Est et de la côte Ouest savamment orchestrée par l'industrie du rap vienne le faire chier jusqu'ici, au milieu des cactus et des chiens de prairie.

Un instant plus tard, une Citroën DS s'engagea dans la rue qui n'avait pas connu une telle animation depuis les années 1950, et vint se ranger derrière la Chevrolet du shérif. Un jeune homme aux traits fins, aux cheveux noirs gominés, habillé d'un pantalon en cuir et d'un tee-shirt noir sans manches, bondit sur le trottoir :

— Que se passe-t-il ici ?

— Je suis le shérif McNeil, et vous, qui êtes-vous ?

— Où est Monty ?

— Que faites-vous ici ?

— Il est arrivé quelque chose ?

— Vous allez me dire qui vous êtes ?

— Où est sa voiture ?

— Putain, cessez de m'interroger ! Répondez ou je vous coffre !

— Je suis Steve Barton, un ami, ou plutôt l'ami de Monty. Merde, que se passe-t-il ?

— Arrêtez de vous agiter ! La Corvette, là, c'est sa voiture ?

— Non, il a une Nissan. Où est-il ?

— Je crois que j'ai une mauvaise nouvelle...

Il avait à peine commencé sa phrase que Steve se précipitait déjà à l'intérieur.

— Non ! cria Henry. Revenez, c'est dangereux !

Une détonation ponctua son avertissement. Il se rua dans la salle de séjour. Steve était à genoux, les bras croisés sur le ventre comme pour éviter qu'il ne s'ouvre et ne répande ses tripes sur la moquette écrue, 100% pure laine. Henry le traîna vers le seuil pour le protéger, arrachant au jeune homme un cri de douleur.

Une nouvelle détonation retentit, immédiatement suivie par un bruit de verre brisé. Cela venait de la cuisine. Il laissa Steve sur le paillasson, s'avança en rasant la cloison et surgit face à l'évier son arme pointée vers la fenêtre. Le tueur était passé par la vitre qu'il venait de pulvériser. Henry suivit le même chemin, sauta par l'ouverture, comme un lion à travers un cerceau en flammes, s'entaillant l'oreille avec un morceau tranchant resté accroché à l'encadrement.

Une portière claqua, un moteur rugit, des pneus crissèrent. Il courut, trébucha sur un nain de jardin et continua sa course en tirant sur la Corvette qui s'éloignait en zigzaguant. Une fois. Deux fois. Trois fois. Le fuyard tourna à gauche au bout de la rue en arrachant un pilier de clôture en bois vermoulu. Le shérif vida son chargeur. De rage il actionna plusieurs fois la détente après que son arme se fut tue. Il avait tout foiré. Il hésita entre suivre la voiture et porter secours à Steve. « Les deux, je vais faire les deux. »

Il se rua vers le blessé qu'il souleva par les aisselles parfumées au Xeryus Rouge et l'allongea sur le dossier du siège passager réglé en position couchette. Au démarrage, la Chevrolet laissa de la gomme sur l'asphalte et roula sur les traces de la Corvette. Henry ne tenait plus compte de la signalisation routière. Bien que son gyrophare fût cassé, sa sirène hurlante lui donnait la priorité sur le reste du monde. Une seule route traversait Grants. Elle menait soit à Gallup, soit à Albuquerque. Il opta pour Albuquerque qui possédait un hôpital capable de soigner Steve. Il espérait que le tueur avait choisi cette destination. Il était en effet plus facile de se fondre au milieu des 500 000 habitants de la plus grande ville du Nouveau-Mexique que de se terrer dans le désert ou se cacher dans un bled comme Gallup.

Un coupé couleur de crottin déboucha sur la droite. Henry fit voler la calandre de la Camarro dans laquelle il reconnut les six Blacks shootés au rap et au crack, en quête d'action. Le choc modifia considérablement l'orientation de leur carrosse, tandis que la Chevrolet dévia à peine de sa course. Le shérif décida de ne pas ralentir et de se concentrer sur le trottoir où il était en train de rouler, faisant exploser une poubelle, un distributeur automatique de journaux et un tréteau publicitaire pour un spectacle érotique. En regagnant la chaussée, il jeta un coup d'œil rapide dans le rétroviseur pour constater que la Camarro fumait, à l'instar de ses passagers, descendus pour constater les dégâts, la pipe à la main. Accélérateur au plancher, il s'enfonça dans la nuit, droit sur Albuquerque. À chaque automobile qu'il captait dans sa ligne de mire, Henry espérait tomber sur la Corvette jaune dont il n'avait pas eu le réflexe d'enregistrer le numéro d'immatriculation. Les miles défilaient à plus de cent à l'heure et il ne lui faudrait pas plus de trente minutes pour avaler les cinquante miles qui le séparaient de l'hôpital. Il ne pouvait s'empêcher de calculer, de jongler avec les chiffres, d'avancer des probabilités. À ses côtés, Steve se tordait en gémissant. Henry l'interrogea.

— Vous avez vu qui vous a tiré dessus ?

— Je... vais crever, merde...

— Vous l'avez vu ? C'était une femme ?

— Ouais... Putain, ça schlingue... j'suis en train de me putréfier...

— Non, non, ça vient de la bagnole. Qui vous a tiré dessus ?

Steve délirait. Henry le toucha pour le tranquilliser. Son passager empoigna son bras et ne le lâcha plus. Il devait désormais conduire comme un manchot. À 200 km/h, c'était risqué. Des feux arrière apparurent devant lui. Malgré sa vitesse, il mit beaucoup de temps à les rattraper. Son sang pulsa au risque d'éclater ses artères lorsque la Corvette se situa à un mètre de son pare-chocs. La meurtrière recherchée par le FBI était enfin à sa portée. Elle était là, la salope, et il allait la serrer. Il dégagea brusquement sa main droite de Steve, la récupéra pleine d'hémoglobine, la colla au volant. En doublant, il ne put distinguer qui pilotait derrière les vitres teintées. Il braqua ses roues sur la Corvette qui freina brusquement dans un crrriiiiiiiiiiiissement strident incessant avant de quitter la route, soulevant un nuage de sable, arrachant les broussailles, projetant des pierres et des branches d'arbre sec.

Henry pila à son tour, bruyamment, tournoyant. Steve se cramponnait à lui, oubliant presque son ventre ouvert. Henry saisit son fusil automatique, descendit, mit en joue le nuage de poussière qui revenait dans ses phares et tira trois fois, sans que la nébulosité sableuse ralentisse. Au contraire, elle fonçait droit sur lui, de plus en plus vite, comme un cyclone. Il sauta sur son siège sans avoir le temps de refermer sa portière que la Corvette arracha au passage.

— C'est elle ! grommela Steve, recroquevillé sur son siège.

— Qui ça, elle ?

— La salope, y a qu'elle qui sait… aïe… putain…

— Qui sait quoi bordel ?

Reparti à la poursuite du bolide, Henry chercha ses feux sur la bande de bitume qui défilait aussi vite qu'une piste d'aéroport avant le décollage.

— … qui sait piloter comme ça ! râla Steve.

Henry dévissa brusquement le volant. Elle était là, devant lui, stationnée sur la voie, phares éteints ; il ne l'avait vue qu'au dernier moment. Il bloqua ses roues, dérapa sur le bas-côté escarpé, accéléra, roula dans le fossé, Steve sur les genoux, le sol frôlant sa jambe gauche. Il braqua sur la droite, récupéra sa stabilité, propulsant son passager contre la portière. La Furie s'était volatilisée.

— On va crever avant d'arriver à l'hôpital ! s'écria Steve.

— Qui conduit ?

— Quoi ?

— Qui conduit la Corvet… ?

Un choc violent l'empêcha de terminer sa phrase. Il ne contrôlait plus rien. « Putain de merde ! », s'exclama-t-il en vérifiant dans son rétroviseur. La Corvette poussait la Chevrolet, pare-chocs contre pare-chocs. Malgré ses manœuvres, les voitures restèrent soudées.

— Prenez ça, Steve ! gueula Henry en lui collant son fusil contre la poitrine.

— Qu'est-ce que vous voulez que j'en foute ? J'sais pas…

— Visez la lunette arrière et appuyez plusieurs fois sur

la détente, jusqu'à ce que le fusil soit vide. Allez-y, bon Dieu, qu'est-ce que vous attendez ?

Steve s'agenouilla sur son siège en hurlant de douleur et en répandant son sang sur la housse. Le shérif beuglait comme un instructeur de l'armée avec une nouvelle recrue. Steve tira une première fois, faisant voler en éclats la vitre de la Chevrolet. Le deuxième tir troua le pare-brise de la Corvette. Le troisième fut moins spectaculaire. Le quatrième émit un simple « clic ! ». Le bolide louvoya, se détacha dans un déchirement infernal de tôles froissées, ralentit avant d'échouer sur l'accotement. Henry se rangea lui aussi. Steve s'était évanoui. Le shérif rechargea son arme et aborda avec précaution la voiture de sport dont le moteur ronronnait sous le capot plié. L'autoradio diffusait à plein volume une musique hard de Nine Inch Nails qui achevait la carrosserie à coups de batterie :

need you
dream you
find you
taste you
fuck you
use you
scar you
break you
lose me
hate me
smash me
erase me

Il ne parvenait pas à discerner les traits du conducteur dans l'obscurité.

— Ne bougez pas ! ordonna-t-il à la silhouette paralysée.

Il s'avança un peu plus. Il découvrit une fille d'une vingtaine d'années aux longs cheveux blonds, le nez percé par un diamant, le visage troué par deux grands yeux inanimés, le cœur perforé par une chevrotine. Steve avait fait mouche. « Merde, Steve ! » Henry courut vers ce qui restait de sa Chevrolet turbo, dans laquelle gisait le jeune homme.

— Steve, réveille-toi, mec !

Il le gifla, sans effet, et entama un bouche-à-bouche maladroit. Il sentit une langue s'enrouler autour de la sienne et la main de Steve se poser sur sa nuque. Il se dégagea.

— C'est quoi ces conneries ?

— Ma dernière volonté... j'en avais envie...

— Sale con !

Henry le repoussa en s'essuyant la bouche, tordit sa clé de contact, tritura l'embrayage, écrabouilla l'accélérateur et signala par radio l'emplacement de la Corvette accidentée.

Henry McNeil n'avait jamais embrassé un homme sur la bouche et il estimait le moment mal choisi pour commencer. Steve s'était recroquevillé comme un hérisson. Henry ne put retenir un sourire de commisération. Il se jugea con et regretta de s'être emporté contre cet inconnu qui malgré un état critique l'avait épaulé efficacement. Il devait tout tenter pour le sauver. En outre, Steve Barton savait des choses qu'il n'avait pas pu ou voulu lui avouer.

L'hôpital d'Albuquerque n'était plus qu'à une vingtaine de miles. À 190 km/h, Henry songea à Helen qui l'attendait, à Montgomery qui ne l'attendait plus, à La Furie, à la jeune femme en Corvette, au mystérieux carnet. Il essaya d'établir un lien entre tout ça. Il était 10 h 05 et il serait en retard chez lui.

44

— Ne t'inquiète plus, chérie, je suis là.

Julie distingua une silhouette familière dans l'interstice de la falaise.

— Papa ?

— Je suis venu te chercher.

— Comment es-tu arrivé jusqu'ici ?

— La montgolfière. C'est grâce à elle que nous t'avons repérée.

Elle se précipita dans les bras de son père. Il n'était pas venu seul. Derrière lui, le shérif et ses adjoints émergèrent de la faille. Elle se sentit soulagée et protégée, enfin. Pourtant, elle lut sur le visage paternel de la désapprobation. En voulant s'adresser au shérif elle reconnut Pat, assisté de son fils et de L'Italien !

— Tout est sa faute, c'est elle qui nous a entraînés ici ! cria Venus en la désignant.

— Papa, ces types ont essayé de me tuer !

— Ne te fais plus aucun souci, ma chérie, on va s'occuper de tout.

Julie se réfugia auprès de Treat qui dormait. Il se réveilla et s'interposa.

— Touchez pas elle ! ordonna-t-il.

Pat dégaina son arme et tira à bout portant sur le jeune homme. Tim et Tony poussèrent Julie vers la faille ; elle résista, se débattit, posa ses deux pieds nus contre la paroi. Pat la gifla. Son père gronda :

— Calme-toi, Julie. Je n'ai pas fait tout ce chemin pour te voir réagir comme une enfant.

À ces mots, les entrailles de la falaise se mirent à vomir des rats qui se déversèrent dans le cul-de-sac. Julie criait et convulsait ses jambes comme une épileptique. Pat et Tim s'approchèrent avec une camisole de force, tandis que son père la secouait par les épaules pour la ramener à la raison, à la maison. Par un étrange morphing, le visage de Treat remplaça peu à peu celui de son père.

— *Wake up, wake up !* criait-il.

Il l'arracha à son cauchemar. Elle fondit en larmes. Il lui caressa les cheveux, lui chuchota « fini », l'embrassa tendrement.

— Ça va ? s'inquiéta Venus que le tumulte avait tirée de ses songes plus quiets.

— J'ai fait un cauchemar horrible.

— Plus horrible que ce qui arrive à nous ?
— J'ai rêvé que j'étais folle.
— C'est comment quand on est folle ? demanda la fillette en bâillant bruyamment.
— Quand on croit que ce sont les autres qui sont fous, quand ils ne nous comprennent pas, qu'ils sont différents de nous, qu'ils sont contre nous.
— Nous sommes folles alors.
— Non ! Il y a ces gens qui nous harcèlent pour une raison inconnue, mais on a aussi rencontré des personnes qui nous ont aidées.
— Pourquoi Treat aide nous ?
— Parce qu'il est gentil, qu'il t'aime bien, qu'il m'aime bien aussi.
— Et toi, tu aimes lui ?
— Je crois bien.
— Plus que moi ?
— C'est pas pareil.
— Tu n'abandonneras pas moi, hein, Julie ?
— Jamais, ma puce. Tous les trois, c'est comme si nous formions une famille. On est plus forts ensemble. Treat t'a déjà sauvée et il fera tout pour qu'on s'en sorte.
L'Américain, exclu de la conversation, s'adressa à Venus tout en lui ébouriffant les cheveux.
— Il dit qu'il va vérifier si la voie est libre.
Il cligna d'un œil pour les rassurer et se présenta de profil pour enfiler l'étroit passage.
— Treat ! appela Julie.
— *What ?*
— Fais attention à toi !
— *What ?*
— Comment on dit ça en anglais ?
— *Be careful !* murmura Venus.
— *Be careful !* répéta Julie.
Il considéra ses deux protégées agenouillées sur le sol, évalua sa lourde responsabilité en lisant sur leurs visages tout l'espoir qu'elles portaient en lui et sourit pour ne pas trahir sa légitime anxiété.
Ce fut son dernier sourire.

45

Après avoir laissé Venus et Julie, Treat joua donc le passe-muraille. Les parois qui se resserraient dangereusement donnaient l'impression qu'elles allaient l'aplatir comme une crêpe. Il remercia le ciel de ne pas être claustrophobe. Heureusement, les apparitions intermittentes de la pleine lune rendaient la progression plus facile. Treat avait effectué la moitié du chemin, lorsqu'il s'arrêta pour avaler de l'air. Sa respiration était saccadée car il n'avait pas l'espace suffisant pour gonfler ses poumons entièrement.

Il reprit sa progression lentement, le revolver de Tony pointé vers l'avant. Inconscient de leur acharnement, il espérait que les tueurs auraient quitté les lieux. Il ne restait plus que quelques mètres lorsque des bruits à l'entrée de la faille signalée par un rai de lumière déclenchèrent en lui une violente poussée d'adrénaline. Il était trop tard pour reculer. Une silhouette obscurcit le trait de lueur qui promettait le retour aux grands espaces !

— Y a quelqu'un ? cria-t-il.

En guise de réponse, une détonation lui explosa les tympans. Treat n'avait pas à viser, il lui suffisait d'appuyer sur la détente, la balle irait tout droit, guidée par les parois de roc. Il tira deux fois sur l'ombre qui céda aussitôt la place à un filet de clarté. Il tenta de franchir les trois derniers mètres qui le séparaient de la sortie. Un faciès boursouflé s'enfonça à l'intérieur de l'interstice. Sous la trogne difforme, une lampe de poche était dirigée vers lui. Sous la lampe, une arme.

Clic !

Le bruit sec sonna le glas. Treat, glacé d'effroi, venait d'appuyer sur la détente. Rien n'était sorti, sauf ce son ridicule. Son revolver était vide, son chargeur épuisé comme le temps qui lui restait à vivre. Il ne pouvait ni reculer, ni avancer, ni s'esquiver. Le tueur avait tout le temps de l'aligner, d'armer, de tirer. Il sentit à peine la première piqûre lui traverser la gorge. Quand les trois autres balles le transpercèrent, il était déjà mort. Les détonations se répercutèrent à travers le rocher, le long de la faille, jusqu'aux oreilles des deux filles. Treat resta debout, emmuré, obstruant de sa chair meurtrie l'accès à la caverne. À l'autre extrémité du passage, Julie se leva.

— Où vas-tu ? s'affola Venus.

— Voir ce qui se passe.

— Non, reste !

Malgré sa protestation, Julie se glissa dans la muraille. Longtemps elle s'acharna à dégager le corps de Treat, en vain. Son cadavre bloquait l'unique issue et les condamnait à une fin cruelle.

46

Dehors, la pluie battait les trottoirs. Un putain d'orage estival, comme il en éclate souvent au Nouveau-Mexique en cette période surchauffée de l'année. Le shérif McNeil sortit de l'hôpital avec l'air mal en point de ceux qui généralement font le chemin inverse sur une civière. Ce soir-là il n'avait pas regardé la télé, en revanche il avait vécu « Starsky et Hutch » et « Urgences » en *live*. Pas de quoi se plaindre ! Depuis deux ans, il avait cessé de s'imbiber, une résolution que les événements récents venaient d'anéantir. Il avait frôlé la mort plusieurs fois, sa caisse était bonne pour la casse et la pluie s'y était engouffrée pendant le reste du trajet. Pour couronner le tout, sa femme, au téléphone, n'avait pas vraiment cru à son histoire et lui avait raccroché au nez. Son gosier donc était aussi sec que le Grand Lac Salé et avec ce qui lui tombait dessus, c'était bien la seule partie de son corps qui était dans cet état.

La bonne nouvelle de la soirée, c'était Steve Barton. Il était sauvé. Henry pouffa en se remémorant le baiser qu'il lui avait donné. Sa première expérience homosexuelle, ou presque. Il avait déjà embrassé un garçon de sa classe quand il avait dix ans, peut-être parce qu'à cet âge il était plus facile d'embrasser un copain qu'une copine. Henry avait toujours été timide avec les filles, puis avec les femmes. Helen avait été sa première conquête et sa dernière aventure.

La conversation téléphonique houleuse qu'ils venaient d'avoir lui avait ôté l'envie de rentrer chez lui. On lui avait indiqué un bar situé pas très loin de l'hôpital et il décida de s'y rendre à pied. L'enseigne clignotante et grésillante du Rio Bravo Saloon était la seule lumière de la rue, en dehors des éclairs sporadiques crachés par un ciel noir. Il accéléra le pas et poussa la porte du troquet. Des crânes de longhorns, des cactus en carton, des photos de John Wayne étaient répartis aux quatre coins de la salle qui hésitait entre les clichés à la sauce western et l'imagerie populaire mexicaine, trahissant le manque d'originalité du décorateur. Le grattement d'une guitare par un mariachi coincé dans un juke-box rappelait au visiteur de passage qu'il pouvait boire de la Sauza Verde et qu'il n'était pas loin de l'Amérique latine. Il suffisait de suivre le Rio Grande jusqu'à El Paso pour franchir la frontière. Ce soir-là, l'horizon de Henry n'alla pas plus loin que de l'autre côté du comptoir, où un individu aux moustaches zapatistes adoptait un air contrarié. Décidément, c'était la journée ! Tous les gens qu'il rencontrait avaient des problèmes. Heureusement, à son contact, le type laissa tomber son masque et affecta un beau sourire tartré en l'appelant gringo. Henry s'assit en face de lui.

— Une bière.

— Corona, Budweiser, Miller, Coors, Michelob, Heineken, Rolling Rock, Sol... ?

— Lone Star ?

— Si, señor !

— Alors deux bouteilles.

Deux Lone Star atterrirent sur le zinc en moins de dix secondes. Le barman paraissait zinzin mais il était zélé.

Fallait avouer qu'il n'était pas débordé. Il n'y avait pas un chat, excepté un vieux Mexicain qui ronflait dans un coin et une jeune femme dont le visage était voilé par de longs cheveux noirs. Henry éprouva un besoin pressant de fumer :

— Vous vendez des cigarettes ?

— Non, par contre je peux vous en offrir une !

Le zélateur lui tendit un paquet de Lucky Strike ouvert et un Zippo enflammé. Henry savoura sa première bouffée tel un alpiniste respirant l'air raréfié des cimes. Dans la foulée il descendit d'un trait une bouteille de bière, éructa, aspira du tabac. Il avait décidé d'arrêter de fumer pratiquement à l'époque où il avait cessé de boire. Ce soir pourtant, il reprenait tous ses vices. Il se tordit le cou pour examiner la cliente solitaire. Elle venait de reposer son verre et plantait ses dents blanches dans un quartier de citron vert. Ses cheveux noirs étaient maintenant tirés vers l'arrière découvrant le plus beau visage qu'il ait jamais vu de sa vie. Elle était habillée d'une robe jaune, fermée par une multitude de boutons dorés, légèrement dégrafée au niveau des seins qui pointaient sous l'étoffe humide. Elle aussi s'était fait surprendre par la pluie. Dans la salle, Los Lobos étaient les seuls à s'en donner à cœur joie :

Aïe Aïe Aïe Aïe Aïe
Aïe mi morena de mi corazon…

— Elle est là depuis une heure, sans broncher ! Une Mexicaine à mon avis, commenta le faux Zapata.

Henry qui risquait le torticolis remarqua le coup d'œil furtif du barman sur son étoile de shérif qui dépassait sous sa veste en velours côtelé.

— Vous devriez peut-être vérifier ses papiers, on sait jamais ! insista le délateur.

Henry ne releva pas la réflexion. Il savait que s'il lui répondait, la conversation serait engagée et il ne pourrait plus faire le point sur sa journée. Il avala de la fumée et de la mousse et actionna ses neurones. La route lui manquait pour réfléchir, mais sa voiture était devenue trop inconfortable et perméable pour qu'il repousse sa réflexion au chemin du retour.

Ses narines subirent un nouveau souffle d'haleine fétide à base d'ail et de tabac :

— Croyez-moi, ces chicanos, ils vont nous bouffer. Ils nous envahissent de partout. La frontière est une vraie passoire. Vous savez qu'en Californie, un homme sur quatre est mexicain ?

— Et pour les femmes ? railla Henry en se référant à la jeune Mexicaine. Si c'est la même proportion, je m'installe en Californie !

Son interlocuteur hésita avant de glousser, le temps d'assimiler la remarque.

— Ah ouais, très bonne celle-là. Ah ! Ah ! Non, en fait quand je dis un homme, c'est pour dire une personne en général, sans distinction de sexe ! Ah ! Ah ! On n'est pas à un poil près. Ah ! Ah !

Il se rapprocha avec ses effluves en murmurant :

— Et puis, je vais vous dire, les femmes mexicaines, côté poils, elles sont servies. Alors ne vous emballez pas trop vite. Ah ! Ah ! Ah !

Le shérif hésita entre lui enfoncer le poing dans sa tronche ou tirer une autre cigarette du paquet resté sur le comptoir. Il opta pour une Lucky Strike. Manifestement, le barman n'avait qu'un sujet de conversation :

— Croyez-moi, en Californie, en l'an 2000, les minorités seront majoritaires.

— Quoi ?

— Ouais, gringo, nous serons moins de 50 % !

— Qui ça « nous » ?

— Ben « nous », les Blancs !

— Ce sera pas bon pour votre business. Imaginez, s'il n'y avait que des Blancs dans ce pays, ce soir vous n'auriez qu'un seul client au lieu de trois. Et aucun sujet de discussion.

Le serveur vissa un torchon dans un verre mouillé en essayant de déchiffrer ce que le shérif avait sous-entendu dans sa dernière phrase. Il fit une dernière tentative pour cerner l'opinion de son client étoilé :

— Moi je dis, faut changer de politique.

— Vous n'aimez pas le libéralisme ?

— Croyez-moi, le libéralisme c'est le western.

— J'aime les westerns, commenta Henry en désignant une photo de John Wayne extraite de *La Rivière rouge*.

Malgré ses mises en boîte, il n'arrivait pas à se débarrasser du bavard. Il décida donc de faire semblant de l'écouter, tout en réfléchissant à son affaire criminelle.

— Faut que je change la déco de ce bar... l'ancien proprio... Moi je verrais bien... miroirs... en bois... photos des joueurs... Dodgers... comme à Los Angeles !...

Les paroles logorrhéiques ne parvenaient aux oreilles distraites de Henry que par bribes. Pourtant je mot « Los Angeles » fit « TILT », alors qu'il venait d'additionner les meurtres en série, soustraire l'assassinat des trois jeunes de ce matin, retenir la mort de Montgomery Burnett, avec au total un carnet rédigé en français par une certaine Eva. Il s'aperçut de sa confusion en juxtaposant tous ces événements et en prenant conscience qu'il n'était plus à Los Angeles. Les habitudes acquises dans son comté bien tranquille l'avaient conduit à une grossière erreur de jugement.

— Quel con ! s'exclama-t-il.

— Plaît-il ? s'étonna Zapata.

— Je me traite de con.

— Croyez-moi, se l'avouer c'est déjà faire preuve d'intelligence !

Il fallait que Henry fût devenu un plouc pour avoir cherché un lien entre tous ces meurtres. À Los Angeles, il n'aurait pas fait l'amalgame. Là-bas, il était difficile d'imaginer une même personne perpétrant tous les crimes ! Ici, sous prétexte qu'il ne se passait rien, il avait tout confondu. Entre l'assassinat des trois jeunes et celui de Montgomery Burnett, il n'existait aucun rapport, excepté le carnet. Y en avait-il avec les meurtres en série du mois précédent ? Certes, les victimes de la Furie étaient mortes dans leur véhicule et l'arme du crime complétait logiquement sa collection : après le couteau, le revolver, le fusil à pompe et le pistolet-mitrailleur, le lance-roquettes paraissait évident dans cette course à l'armement. Cependant, avec les trois cadavres du Ford pick-up, on dépassait largement le quota habituel d'un simple conducteur. Il fallait tout reprendre à zéro, poursuivre des investigations distinctes. « Putain, une journée entière pour en arriver à cette foutue conclusion. » Pour la deuxième fois en six ans Henry regretta son métier d'enseignant.

— Une autre bière !

— C'est comme si elle était déjà là.

En pivotant vers la jeune femme, le shérif ripa son coude instable sur le comptoir et fit tomber le cendrier. Confus, il descendit de son tabouret, comme il aurait descendu le Blanca Peak dans les Rocheuses, et ramassa les mégots à quatre pattes. Le plancher tanguait et le manège sur lequel il était coincé ne semblait pas vouloir s'arrêter. La jeune femme affronta l'un des coups d'œil furtifs qu'il lui adressait, pendant un temps supérieur à celui requis par la curiosité. Elle avait de grands yeux marron, un sourire à faire fondre un bigot et une expression qui paraissait traduire un intérêt pour lui. Malgré les ondes positives qu'il perçut, il était mal à l'aise. Il aurait aimé s'asseoir en face d'elle, lier connaissance, passer le reste de la nuit en sa compagnie, oublier ses enquêtes. Il avait besoin d'une présence féminine. Pourtant, il n'osait pas. Peut-être était-elle trop belle pour lui. L'évocation de Helen lui octroya une excellente excuse pour ne rien tenter. Le buste du barman se détacha au-dessus du comptoir, telle une marionnette grossière, pour vérifier si tout allait bien. Le shérif reprit alors l'ascension de son siège et s'accrocha à sa bouteille de Lone Star. Comme par hasard, Marty Robbins chantait « *The Streets of El Paso* », une rengaine narrant l'histoire d'un amoureux transi et d'une belle Mexicaine.

47

Anna était en fuite. Elle marchait vite en cognant ses talons hauts contre l'asphalte miroitant sous la pluie. Flic ! Floc ! Elle ralentit en voyant le reflet d'un néon clignoter dans une flaque. Flac ! Avant de se retrouver dans sa chambre d'hôtel minable, aussi seule et déracinée que sur une toile d'Edward Hopper, elle décida de se réfugier dans ce bar. L'intérieur était désert, à part un type qui ronflait sous un sombrero, Tito et Tarentula qui s'époumonaient dans un juke-box et un barman ringard qui affichait sous une moustache un sourire en forme de tranche de pastèque.

— Buenas tardes, señorita ! beugla le type, sans toutefois réveiller son autre client.

— Je pourrais avoir une tequila, s'il vous plaît ?

Elle alla s'asseoir à la table la plus éloignée du comptoir.

— Je vous l'apporte ! répondit le barman en minaudant.

En quelques secondes, il avait posé sur la table une salière, deux verres de tequila, deux quartiers de citron vert, deux avant-bras et engageait la conversation. Il baratinait Anna sur la beauté des paysages mexicains et sur sa population affable. Elle ne lui prêtait qu'une attention distraite, car autre chose l'obsédait depuis la veille. Pour dix dollars un passeur lui avait fait traverser le Rio Bravo, assise sur une planche clouée à un pneu et tirée par une ficelle. Sur l'autre rive du fleuve, qui pour les Américains devenait le Rio Grande, elle avait réussi à éviter les Jeep et les voitures banalisées de la Border Patrol, le centre de tri et le retour au pays. Elle avait réussi à passer du Mexique au Nouveau-Mexique, « le pays enchanteur », comme le promettaient les plaques rivées à l'arrière des véhicules immatriculés dans cet État. Ses illusions s'étaient perdues à El Paso, plus précisément à la mission d'Yseta, à l'est de la ville, car Pablo n'était pas venu au rendez-vous. Son ami, passé clandestinement aux States deux semaines auparavant, s'était procuré un job de plongeur dans un restaurant italien et lui avait téléphoné pour qu'elle le rejoigne : « 9 heures à la mission d'Yseta. »

Elle l'avait guetté toute la matinée. Personne ne s'était montré à part quelques touristes venus photographier l'une des plus anciennes missions des États-Unis. Elle s'était mise à sa recherche dans les restaurants italiens de la ville. Aucune trace de Pablo Escondido.

— Vous attendez quelqu'un ? s'inquiéta le barman qui venait de dresser la situation géopolitique du Mexique alors que son expérience du pays se résumait à un séjour d'une semaine à Cancún, dans un hôtel-club trois étoiles, gagné dans un sweepstake.

Anna, qui affectait l'air trop attentif de ceux qui font semblant d'écouter, opina, après avoir obligé le type dont l'haleine était chargée à se répéter. En fait, elle n'attendait plus, elle voulait seulement décourager l'ardeur du bavard. Pablo s'était moqué d'elle. Malgré sa promesse de ne plus toucher à la drogue, il avait sûrement flairé une occasion de gagner de l'argent plus rapidement. Elle en était persuadée. La drogue rapportait plus que la pizza. Et quitte à être une *indocumentada*, une immigrante sans papiers et sans existence officielle, autant rester dans l'illégalité. Elle avait alors préféré prolonger sa route, en auto-stop, au risque de se faire arrêter à tout moment par la police. Un chauffeur routier l'avait déposée à Albuquerque. Demain, elle prendrait peut-être la décision d'aller vers l'ouest, jusqu'à Los Angeles.

— Pardon ?

— Ouais, je disais, en ce moment je cherche une serveuse. Je me suis dit en vous voyant que vous aviez le profil, disons, idéal. Alors si ça vous dit, vous pourriez faire un essai. Et soit dit en passant, le salaire horaire n'a rien à voir avec ce qu'on vous propose au Mexique, croyez-moi.

— Cinq.

— Cinq dollars l'heure ?

— Non, vous avez conjugué cinq fois le verbe « dire » dans votre phrase.

Perplexe, le barman hésita avant d'enchaîner :

— Vous savez, au début je pourrai pas vous donner de salaire fixe, par contre au niveau des pourboires, ça vous fera au minimum 50 dollars par soirée. Et qui sait ? Même plus. Ce soir, c'est calme, mais c'est rarement comme ça. Croyez-moi, le samedi soir, avec le karaoké, c'est plein à ras bord. Vous savez, la pluie, c'est mauvais pour les affaires. En tout cas il ne pleut pas souvent ici, j'en sais quelque chose, j'habite le coin depuis dix ans, et que je sache, j'ai pas l'air d'un navet !

Il exhiba son bronzage et ses dents bien rangées derrière un sourire satisfait. Anna admira l'effort paradigmatique du type pour décliner le verbe « savoir ». Elle aimait user de sa maîtrise de l'anglais pour s'affirmer face à certains Américains qui s'exprimaient moins bien qu'elle. Elle avait découvert cette langue entre Las Cruces et Socorro, à l'âge de quatre ans, lorsque ses parents avaient eux aussi traversé la frontière, le temps d'amasser quelques économies et de revenir au pays pour ouvrir une cantina qui malheureusement périclita au bout de quelques années.

Anna se contenta de préciser qu'elle ne cherchait pas de travail. Sûr de lui, le créateur d'emploi posa sa main sur celle de la jeune femme qui la retira aussitôt pour saisir son verre.

— J'en reprendrais bien un autre.

Elle souhaitait le voir disparaître de l'autre côté de son zinc. Elle savait cependant qu'il ne fallait pas faire de vagues, ne pas heurter la susceptibilité de ce genre d'individu capable de la dénoncer à la police.

— Offert par le patron ! proclama-t-il en rappliquant au bout de quelques secondes, plus rapide que Speedy Gonzales.

Cette fois-ci, il s'assit à côté d'elle.

— Je me présente, je m'appelle Joe.

— Je vous crois.

— Pourquoi dites-vous ça ?

— Pour rien.

— Croyez-moi, la personne qui vous fait poireauter ne viendra pas. J'ai mieux à vous proposer. Ça vous dirait de passer la nuit dans un coquet cottage en ville et de prendre le téléphérique demain matin pour déjeuner au Sandia Peak ? De là-haut, le panorama est d'enfer, croyez-moi !

La proposition était tentante pour quelqu'un comme elle qui n'avait rien à perdre sauf sa vertu. En cinq minutes, ce type lui avait proposé un job, un toit et un tour organisé. Elle savait aussi que son plumard faisait partie de l'itinéraire touristique. Anna n'aimait pas ce genre d'homme entreprenant, sûr de lui, commençant ses phrases par un « je » égocentrique ou un « croyez-moi » suspect. Ce qu'elle ne supportait pas par-dessus tout, c'était sa familiarité, cette façon de s'adresser aux gens sans aucun respect, aucune distance, aucun sentiment, aucune écoute. Il lui avait probablement déjà collé l'étiquette de « Mexicaine à tout faire ».

— Vous voulez coucher avec moi ? s'enquit-elle.

— C'est une proposition ?

— Non, c'est une question.

— Moi, je serais pas contre.

— Moi, si.

— Ah !

— Comme vous dites.

— Eh bien dans ce cas, ça a le mérite d'être clair.

Il se rapprocha d'elle jusqu'à la coller. Il savait que pour emballer les filles, il fallait les faire rire. Ce serait sa dernière tentative pour séduire cette Mexicaine dont il avait vraiment envie. Elle était très belle et il était très seul.

— Est-ce qu'on vous a déjà lu les lignes de la main ?

— Oui.

— Et alors ?

— On m'a prédit un avenir plein d'embrouilles.

— Laissez-moi voir ça. Je vois une ligne intéressante. Une sorte de frontière que vous avez traversée récemment. Croyez...

Anna se dégagea. Joe avait tapé juste. Après l'avoir déstabilisée et pris de l'ascendant, il fallait la rassurer avec une bonne dose d'humour. Ça allait marcher, il l'avait lu dans *The One Minute Skirt Chaser*[1].

— Vous savez que dans le monde, il n'y a qu'un seul homme pour quatre femmes et que vous venez d'en rencontrer un qui est libre.

— Foutez-moi la paix, s'il vous plaît ! La seule chose que je vous réclame et pour laquelle vous êtes apparemment doué, c'est de me servir. Okay ? Si j'avais voulu autre chose, je serais allée ailleurs.

Joe se leva sans rien dire, vérifia que le vieux dormait sous son sombrero et récupéra sa place derrière son bar.

— Écoute, ma petite, tu finis ton verre et tu...

Joe ravala la fin de sa phrase, ainsi que sa colère.

Un client venait de franchir le seuil et il fallait adopter un sourire commercial.

— Bonsoir, gringo ! lança-t-il mielleusement au nouveau venu, trempé jusqu'aux os.

Anna se pencha sur son verre. L'homme qui était entré avait l'air soucieux. Elle l'observa à travers le rideau de sa chevelure et essaya de deviner son métier. Il avait la quarantaine, les traits tirés, une veste en velours côtelé orange, une chemise blanche, une cravate bariolée jaune et bleue, un pantalon noir et des chaussures noires. Elle devina un VRP. Joe conversait avec lui tout en la surveillant. Elle préféra ne pas bouger, ne pas attirer l'attention, juste écouter Los Lobos et finir sa tequila. Pourquoi aller à Los Angeles ? Pourquoi repartir au Mexique ? Elle n'avait que 22 dollars et 22 ans. Un dollar par année. À 22 ans, adulte depuis peu, elle ne savait déjà plus quoi faire de sa vie.

Elle ne put s'empêcher de rire en voyant le VRP à quatre pattes en train de ramasser des mégots, accompagné par la chanson « *The Streets of El Paso* ». Il était

1. Le Manuel du coureur de jupons – inventé par l'auteur. *(N.d.A.)*

ivre et attendrissant, un peu maladroit, un peu timide, un peu son genre. Quelque chose brillait sur sa poitrine, un gros pin's doré en forme d'étoile fixé sur un rabat noir qui se balançait de la poche de sa chemise. Une étoile de shérif ! Son représentant de commerce était un flic.

48

Coup de téléphone à Henry McNeil, dans son lit, le 8 juillet à 10 h 04.

— Henry… Vous dormez ? demanda Ben.

Henry émit un grognement qui inquiéta son adjoint :

— Allô, vous êtes réveillé ? insista-t-il.

— Putain de réveil qui se met à parler…

— Henry ! C'est le téléphone que vous tenez, pas le réveil ! Placez-le contre votre oreille.

— Qui parle là-dedans ?

— Henry, c'est moi, Ben Calder. Y a pas de lézard, vous êtes en train de vous réveiller. Je suis au bout du fil. Vous vous êtes remis à boire ou quoi ?

— Ben ?

— C'est moi. Désolé de vous déranger c'est urgent. Il y a un type du FBI dans votre bureau en ce moment qui aimerait vous parler. Au sujet du triple meurtre. Il souhaiterait confronter ses éléments avec les vôtres. Euh !… Vous avez des éléments, Henry ?

Henry n'avait révélé l'existence du carnet à personne. Il fallait maintenant qu'il fasse ses maudits rapports.

— Le fédéral s'impatiente. Je lui ai déjà donné quatre cafés mais il commence à s'énerver.

— Le FBI dans mon bureau ?

Henry ne réagissait pas au quart de tour.

— Qu'est-ce que je lui dis ?

— Y a un truc que je pige pas…

— Quoi donc, Henry ?
— Comment pouvez-vous me parler dans ce réveil ?
Ben usa de toute sa sagacité :
— Quelle heure est-il, Henry ?
Le shérif chercha l'heure sur le combiné et finit par la trouver posée sur la table de nuit. À cet instant seulement, il réalisa que la sonnerie qui l'avait tiré de ses rêves éthyliques provenait de son téléphone, pas de son réveil.
— J'suis complètement schlass ! s'exclama-t-il en s'enfonçant le pouce et le majeur dans les orbites. Écoutez, Ben, occupez-le. J'arrive ! Le temps de me refaire une beauté.
Henry raccrocha. Son cerveau bourdonnait. Il se leva, s'écroula, s'accrocha aux draps et se traîna en titubant jusqu'à la salle de bains. Au terme de ce parcours héroïque, il s'avachit sur le lavabo et fit couler de l'eau sur sa nuque. Une douche froide, une chemise propre et un café noir lui furent nécessaires pour commencer à rassembler ses idées. Primo, le FBI : pourquoi les fédéraux étaient-ils sur son dos ? Secundo, sa femme : où diable était-elle ? Tertio : comment pouvait-il se réveiller dans son lit, alors que son dernier souvenir remontait à la nuit précédente, à Albuquerque, au Rio Grande Saloon ? Il était trop saoul la veille pour avoir parcouru 150 kilomètres dans son épave et même s'il avait osé cet exploit, il ne l'aurait pas oublié.
Il regarda par la fenêtre de la cuisine. La Lincoln de sa femme avait disparu. En revanche, la Chevrolet déglinguée était garée là, ou plutôt gisait là, sans sa portière, ni ses pare-chocs, ni sa vitre arrière. « Parons au plus pressé », décréta-t-il en se mélangeant les doigts dans son nœud de cravate. Après s'être étranglé comme un pendu, il décrocha son téléphone pour appeler ses collègues d'Albuquerque, dans l'espoir qu'ils auraient déjà des informations sur l'identité de la fille en Corvette et sur ses rapports avec Montgomery Burnett et Steve Barton.

49

Brad Milhous William Dexter n'était pas du genre à rigoler. Costard-cravate taillé dans du lin et chemise blanche taillée par Armani, il représentait le FBI version gravure de mode, un croisement branché entre les agents fédéraux Fox Mulder et Dale Cooper. Avec « X-Files » et « Twin Peaks », la télévision lui avait révélé l'importance de la panoplie du héros moderne, tout comme « Top Gun » avait vanté le prestige de l'uniforme. De l'influence des rayons cathodiques sur le comportement des téléspectateurs en mal de références...

Brad M.W. Dexter s'était donc construit une image d'agent froid, efficace et filiforme. Il carburait au Hollywood chewing-gum sans sucre et au Pepsi Light : *the choice of a new generation*.

Deux choses stressaient l'agent fédéral.

D'une part cette pression qui venait de Washington. Depuis la série d'échecs inaugurée avec l'explosion du vol 800 de la TWA et la bombe des J.O. d'Atlanta, les consignes étaient simples : obtenir des résultats. Dans cette partie acharnée contre les ennemis du pays, Brad M.W. Dexter était un pion chargé d'enquêter sur le massacre de la famille Kleinfeld à Bel Air et sur l'enlèvement de leur fille de sept ans. Il voulait boucler cette affaire rapidement pour gagner de l'avancement et savourer la gloire de celui qui aurait redonné au *Federal Bureau of Investigation* ses lettres de noblesse.

D'autre part l'augmentation de sa tension était due aux cinq tasses de mauvais café avalées durant les soixante-trois minutes passées dans un bureau minable.

La porte s'ouvrit enfin sur le représentant de la loi du comté. « Merde, c'est ma journée », pensa-t-il en voyant apparaître le shérif McNeil, les mains prises par deux gobelets en plastique fumants, le visage froissé et la chemise assortie. Un gus qui n'a rien à foutre de son métier, qui s'habille comme un plouc, qui a trop de rides pour son âge », estima l'agent fédéral qui avait pour habitude, voire pour réflexe, de déceler au premier contact les défauts physiques et caractériels des gens qu'il rencontrait. La mémorisation par le catalogage.

— Excusez-moi, j'étais retenu ailleurs, mentit Henry, trahi par les paupières gonflées de celui qui vient de se réveiller. Je peux vous offrir un café ?

— Non.

Brad M.W. avait décidé de rester calme. Il avait pris des cours pour ça. En parfait ambassadeur de « Fidélité, Bravoure et Intégrité », il lui tendit sa carte de visite. « Tiens, les initiales de son nom sont celles d'une marque de voiture allemande. » Henry ne put retenir un sourire malvenu.

— Qu'est-ce qui vous fait sourire ?

— C'est pour quoi le M. et le W. ?

— Milhous et William, rétorqua sèchement Brad M.W. Dexter.

— Milhous comme le deuxième prénom de Nixon ?

— C'est ça, et William comme le premier prénom de Clinton.

— Bon, qu'est-ce que je peux faire pour vous ? s'exclama Henry sur le ton du commerçant qui s'adresse à un client.

— Je travaille sur le massacre de la famille Kleinfeld qui a eu lieu à…

— À Bel Air, j'en ai entendu parler. Leur fille a été…

— Kidnappée. On ne sait pas par qui, ni pourquoi, puisque ceux qui étaient susceptibles de verser une rançon ont été massacrés. En revanche, on connaît l'itinéraire des ravisseurs. Des témoins auraient vu une femme avec Venus Kleinfeld.

— Une femme ?

— Laissez-moi finir. À l'heure actuelle, il y a des chances pour qu'elle soit dans les environs.

— Comment le savez-vous ?

— Les morts qu'elle a laissés derrière elle, comme un véritable Petit Poucet.

— Charles Perrault revu et corrigé par Stephen King !

Brad M.W. empoigna un attaché-case qu'il installa sur le bureau du shérif, composa un code secret, fit claquer les languettes en aluminium doré et en sortit une carte routière. Henry l'observa la déplier soigneusement et but le café qu'il avait réservé à son visiteur. L'index manucuré de Brad M.W. se posa enfin sur Los Angeles.

— Benjamin Kleinfeld, sa femme Nicole et leur fils Jeremy ont été tués à coups de calibre 12, à Bel Air, le 6 juillet vers 4 heures du matin.

Le doigt de l'agent du FBI glissa sur la carte en direction du désert Mojave.

— Désert de Mojave, 9 h 30, explosion d'une station-service Red Star. On a trouvé un étudiant français travaillant au noir, David Darlan, assassiné une glace dans la main.

— Une glace ?!

— Ne vous affolez pas, la glace n'a rien à voir avec le crime. Le jeune avait trois balles de 9 mm dans le dos. Je peux continuer ?

— Allez-y.

— Un type nommé Dick Spaceck, divorcé, viré de la Columbia, vivant dans un *trailer* en aluminium, a été braqué par une fille accompagnée d'une gamine et contraint de les conduire jusqu'à l'Interstate 15, en direction de Las Vegas. Il a été relâché sain et sauf bien qu'amoché.

Henry vida son gobelet, tandis que l'index de Brad M.W. traversait la frontière pour passer en Arizona.

— Burt Woyttylavsky, avec deux « t » et plein de « y », chauffeur routier polonais et tatoué, naturalisé en 1988, aurait été aperçu en leur compagnie alors qu'il roulait vers Flagstaff. Il est mort dans son camion mâchouillé comme un chewing-gum, après une chute de dix mètres dans un ravin. La cause de la mort n'est pas l'accident. Une balle lui a perforé le crâne. Heure approximative du décès : 17 heures.

— Je croyais qu'elles se dirigeaient vers Las Vegas.

— C'est bien, vous suivez.

Le doigt reprit sa course jusqu'à la frontière du Nouveau-Mexique.

— Le lendemain du massacre de Bel Air, c'est-à-dire le 7 juillet, c'est-à-dire hier matin, un Ford pick-up bleu est stoppé par une roquette antichar à une dizaine de miles de Window Rock. Autour de l'épave, on compte les morts : Wilmerine et Jud Rendall, Indiens Navajos employés dans une épicerie familiale, et Mike Shaw, étudiant en management à Berkeley. Ça tombe dans votre secteur et c'est là que vous intervenez.

Henry McNeil allait dire quelque chose, mais l'index de B.M.W. continua le long de la route 66.

— La nuit dernière à Grants, Montgomery Burnett, 25 ans, employé depuis deux semaines au Bureau des Affaires indiennes, est découvert dans son placard à balais la gorge tranchée. Une heure plus tard, entre Grants et Albuquerque, Cynthia Forbes, 24 ans, adepte du piercing, employée au garage Motor Way, est tuée d'un coup de fusil dans une Corvette jaune et ratatinée.

Le doigt de l'agent du FBI se décolla enfin de la carte pour aller se loger dans son oreille. Henry en profita pour placer quinze mots :

— Vous croyez que la fille qui a kidnappé Venus Kleinfeld a tué tous ces gens ?

— Au niveau timing, ça correspond. Des collègues étudient parallèlement la piste de Las Vegas sur laquelle nous a aiguillés Dick Spaceck. Moi, je suis chargé d'étudier ce qui s'est passé sur la 66. Il nous manque pas mal d'éléments sur le triple assassinat près de Window Rock et nous n'avons rien sur le meurtre de la veille.

— J'y étais.

— Où ?

— La nuit dernière.

— Pas « quand » ! « où » ?

— À Grants. À mon avis, ça n'a aucun rapport avec le sujet.

— Ça, c'est moi qui en jugerai.

— Oh ! Doucement, okay ?

Henry alla s'asseoir derrière son bureau afin de montrer qu'il était chez lui, ainsi que pour chercher dans son tiroir de l'aspirine.

— Bon, soyons clairs, dit Brad M.W., je suis venu ici pour collaborer avec vous. Mon seul but est de résoudre cette affaire le plus rapidement possible. Je vous ai livré mes infos. À vous de me confier ce que vous savez.

Henry décrocha son téléphone.

— Sheryl ?... Vous avez de l'aspirine ?

— Vous avez mal à la tête, shérif ? s'inquiéta la secrétaire.

— Vous êtes perspicace, Sheryl. Vous finirez par prendre ma place.

Un rire strident jaillit de l'écouteur. Brad M.W. manifesta son impatience.

— C'est une histoire de cul, avoua Henry en raccrochant.

— Quoi ?

— La mort de Cynthia machin, c'est une histoire de cul. Je n'ai pas encore la preuve car les deux autres intéressés ne sont plus en état de parler. L'un est mort et l'autre s'est à peine exprimé avant de passer sur le billard. Vous connaissez *Jules et Jim* ?

— C'est quoi leur nom de famille ?

— Cherchez pas ! C'est le titre d'un film français dont l'intrigue évoque les relations d'un ménage à trois. Là, c'est un peu pareil, à la différence que les deux garçons, Montgomery et Steve, couchaient ensemble. Cynthia, l'ex-girlfriend de Montgomery, n'a pas supporté leur liaison. D'après les renseignements que j'ai pu tirer d'Albuquerque ce matin, le fils Burnett a laissé sa voiture à réparer au garage Motor Way. Cynthia Forbes a sauté sur l'occasion pour le raccompagner chez lui. Ils se sont disputés, ça a dégénéré, elle l'a assassiné et dans la foulée a tenté d'octroyer un sort identique à Steve. J'étais là par hasard. La jeune fille m'a donné du fil à retordre et tout s'est terminé dans un bain de sang. Je vous ferai parvenir un double du rapport que j'avais l'intention de taper aujourd'hui.

— Par hasard ?
— Pardon ?
— Vous étiez là par hasard ?
— Oui.
— Je ne crois pas au hasard.

Henry sortit de la poche de sa veste un carnet vert et flétri intitulé EVA qu'il jeta sur l'État du Texas. Il n'y resta pas longtemps car Brad M.W. le saisit aussitôt. Henry commenta :

— Je l'ai ramassé dans le Ford pick-up accidenté. Apparemment, une certaine Eva l'aurait écrit. Ça ressemble à un journal intime. Tout est en français, alors j'ai sollicité l'aide de Montgomery Burnett. Je suis simplement allé chez lui pour récupérer la traduction.

— C'est comme ça que vous travaillez ?

On frappa à la porte timidement. Une femme de cinquante ans avec un chignon impeccable s'insinua dans l'entrebâillement.

— Entrez, Sheryl.
— Votre aspirine, shérif.

Elle se faufila vers le bureau, délivra le médicament et s'éclipsa discrètement tout en observant du coin de l'œil l'homme du FBI. Henry porta l'eau effervescente à sa bouche, renifla les bulles, grimaça en déglutissant et s'adressa à son visiteur.

— On va être clairs, comme vous dites. Je ne suis pas d'humeur à écouter les leçons d'un blanc-bec ou d'un bleu-bite. Ici, on n'a pas de laboratoire d'analyses, ni d'outillage informatique sophistiqué, ni des milliers d'employés à notre service, ni un département de langues capable de me traduire un calepin sur-le-champ. Faut composer avec les moyens du bord. Alors vos remarques, vous vous les collez dans…

— Vous permettez que je le confie à notre bureau ? le coupa poliment l'agent.

— Faites.
— Il sera traduit dans la journée.
— Vous avez du nouveau sur La Furie, la *serial*…

— Elle a été repérée la semaine dernière à Nogales. Elle essayait de passer au Mexique. Sacrée saloperie cette nana. Des patrouilleurs ont failli la coincer à la frontière mais elle a réussi à s'enfuir. On est en train d'établir un portrait-robot.

— Vous croyez que c'est elle qui a kidnappé la gosse ?

— L'hypothèse n'est pas exclue. D'après moi, il n'y a aucun rapport entre La Furie et l'affaire Kleinfeld.

— Je suis de votre avis.

— Ouais, eh bien pour l'instant, il faut coincer celle qui a enlevé Venus Kleinfeld, et le plus vite possible.

Un long silence s'installa dans le bureau pendant lequel l'agent du FBI regarda le shérif se nettoyer les ongles avec un trombone qu'il avait soigneusement déplié. Après en avoir terminé avec son auriculaire et avoir comparé ses deux mains, le shérif changea de ton :

— Bon, à partir de maintenant vous allez arrêter de me raconter des conneries !

— Qu'est-ce que vous voulez dire ?

— Vous espérez me faire avaler qu'une jeune femme, encombrée d'une gamine de sept ans qu'elle vient de kidnapper, a plombé toute la famille Kleinfeld et a dégommé tous ceux qu'elle a rencontrés sur son chemin à coups de pistolet ou de bazooka ? On n'est pas très malins dans le coin, cependant il y a des limites. Vous faites une erreur d'appréciation en vous pointant ici avec vos salades. On friserait même l'avanie.

— On friserait quoi ?

Henry aimait employer un vocabulaire peu usité pour moucher les prétentieux.

— On friserait l'avanie ! Le camouflet, si vous préférez !

Pour la deuxième fois depuis qu'il était dans le bureau (la première fois ayant été le moment où il avait vigoureusement secoué son index dans son oreille), l'agent du FBI perdit de sa contenance ; il se gratta la tête, laissant un épi rebelle rebiquer au milieu de ses cheveux généreusement gominés.

— Vous avez entendu parler des milices ?

50

— Julie ?

— Quoi, ma puce ?

— C'est con la vie.

— Et la mort, j'te dis pas !

Venus et Julie étaient coincées dans le trou du cul du Nouveau-Mexique. Un orifice d'une profondeur de vingt mètres environ, creusé dans la roche par le temps, le vent, la pluie, le gel, la neige, le sable. Un boyau vertical à la surface duquel régnait le monde des vivants. L'espoir de sortir par la fissure s'était dissipé après maintes tentatives par Julie de bouger le corps de Treat. Les quatre-vingts kilos de l'Américain pris dans l'étau des deux parois rocheuses avaient résisté.

La Française pensa à Bob Miller, aux Navajos, à Victor Hugo. Un vers lui revint en mémoire : « L'œil était dans la tombe et regardait Caïn. » Elle imagina Dieu, tout-puissant, l'observant et la jugeant à travers le conduit, comme à travers un microscope. Elle était face au ciel, soudainement aboulique. Était-ce le signe de l'ascension de l'âme, du rapprochement vers Dieu, prélude d'une mort imminente ?

— Julie ?

— Quoi ?

— Tu promets de ne plus laisser moi toute seule ?

— T'es folle ! Pourquoi dis-tu ça ?

— Parce que j'ai eu peur quand j'étais avec Treat, sans toi.

— Écoute, on va se faire une promesse. Si l'une de nous deux est en danger, l'autre ne doit pas la laisser tomber. Nous resterons ensemble tout le temps jusqu'à ce que nous soyons sauvées.

— On tape ?

Venus tendait sa paume à Julie.

— On tape !... Je promets de toujours protéger Venus !

— Je promets de toujours protéger Julie !

Venus bâilla avant de s'endormir, plus rassurée. Quelle chance ! Julie, qui ne savait vivre qu'avec ses dix heures de sommeil quotidien, n'avait pas fermé l'œil de la nuit. Jusqu'à présent, elle avait agi, lutté et réussi à dominer son ennemi. Avec l'adrénaline pour carburant. Sans en être consciente, elle s'était imprégnée de cette énergie typiquement californienne qui l'avait poussée à se jeter férocement dans une fuite en avant. Les Californiens croient à la réussite, parfois avec naïveté, c'est là leur force. Cette vigueur contagieuse avait permis à Julie de rester en vie. Maintenant qu'elle n'avait plus l'occasion d'agir, ni de se battre, ni de fuir, elle sombrait. Le soudain manque d'action, le contrecoup des dangers qu'elle avait encourus, l'impuissance dont elle faisait preuve au fond de cet obscur ergastule entamaient son équilibre mental. Pourtant, elle était sûre qu'il existait un moyen de s'en sortir. Tout simplement, elle ne le connaissait pas.

Elle s'allongea sur le sol en essayant d'effacer la dernière image de Treat. Elle fixa la tache de ciel qui s'éclaircissait au-dessus d'elle. Bientôt l'aube. En attendant d'y voir plus clair, elle se contraignit à fermer les yeux.

51

Tableau de famille dans le living-room des Flanagan, converti pour la circonstance en quartier général : le fils assis dans un fauteuil, la gueule en sang et gémissant, la mère en pleurs sur le sofa, priant le ciel de lui venir en aide et tirant sur son nez avec un mouchoir brodé, le père debout les bras en croix adoptant la dégaine du pasteur qui exhorte ses ouailles à plus de tempérance. Face à Ralph et Forrest, aux prédispositions plus pénitentiaires que pénitentielles, Pat se justifia :

— C'est comme si elles étaient mortes ! Coincées dans la falaise et bloquées par le cadavre du mec qui était avec elles, il n'y a plus qu'à attendre que Dieu exécute sa part du travail.

Ralph ironisa :

— Cette fille vous a faussé compagnie, alors qu'elle était attachée à un sommier, enfermée au fond d'une cave, complètement à poil et surveillée par trois mecs enfouraillés. T'entends ça, Forrest ?

— Elle devait vraiment pas aimer leur compagnie, acquiesça le complice.

— Mon mari vous dit la vérité, intervint la grosse femme d'une voix nasillarde.

— Laisse, Becky ! recommanda Pat.

— Tu lui aurais pas donné un coup de main par hasard ? Hein, Pat ? persifla Ralph.

— Elle nous a manipulés, j'te dis. Elle vous a envoyés chez Miller pour rien et ensuite elle nous a tendu un piège avec son acolyte qui guettait dehors.

— D'où il sortait cet alcoolique ?

— J'en sais rien !

— Qu'est-ce que tu proposes ?

— Moi, j'en reste là. L'affaire est close. On touche plus à rien.

— Tu te dégonfles ?

— C'est inutile de repartir là-bas. Je te dis qu'elles vont crever au fond de leur terrier.

— Dis donc, le révérend, t'es aussi prophète ?

— Laissez mon mari tranquille, il vous a plus qu'aidés ! insista Becky en tortillant son napperon.

— Laisse, Becky !

Ralph fondit sur elle.

— Écoute-moi bien, grosse mère, autant que vous tous ici ! On est des croisés en croisière. S'il y en a un qui fait couler le navire, tout le monde coule. Est-ce que la métaphore est facile à comprendre ?

— Au risque de me répéter, c'est fini pour moi, décida Pat. J'ai proposé tout de suite mes services à votre organisation sur Internet, j'ai répondu présent au moment où il le fallait, parce qu'on partage les mêmes convictions et que ZOLTAN a participé au financement de ICAN. La mission est accomplie ou en voie de l'être. Maintenant, j'ai une entreprise à gérer, des salariés à faire travailler, des discours à écrire, des pécheurs à absoudre, des dons à encaisser…

— Trois de nos hommes ont été assassinés par une merdeuse : John Wallace, un vétéran du Vietnam, Jack Harding distingué en Corée et Tony Sarzanio directement importé de Sicile. Et ce n'est pas fini, puisque à l'heure actuelle, elle est toujours en vie. Et toi, tu appelles ça une mission accomplie ? Au fait, où t'as mis le corps du Rital ?

— Dans le coffre de la Cadillac.

— Bravo, cercueil quatre étoiles. Du grand luxe !

— Désolé, j'ai pas eu le temps de le faire disparaître.

— Conard, fallait l'enterrer dans le désert ! À moins que t'aies besoin d'engrais pour ton potager !

— Je veux pas de ça ici ! s'excita Becky.

— Laisse, Becky !

Ralph s'approcha d'une photo représentant le révérend aux côtés de Pat Buchanan. Deux Pat, le sourire figé vers l'objectif. Il resta silencieux devant l'épreuve qui avait été agrandie, ostensiblement encadrée et accrochée au manteau de la cheminée. Il fronça les sourcils, jaugea le rougeaud et harangua son auditoire :

— Nous avons tous, ici, une image de respectabilité. C'est notre bouclier, notre protection. Toi, t'es un révérend. Forrest et moi, on est des policiers. Les politicards et le peuple sont derrière nous. Nous sommes les derniers remparts de la moralité, au-dessus de tout soupçon, du moins, tant qu'il n'y aura pas de putains de témoins pour prouver le contraire ! Or actuellement, il y en a deux dans la nature, prêtes à tout déballer. Deux grains de sable dans ce maudit désert. Je ne rentrerai pas à Los Angeles tant que je ne serai pas assuré qu'elles ne peuvent plus parler.

— Il faut alors contacter le patron, exigea Pat.

— Contacter Z ? Trop risqué en ce moment de communiquer sur Internet.

— Il ne s'agit pas de le joindre sur le site de ZOLTAN, mais sur « Crusade Game[1] ».

— C'est quand même risqué !

— Comment voulez-vous que le FBI soupçonne un simple jeu ?

52

Route 666 en direction de Shiprock.

Soleil de plomb. Ciel d'aluminium.

Thermomètres gorgés de mercure.

Brad M.W. feuilletait ses fiches en plissant les paupières, contrarié par la perte de sa paire de Ray-Ban Wayfarer. Où pouvait-elle bien être ? À cause d'une luminosité aveuglante comme la lampe d'une salle d'interrogatoire, il avait dû se résoudre à céder sa place de conducteur au shérif.

— Où peut-elle bien être ? s'interrogea Brad M.W. à voix haute.

— Ma femme ? s'exclama Henry.

— Vous avez un problème avec votre femme ?

— Comment le savez-vous ?

— C'est vous qui en parlez. Moi, je faisais allusion à Venus Kleinfeld.

— Excusez-moi, je pensais à Helen, mon épouse.

— Elle vous trompe ?

— Quoi ?

— Je suppose qu'elle vous trompe, non ?

— Vous dites n'importe quoi.

— Un policier qui pense à sa femme pendant le travail, c'est un type qui a un problème avec sa femme.

— C'est un peu rapide comme conclusion.

— Ça vous prend la tête de l'imaginer en train de faire les courses, la bouffe, le ménage ou la vaisselle ? Non,

1. « Jeu de Croisade ». *(N.d.A.)*

bien sûr ! Maintenant, imaginez-la en train de coucher avec votre voisin. Là, ça vire très vite à l'obsession, même si vous avez l'esprit occupé.

— Quand je me suis réveillé ce matin, elle avait disparu. Sans laisser un mot, rien.

— Vous vous étiez disputés ?

— Non.

— Elle avait une raison de partir ?

— Non. Parfois, elle me reproche bien d'avoir quitté Los Angeles ; ça ne va pas plus loin.

— Quand l'avez-vous vue pour la dernière fois ?

— Hier matin.

— Pas hier soir ?

— À vrai dire, je n'étais pas là. J'étais à Albuquerque ; vous savez, l'affaire Burnett.

— Vous êtes rentré à quelle heure ?

— J'en sais rien. J'étais saoul. On m'a ramené dans ma voiture jusqu'à Gallup. Ne me demandez pas qui, je ne me souviens de rien. J'ai téléphoné au bar dans lequel je me suis cuité, mais ça ne répond pas.

— Je vois d'ici la tronche de Mme McNeil à votre retour. Surtout si c'est une fille qui vous a raccompagné.

— Pourquoi voulez-vous qu'une fille ait reconduit un ivrogne chez lui, dans la nuit, à 150 bornes d'Albuquerque, dans une bagnole défoncée ? Comment aurait-elle pu connaître mon adresse ? Pourquoi n'aurait-elle pas laissé un mot ? Et pourquoi ce serait une fille d'abord ?

— C'est bizarre votre histoire.

— Vous avez dit bizarre ? « Incroyable » serait plus exact.

Pendant quelques secondes, Henry imagina des Martiens espiègles qui l'auraient téléporté entre Albuquerque et Gallup et qui auraient enlevé Helen pour se faire rembourser la course. Logique ! Alors pourquoi avoir aussi téléporté sa Chevrolet ? Juste avant d'en arriver à la conclusion qu'il devait consulter un psychiatre, Henry s'efforça de se concentrer sur ce qui l'avait entraîné sur la 666, en compagnie d'un agent fédéral.

Efficace le type. Il avait photocopié le journal d'Eva, envoyé des fax et reçu dans la demi-heure une traduction. Le carnet avait révélé des informations étonnantes dont la véracité méritait d'être vérifiée. En résumé, Eva était une jeune fille apparemment au pair et non pas une ravisseuse. Elle aurait fui avec la petite Venus après avoir été témoin de l'assassinat des Kleinfeld par des tueurs en uniformes de police qui les auraient ensuite prises en chasse jusqu'au Nouveau-Mexique ! Rien que ça. Ce qui clochait dans l'histoire, c'était que la police de Los Angeles n'avait décelé aucune trace de la Française chez les Kleinfeld, aucun papier, aucun vêtement, aucune empreinte qui aurait pu lui appartenir. Encombré de nombreuses considérations que Brad M.W. avait hâtivement qualifiées de « réflexions foireuses d'une adolescente prenant conscience de l'existence du monde », le carnet avait confirmé la présence de Venus à ses côtés, permis de reconstituer leur itinéraire et dévoilé que leur destination était Santa Fe. Injoignable pour l'instant, Zach Halloway n'avait pas pu corroborer le quatrième chapitre du carnet dans lequel était mentionné qu'il avait été contacté par les deux filles.

Le FBI avait déclenché des recherches autour d'une certaine Eva, française et fille au pair. Un peu mince comme signalement, cependant c'était un début et Brad M.W. comptait recevoir les premiers résultats dans la soirée.

Le cinquième chapitre du carnet était consacré à un certain Bob Miller, vivant dans une tour aux environs du canyon de Chelly, et chez qui les deux fugitives auraient été recueillies pendant la nuit du 6 au 7 juillet. Ce fut avec lui que Brad et Henry rodèrent leur tandem.

— C'est un joueur d'échecs connu, précisa Henry.

— Connais pas.

— Il s'est fait virer de la Fédération pour des raisons politiques.

— Un communiste ?

— Non.

— Tous des communistes dans le milieu des échecs ! Que des Russes à la con ! Comme si ces buveurs de vodka s'ingéniaient à démontrer qu'ils étaient plus intelligents que nous en poussant des figurines sur des cases.

Henry changea de sujet.

— Tout à l'heure, vous m'avez parlé de cette conspiration ourdie par les milices. Or, vous n'avez aucune preuve de ce que vous avancez. Qu'est-ce qui vous incite à croire qu'il ne s'agit pas d'un crime crapuleux ou d'une vengeance personnelle ?

— En réalité, leur culpabilité n'est qu'une hypothèse. Je suis chargé de la vérifier. D'autres agents enquêtent à Los Angeles et à Las Vegas. Tout le monde est suspect, y compris La Furie. On fouille le passé des Kleinfeld, leur vie professionnelle comme leur vie privée. On s'assure que la fillette n'avait pas d'ennemis parmi ses relations professionnelles.

— Ses relations professionnelles ?

— Elle avait fait quelques apparitions dans des pubs et des téléfilms, et décroché un rôle dans une série, un truc débile style « Melrose Place ».

— Pourquoi parlez vous d'elle au passé ?

— Un pressentiment... Bref, ses parents lui avaient payé un agent, un prof d'art dramatique, un prof de français et tout le toutim.

— Où va le monde ! soupira Henry.

— Y a de quoi faire des envieux et s'attirer pas mal de jaloux, dont quelques psychopathes en mal de célébrité.

— Pourtant d'après vous, c'est le père qui était visé.

— Juif, milliardaire, nanti, gynécologue obstétricien se livrant régulièrement à des avortements, le gars aurait dû se payer un garde du corps plutôt que de payer un agent à sa fille. Ce n'est pas la première fois qu'un médecin pratiquant des IVG se fait fumer par un fanatique.

— Ou une milice ?

— Il y a eu trop de grabuge pour suspecter un criminel isolé. Ils sont forcément plusieurs, ont de l'armement, ont des contacts à travers tout le pays. Depuis quelques jours, on a repéré une multiplication des transmissions codées sur Internet entre les sites des organisations d'extrême droite. Le Bureau est en train de les déchiffrer, et je vous garantis qu'il y a du boulot.

Henry McNeil semblait découvrir ce qui se passait sous son drapeau. Tout cela légitimait son opinion négative sur la nature humaine. Il posa la question inévitable du novice en la matière :

— Vous ne pouvez rien faire ? Les surveiller, prévoir leurs actions, les arrêter ?

— J'ai participé au raid sur le groupe Viper en Arizona. On les avait espionnés pendant des semaines à la caméra infrarouge. Ils s'entraînaient au maniement d'explosifs, les enculés ! Ça n'a pas empêché l'attentat des jeux Olympiques. Au contraire, chaque action menée contre elles galvanise les milices.

— D'où vient leur arsenal ?

— Vous débarquez ou quoi ? N'importe quel malade désireux de flinguer du métèque, du négro, du youpin ou du chirurgien pro-IVG peut se procurer les formules des bombes artisanales sur Internet ou dans n'importe quelle librairie. Vous voulez faire disparaître un cadavre ? Pas de problème, surfez sur le web ou abonnez-vous à *Soldiers of Fortune,* la bible des barbouzes du dimanche !

Brad M.W. semblait intarissable sur ce sujet. Il se tourna entièrement vers Henry pour s'approprier toute son attention et poursuivit :

— L'assassinat des Kleinfeld est un symbole. Le toubib va passer pour un martyr auprès de beaucoup de gens. En revanche ses meurtriers vont passer pour des bienfaiteurs auprès de pas mal d'autres. Tant que les hiérarchies religieuses et le pape qui cautionnent le mouvement anti-avortement n'inciteront pas leurs ouailles à se calmer, les simples d'esprit grossiront les rangs de ces groupes paramilitaires...

Pour la première fois depuis qu'il l'avait rencontré, Henry jugea l'agent fédéral sympathique.

— Certains font aujourd'hui passer le Ku Klux Klan pour un inoffensif Club de Donjon et Dragon. L'un d'entre eux a essaimé au moins huit morts dans son sillage en seulement deux jours. C'est son nom que je veux et que j'aurai, avec l'aide de Dieu.

— À vous écouter, l'implication des milices n'est plus une hypothèse.

— Ce carnet m'en a convaincu. Pas vous ?

— Je ne crois que ce que je vois. Contrairement à vous, je n'ai pas foi en Dieu. Les écritures, saintes ou pas, me rendent sceptique. N'importe qui aurait pu pondre ce journal et le glisser dans l'épave pour nous aiguiller sur une fausse piste.

53

Henry quitta l'US 666 pour s'engager sur un étroit sentier cahoteux. La Pontiac blanche flambant neuve – huit cylindres, quadruple Air Bag, absorbeurs de chocs, intérieur cuir, système de gestion électronique de la motricité, train arrière intégral multibras en aluminium – commença à prendre une couleur locale. Ocre. Les absorbeurs de chocs étaient soumis à rude épreuve, tandis qu'une série d'ornières éparpilla les fiches de Brad M.W.

— Vous êtes sûr que c'est par là ? douta l'agent fédéral en sortant son chewing-gum de la bouche pour le rouler délicatement dans son emballage et le poser dans le cendrier.

— Vous inquiétez pas, je connais.

Au bout d'une vingtaine de kilomètres couverts en une demi-heure, le shérif freina dans un nuage de poussière qui révéla la tour en s'étalant lentement sur le sol.

— C'est là !

— C'est un fou ! s'exclama Brad M.W.

— Non, c'est une tour.

— Je plaisantais.
— Moi aussi.
— Bon, comment on entre là-dedans ?
— On n'entre pas. Il n'y a que cette porte, là-haut. Et comme Miller ne reçoit pas, personne n'a pu donner le mode d'emploi.
Henry sortit son arme, tira un coup de feu en l'air.
— Conard de Russe, commenta B.M.W.
— Ne lui dites pas qu'il est russe, il les déteste.
La porte s'ouvrit au-dessus d'eux. Bob Miller apparut dans l'entrebâillement.
— Bonjour, monsieur Miller ! J'aimerais vous parler ! cria le shérif McNeil.
— Vous êtes des représentants ?
— Des représentants de la loi ! confirma Henry en montrant son étoile.
— C'est à quel sujet ?
— Au sujet d'un massacre qui a eu lieu près de chez vous.
— Un massacre ?
— Oui ! Je crois que vous en connaissez les victimes. Est-ce qu'il serait possible de discuter, disons, de moins loin ?
Quelques minutes plus tard, Bob Miller déroulait une échelle de corde le long de la muraille de pierre. Il s'y accrocha et descendit lentement. Après avoir touché terre, il alla droit au fait :
— Qui est mort ?
Henry résuma la situation sans entrer dans les détails. Au fur et à mesure qu'il parlait, le visage de Miller se décomposait. Brad M.W. le jaugeait. L'homme qui était en face de lui était légèrement voûté, barbu et assez sale. Il rejoignit tel quel sa liste mnémotechnique.
À la fin de son exposé, Henry fit une pause, passant le relais à son équipier; celui-ci était occupé à gratter une pellicule de papier que la chaleur avait collée sur une tablette de chewing-gum et il demanda par pure formalité :
— Vous connaissiez ces jeunes ?

Bob évoqua sa rencontre avec eux, le contenu du carnet de la Française, les conditions de leur arrivée et de leur départ.

— Lorsqu'ils vous ont quitté, qui est monté dans le pick-up ?

— Wilmerine, la Française et la fillette se sont assises à l'avant du véhicule. Dans la benne, il y avait le frère de Wilmerine et les deux Américains.

— Leurs noms ?

— Je l'ignore.

— Le nom de la Française, au moins ?

Bob fit une moue en haussant les épaules. L'agent fédéral continua, imperturbable.

— Vous ont-ils dit où ils allaient ?

— Wilmerine devait les conduire à la police. Je n'ai pas le téléphone et...

— Dommage. Cela aurait pu les sauver.

— Pouvons-nous désobéir aux ordres du destin ?

— C'est exactement le genre de phrase qui me fout en rogne ! intervint soudain Henry.

— Merci, monsieur Miller, pour votre coopération, tempéra Brad M.W., concluant sur une poignée de main qui coupa court à une éventuelle dégénérescence de l'interrogatoire.

Bob empoigna celle de Henry en ajoutant :

— Je ne sais si cela peut vous aider : hier après-midi, deux individus ont essayé d'entrer chez moi par effraction avant de repartir subitement.

— Vous avez leur signalement ?

— Je ne les ai pas vus, je n'ai fait que les entendre ; je crois qu'ils étaient deux.

— Avec vous comme indic, les criminels ont la belle vie !

Bob Miller se retourna en silence et escalada sa tour tel un vieil acrobate.

— Il y a une chose qui est fort probable, affirma Brad.

— Quoi ? Que ce type est fou ?

— Non ! c'est une évidence. Ce qui est probable, c'est que les tueurs n'ont pas réussi à capturer les deux filles et qu'elles sont proches d'ici. Elles se cachent. En compagnie de l'un des Américains qui a survécu au massacre.

54

8 juillet. 20 h 08.

Presque trois jours que le massacre de Bel Air avait eu lieu et que les deux rescapées fuyaient. Bientôt deux jours que les cadavres de Wilmerine, Jud et Mike avaient été découverts. Et une journée que Helen avait disparu.

Ce soir-là, Henry McNeil se sentait comme coincé au fond d'un sablier qui s'écoulait au-dessus de lui jusqu'à l'ensevelissement. Il avait perdu l'après-midi à survoler le désert en hélicoptère et vomi sur les chaussures cirées de Brad M.W. qui lui en avait tenu rigueur jusqu'à l'atterrissage. Demain, ils iraient en Californie interroger Dick Spaceck, car le carnet contredisait son témoignage.

Henry pénétra dans l'obscurité. Il savait que son domicile était vide car la voiture de Helen n'était pas là. Il avait refusé d'accompagner Brad M.W. au Cactus Bar, espérant un signe d'elle. Sans allumer la lumière, il se dirigea vers le réfrigérateur pour en arracher une canette de Lone Star. Pas de quoi se saouler. Heureusement qu'il venait d'acheter une bouteille de George Dickel. Il marcha jusqu'au salon et se cogna à la lampe halogène dont Helen avait récemment fait l'acquisition et à laquelle il ne s'était pas habitué. Il appuya sur l'interrupteur, s'enfonça dans un fauteuil et s'intéressa au décor. L'œuvre de Helen. Elle avait dépensé des années à rénover cette foutue baraque, meublé et ornementé chaque pièce, investi son énergie et son temps. Une occupation qu'elle n'avait pas vraiment choisie, qui s'était imposée par la force des choses. Depuis un an que la maison n'avait plus besoin d'elle, Helen avait transformé peu à peu son inactivité en ennui, son ennui en dépression. Henry ne comprenait pas la dépression. « Un truc pour occuper les feignants et engraisser les psychanalystes. » En attendant, c'est lui qui risquait de se payer une bonne déprime si sa femme ne rentrait pas. Il devait réagir. Dès le lendemain matin, il se mettrait à l'œuvre. Inutile d'appeler sa belle-famille, qui le haïssait cordialement. Les Del Montanino avaient mal accueilli le mariage de leur fille avec un simple enseignant, laïque et sans fric. Depuis, ils n'avaient pas évolué. Si Helen était repartie à Los Angeles chez ses parents comme il le pressentait, il n'obtiendrait rien au téléphone. Il fallait profiter de la visite prévue chez Dick Spaceck et s'arranger avec le mâcheur de chewing-gum pour continuer jusqu'à L.A.

Henry fit jaillir la mousse de la canette de bière qu'il vida d'un trait, froissa et jeta dans le panier du chat. « Tiens ? Foutu chat, où peut-il bien se planquer lui aussi ? Helen l'aurait emmené ? Quelle connerie ! » Henry se lamenta en s'extrayant de son fauteuil et se traîna vers la collection de CD. *« 99.9 F »* de Suzanne Vega lui parut évident, il n'aimait pas trop, pourtant c'était celui que sa femme préférait. Surtout le titre *« In Liverpool »*, l'histoire d'un fou vivant seul dans une tour. Henry n'écoutait pas ses propres disques quand tout allait mal, de peur de ne plus les apprécier quand tout irait mieux. Il régla donc sur l'index 3. Cette fois, il jugea la chanson belle, probablement à cause des circonstances qui l'impliquaient un peu plus :

... The boy in the belfry
he's crazy
he's throwing himself down from the top of the tower...

Quand il réalisa que le garçon finissait par se jeter du haut de la tour et que les paroles de la chanson suscitaient en lui des envies de suicide, il passa directement de la chaîne hi-fi aux chaînes télé. Après avoir zappé pendant vingt minutes sur les écrans publicitaires, son pouce resta en suspens face à MTV où John Cougar Mellencamp, en concert, essayait de rivaliser avec Bruce Springsteen.

Dans son sac en papier la bouteille de whisky « 7 ans d'âge » languissait. Elle ne ferait pas une année de plus ! Henry s'interrogea brièvement sur la façon dont il émergerait et décida de ne plus penser à rien, ni à Helen, ni aux Martiens, ni à Brad M.W. Dexter, ni à La Furie, ni à Eva, ni à Venus Kleinfeld. Il confiait sa soirée à George Dickel et John Mellencamp.

55

La nuit, Gallup est très animé. Les enseignes lumineuses clignotant dans le ciel, les voitures-enceintes hurlant du rock dans les rues, les piétons solitaires arpentant les trottoirs insufflent de la vie à ce coin de désert.

Le Cactus Bar était bondé ; fréquenté par des Indiens venus boire sans modération cet alcool qui leur était interdit dans les réserves. Au fond de la salle un billard suscitait quelques passions velléitaires. Brad M.W. se dirigea vers le comptoir tapissé de pourboires et se creusa une place entre deux Navajos aux faciès enluminés qui vidaient leur ennui dans des verres de bière. Il imposa son avant-bras en bousculant quelques chopes et aperçut un barman qui discutait avec un client.

— Un Pepsi Light, s'il vous plaît !

N'obtenant aucune réaction, excepté les borborygmes de son voisin, il réitéra sa commande qui s'était perdue entre un brouhaha aux inflexions éthyliques et une musique aux accords métalliques. L'individu aux manches retroussées, qui ressemblait à Charles Bronson dans le rôle d'un tenancier incapable plutôt que d'un justicier implacable et à qui on aurait greffé les oreilles de Dumbo, décida enfin de s'intéresser à lui :

— Un quoi ?

— Un Pepsi Light.

Il s'éloigna et rapporta une chope de Coca qu'il fit glisser négligemment sur le zinc. Brad M.W. avala une gorgée qu'il recracha aussitôt, aspergeant les dollars posés devant lui. Le sosie de Bronson rappliqua aussitôt en beuglant :

— Qu'est-ce qui vous prend ?

B.W. remua son index pour lui signifier d'avancer son oreille éléphantesque. Quand celle-ci fut à sa portée, il la tira et la tortilla de telle manière que le type ne bougea plus, pour ne pas perdre son organe auditif. Brad M.W. s'en servit comme d'un micro :

— Allô, y a quelqu'un à l'intérieur ?

Sa victime acquiesça en grinçant des dents. Les deux Navajos sourcillèrent, mais Brad M.W. ne leur accordait aucune importance. Il était concentré sur ce qu'il avait à dire :

— T'as d'grandes oreilles, tu sais ?

Ne pouvant décréter le contraire, l'homme aux feuilles de chou fit mine d'excuser sa difformité auriculaire. Dexter continua l'interrogatoire :

— C'est toi que les Indiens appellent « Grandes-Oreilles-Volantes » ?

— C'est moi ! balbutia le serveur servile bien disposé à aller dans le sens de ce client qui était prêt à lui arracher le pavillon gauche.

— Tu continues à te payer ma tronche ?

Stupéfait, l'homme roula ses yeux et distordit sa bouche sans toutefois parvenir à formuler une phrase compréhensible. Satisfait du résultat, Brad poursuivit :

— Je commande un Pepsi et tu me sers un Coca, je le veux « light » et tu me fais avaler un truc plein de sucre, je t'interroge sur ton nom et tu me dis que tu t'appelles « Grandes-Oreilles-Volantes ». Mets-toi à ma place, comment tu le prendrais ? T'as de la chance, je suis dans un bon jour, t'as droit à un joker. Je vais te demander une dernière chose, par contre, faut plus te gourer. Sinon, je t'arrache l'oreille et tu pourras te faire greffer un Sonotone. Comprendo ?

— Comprendo !

— Bon, voici le quiz : tous les Peaux-Rouges de la réserve défilent dans ton bar pourri pour se saouler la gueule. Tu discutes avec eux, tu refais le monde et tu évoques le bon vieux temps. Eux, se confient à toi, surtout après le troisième verre. Jusque-là, on est d'accord ?

Son interlocuteur cria de douleur en exhibant sa luette. Au milieu de ses onomatopées, l'agent du FBI décela un vague assentiment.

— À travers tes conversations avec eux, tu n'aurais pas entendu parler d'une jeune Française prénommée Eva ou de Venus Kleinfeld, une Américaine de sept ans ? Elles auraient pu se réfugier chez eux. Toi qui as l'ouïe développée, je suis sûr que c'est un détail qui ne t'aurait pas échappé. Fais gaffe à ta réponse, vieux, ton escalope est prête à se décoller.

— Aïe !... Je sais rien... Aïe ! C'est la vérité, je vous jure...

Dexter s'arma de patience et laissa le bouffon s'exprimer :

— Je n'ai pas entendu parler de ces filles... Aïe !... Je vous le jure... Aïe ! Aïe !... Je peux me renseigner. Aïe !... à droite et... aïe !... à gauche...

L'agent fédéral lâcha l'oreille rouge d'Éléphant Barman qui vérifia aussitôt qu'elle était toujours accrochée à son crâne.

— Je vous apporte un Pepsi Light !

Brad M.W. se tourna face à la salle et scruta la clientèle. Peut-être que l'un de ces individus savait où se terraient Eva et Venus. Pas facile d'approcher les indigènes et encore moins de les faire parler sans passer pour un con ou pour un touriste. Son regard rencontra un beau visage. Celui d'une jeune femme assise un peu à l'écart.

— Offert par bibi !

Son apprenti indic était en train de vider une bouteille poussiéreuse de Pepsi Light dans un verre rempli de glaçons et couronné par une tranche de citron mal découpée.

— J'ai eu du mal à la dénicher.

— Le client est roi, lâcha Brad M.W.

— C'est la seule qui restait. Forcément, depuis que Coca-Cola m'a offert une enseigne toute neuve…

L'agent fédéral dégaina une carte de visite qu'il lui colla sous le nez.

— Ce sont mes coordonnées. Dès que vous avez une info, vous composez ce numéro et vous me rancardez. Vous vous appelez ?

— Charly Manson.

— C'est pas une blague encore ?

— J'vous jure !

Charly fut visiblement surpris de lire que son interlocuteur était un agent du FBI. Brad M.W. Dexter jeta un œil sur sa Seiko Discovery. 21 h 09. Il s'octroyait une pause avant de rentrer à son hôtel et vérifier si le Bureau avait du nouveau. Il sirota son Pepsi Light lentement puisqu'il ne pouvait pas en commander un deuxième. Il croisa enfin les iris ténébreux et fuyants de celle qu'il avait avisée. Il rejoignit l'inconnue et se racla la gorge pour émettre une voix mielleuse qui se voulait charmeuse :

— M'autorisez-vous à m'asseoir à votre table ?

La jeune femme lui offrit un sourire poli esquissé par des lèvres muettes. Frappé par sa beauté, Brad bégaya :

— À moins que vous ne… n'attendiez quelqu'un ?

— Non.

— Non ?

— Non, je suis seule.

— Une si jolie personne ne devrait pas fréquenter un tel endroit.

— Vous allez me tirer l'oreille ?

— Seulement si vous en formulez le vœu.

— Asseyez-vous où vous voulez. Je n'ai payé que pour une place.

— Vous êtes mexicaine ?

— Et vous, vous êtes fumeur ?

— Non, pourquoi ?

— Dommage ! Je vous aurais bien pris une cigarette.

— Puis-je vous offrir à la place un chewing-gum à la chlorophylle ?

— Non, merci, ça donnerait du goût à la tequila.

Une chemisette à fleurs et à manches courtes, ouverte sur une poitrine velue et tiraillée de tous côtés par des muscles saillants, chaloupa vers elle. Sous les fleurs, un torse se bomba et fit gicler un bouton dans l'œil d'un badaud. Au-dessus du col, un cou de taureau supportait une tête gélatineuse au teint jaunâtre et au nez cassé. L'haltérophile interpella la jeune femme avec familiarité. Brad M.W, qui prenait des cours d'espagnol payés par le FBI, comprit que le type voulait l'emmener chez lui contre de l'argent. Celle-ci lui intima de dégager, ce qui ne fit qu'ajouter de l'hostilité à son moulin. Il montra du pouce l'étranger et insulta la fille en lui reprochant de préférer « faire ça avec ces enculés de Blancs ». L'agent fédéral analysa rapidement la situation et surtout l'homme contre lequel il savait qu'il allait devoir se battre. Le colosse dégageait de la violence, parlait fort et avait beaucoup bu. Le genre de brute butée qui cherche n'importe quelle occasion pour cogner. Lorsque le mastard attrapa les cheveux de la Mexicaine, Brad M.W. s'interposa. Il était déjà prêt. Quelques secondes lui suffirent pour se lever et envoyer le tranchant de sa main contre la carotide de l'hercule qui s'écroula aussitôt en se faisant un collier avec ses deux battoirs. Brad l'acheva vertement sur le vertex avant de pivoter face à un baraqué chauve qui marchait vers lui en tenant une queue de billard comme une canne à pêche. Ce geste n'étant pas homologué par la Fédération américaine de Billard, Brad M.W. se mit en garde, réservant un atémi redoutable à son adversaire. Peine perdue, car une chaise providentielle atterrit sur le crâne rasé. Les baffles diffusaient « *I hate everybody* » de Slash's Snakepit. L'ambiance était donc à la castagne. Tandis que le zinc se transformait en ring et le billard en corbillard, Brad M.W. entraîna la Mexicaine dehors, à l'écart de la rixe. Croyant regagner le calme sur le trottoir, il fut foudroyé en découvrant dans son ensemble sa beauté sculpturale, un galbe et une vénusté qui interdisaient d'y déceler le moindre défaut. Pour la cataloguer, il se contenta d'un 90-61-90.

— Vous n'auriez pas dû intervenir, protesta-t-elle en se libérant de Brad M.W. qui faillit trébucher sur un autochne étendu par terre et qui s'enivrait au détachant.

— Puis-je vous raccompagner chez vous pour me faire pardonner ?

Après s'être exprimé sur un ton shakespearien, il s'inclina pour donner de l'allure et de la déférence au baiser qu'il déposa délicatement sur le bout de ses doigts. Elle sourit au risque de faire croire à son gorille qu'il avait de l'humour. L'origine de son air enjoué était tout autre. Cet homme qu'elle prenait pour un fouille-merde, genre détective privé ou chasseur de primes, introduisait ses requêtes par des « puis-je » empruntés et les concluait par une rumination bovine, dénotant un manque de savoir-vivre et un excès d'assurance. Pourtant son style était racé, et il l'avait tirée d'un mauvais pas.

— J'avais prévu de passer la nuit dans ce bar. Maintenant, cela me paraît compromis ! se plaignit-elle.

— Vous n'avez rien trouvé de mieux pour vous distraire ? Côté animation, je ne dis pas, par contre ça vole plutôt bas.

— Comment écrivez-vous « chlorophylle » ?

— C'est une question à combien ?

— Il n'y a rien à gagner, c'est juste pour relever le niveau.

Un groupe d'Allemandes chantant « Lili Marlene » croisa le couple. Un cow-boy s'arrêta pour les siffler avant d'entrer dans un dancing à la façade décrépie qui laissait filtrer de la musique country. L'indocile inconnue remonta sur son épaule la bandoulière d'un sac de voyage et annonça, laconique :

— Je vais vous laisser.

— Où allez-vous ?

Elle désigna l'enseigne qui grésillait et brillait en lettres jaunes et vertes au-dessus d'elle et lut :

— « Gold Rush » ! C'est là que je vais.

Brad M.W. lui emboîta le pas. Elle le dissuada :

— Ne me suivez pas, s'il vous plaît.

— Dites-moi au moins votre prénom.

— Anna.

Elle entra dans le dancing miteux, abandonnant l'agent fédéral sur le seuil. Il nota ses défauts : hautaine et prétentieuse.

56

9 juillet. 5 h 59. Quelqu'un chantait « *Knock, knock, knock on the heaven's door* » derrière la porte d'entrée tandis que la télévision faisait un bruit de sonnette. À moins que ce ne fût le contraire. Le shérif McNeil s'éveilla dans l'obscurité, s'extirpa de son fauteuil, roula sur la bouteille vide de George Dickel et s'affala sur la moquette du salon.

— Shérif, vous dormez ? hurla une voix, du dehors.

Henry grommela des grossièretés et se redressa pour aller ouvrir, renversant au passage un guéridon acheté par Helen dans une foire à la brocante et surmonté d'un vase rococo offert par sa belle-mère. En touchant le sol, la potiche moche vola en éclats, arrachant à Henry une moue vengeresse. Il s'accrocha à la poignée, offrant à la fraîcheur d'un matin d'été son visage hagard. Devant lui l'agent fédéral Dexter, dans toute son élégance, le dévisageait tout en baissant l'arme qu'il avait dégainée.

— Que vous est-il arrivé, McNeil ? On vous a agressé ?

— J'ai fait un putain de cauchemar… Faut que je vous raconte. Entrez, entrez…

Brad M.W. pénétra dans la tanière sombre qui puait le renfermé.

— Asseyez-vous, j'en ai pour une seconde, dit Henry en quittant la pièce.

— Vous venez de vous lever ?

En guise de réponse, des bruits de vaisselle cassée précédèrent la réapparition du shérif.

— Vous n'auriez pas apporté de la bière par hasard ?

— À 6 heures du matin ?

— Y a plusieurs façons de commencer la journée.
— Apparemment vous n'avez pas choisi la meilleure.
— Faites pas attention au bordel. Quelle heure est-il ?
— 6 heures, je viens de vous le dire ! Quand j'ai débarqué, vous m'avez fait peur, j'ai bien cru qu'il vous était arrivé quelque chose.
— Rien n'est arrivé malheureusement. Ma femme n'est pas rentrée. Bon, je me rase et je suis à vous.
— Est-ce que vous auriez un morceau de viande ?
Henry se gratta le sommet du crâne et essaya d'assimiler la question avant de répondre :
— Faites comme chez vous, jetez un œil dans le frigo.
Il se précipita maladroitement dans la salle de bains. Du côté de la cuisine, la machine à café s'était mise à crépiter.
— On va être en retard ! s'exclama Brad M.W. en fixant sa Seiko inutilement.
— Deux minutes ! cria Henry en réglant sa douche.
À 6 h 10, ils reposaient leurs tasses à café sur le comptoir encombré de vaisselle sale et quittaient les lieux en marchant vers la Pontiac.
— C'est quoi ça ? s'étonna Henry, debout devant la portière.
Dressé sur ses pattes dans l'habitacle, un chiot barbouillait la vitre avec sa truffe humide.
— C'est un chien.
— Merci, j'avais deviné.
— Alors qu'est-ce que vous voulez savoir ?
— D'où sort ce chien ?
— Je l'ai acheté hier soir dans la rue. À un Indien qui mendiait. Il en avait cinq comme celui-ci.
Brad M.W. déclencha l'ouverture centralisée et s'assit en se recroquevillant sous les assauts du chiot.
— Le con, il est en train de bousiller mes sièges, enragea-t-il.
Il déballa la viande hachée qu'il venait de tirer du réfrigérateur et l'offrit à l'animal.
— Vous me rassurez ! s'exclama Henry.
— Pourquoi ?

— Quand je vous ai vu embarquer le steak, j'ai cru que c'était pour vous et que vous alliez le manger pendant le trajet.

— Les steaks, je les préfère bien cuits avec un œuf dessus et surtout avec une assiette et des couverts.

Le chiot se goinfra avant de considérer le levier de vitesse comme un cure-dents.

— Quel con ! gueula Brad.

Il repoussa l'animal au fond de la banquette en essayant de l'attacher avec la ceinture de sécurité. Henry eut un sourire en coin :

— Vous savez pourquoi les chats sont plus intelligents que les chiens ?

— Non, répondit Brad M.W., les genoux sur le siège avant, les pieds sur le volant, les fesses en l'air, l'estomac plié sur l'appuie-tête, accaparé par le ligotage de son passager turbulent.

— Vous avez déjà vu un chat policier ?

— Non, fit-il, sans réaliser que la deuxième question de Henry répondait à la première.

Au terme d'une lutte acharnée, Brad se retourna ébouriffé, mit ses fesses à la place de ses genoux, sa tête à la place des fesses, les mains à la place des pieds :

— Vous disiez quoi à propos des chiens ?

— Non, non, rien.

Henry détestait répéter une histoire drôle.

Le 9 juillet, à 6 h 20, Brad M.W. mettait le cap sur Los Angeles, avec vingt minutes de retard.

57

Le 8 juillet, Ralph Tyler et Forrest Carrey s'étaient chargés de finir le travail du vénéré révérend véreux Flanagan qui n'avait pas réussi à offrir à ses deux proies la vie éternelle. Ils s'étaient orientés grâce aux indications de Pat et au ballon dirigeable qu'il fallait désormais faire disparaître au plus vite, afin d'éviter que le coin ne devienne un centre d'attraction pour la police et le FBI. Il était plus facile de planquer une voiture volée à Los Angeles qu'une montgolfière dans le désert. Ils traînèrent l'enveloppe en nylon jusqu'à la grotte devant laquelle Tony avait été tué. Ralph déplia une feuille de papier. Flanagan leur avait dessiné, de mémoire, un vague plan des lieux. Repérer la fameuse faille creusée dans la falaise n'était pas une mince affaire. Dans son imaginaire aussi vide que le paysage qui l'entourait, Ralph essaya de reconstituer la scène décrite par Pat. En pure perte, car c'est Forrest qui découvrit la fissure en cherchant un coin tranquille pour uriner.

Ralph y plongea sa torche électrique et constata qu'un corps humain obstruait le passage. Plus mince, Forrest s'avança en se glissant entre les deux parois jusqu'au cadavre dont les vêtements étaient déchiquetés. Impossible de le déplacer. Il appela. Aucune réponse. Il ressortit en s'écorchant la mâchoire.

— Ça pue la mort. Y a plus personne là-dedans.

— Soit les deux gonzesses se méfient, soit elles ont crevé. On va nettoyer le coin pour ne plus se poser la question. Avant, je veux juste vérifier s'il n'y a pas une autre sortie. Ramène le lance-roquettes et les grenades.

Ralph s'écarta et observa attentivement la topographie des lieux. La falaise de grès devant lui s'élevait sur une trentaine de mètres. Il décida de la gravir en empruntant un sentier qui sinuait sur la droite. Un bourdonnement diffus l'immobilisa, tout ouïe, aux aguets. En contrebas, Forrest extrayait le matériel du coffre de l'Oldsmobile. Le bruit se rapprochait. Quand il comprit, Ralph courut en direction de son complice.

— Démaaaarre !!

Sans réfléchir, comme savent si bien le faire les soldats expérimentés, Forrest reposa son arme et s'exécuta. Ralph plongea sous le hayon resté levé et continua à crier :

— Fonce dans la grooootte !!!

L'Oldsmobile dérapa dans le sable, pénétra dans l'antre sombre, et alla s'enfoncer dans la toile de la montgolfière qu'ils avaient grossièrement pliée.

— Putain, qu'est-ce qui t'a pris, Ralph ?

— Ferme-la et coupe le moteur.

Dehors le vrombissement s'était rapproché et survolait le site. Forrest commenta :

— Un putain d'hélico !

— La police ! Ils doivent faire la même chose que nous. Sauf qu'ils n'ont pas le plan du révérend. Conard de Flanagan ! Soi-disant qu'il n'y avait aucun risque que les gamines soient localisées.

— Ouais !

— Heureusement qu'on a planqué la montgolfière.

— Heureusement, ouais !

Le vrombissement se dissipa et refit place au silence du désert, les autorisant à remonter le sentier. La faille était à leurs pieds, s'élargissant au fur et à mesure qu'elle s'éloignait du bord de la falaise. Ralph la longea pendant une trentaine de mètres jusqu'à ce qu'elle se termine par une sorte de puits.

— Mate ce putain de trou. Flanagan n'avait pas prévu ça.

Forrest posa son bazooka, confirma que c'était un putain de trou et y enfonça sa torche lumineuse sans en voir le fond.

— Ohhéééééé ! gueula-t-il.

— Hééééééé ! répondit une voix.

— Y a quelqu'un ! conclut-il.

Ralph s'allongea à son tour de façon à pouvoir y enfoncer sa tête :

— Y a quelqu'un là-dedans ?

— Yyyyy… huun… haaaaan ? répondit la voix.

— Je comprends pas ce qu'elle dit.

— Normal, la fille est française. Elle te parle en français là, estima Forrest.

— N'importe quoi ! Et la petite, pourquoi c'est pas elle qui parle ?

— J'en sais rien moi. Elle est peut-être morte.

Ralph recommença à crier et perçut des propos incompréhensibles.

— Ce serait pas l'écho de ta voix ?

— J'ai jamais entendu un écho de ma vie.

Ralph siffla. L'intérieur du trou aussi.

— Ouais, je crois que t'as raison. C'est l'écho.

— C'est peut-être la fille qui siffle aussi.

— Bon écoute-moi. On n'est pas ici pour leur tenir la conversation, mais pour s'en débarrasser. Comme il leur est impossible de sortir, ni par ce conduit vertical, ni par la fissure qui est bouchée par l'autre macchabée, il est facile d'en déduire qu'elles sont toujours là-dedans. On va nettoyer tout ça !

Le vrombissement se rapprocha à nouveau. Pas le temps de revenir à la caverne. Impossible de se cacher dans ce paysage de broussailles squelettiques et de pierres éparses. Il n'y avait que ce puits. Ralph ramassa le lance-roquettes et le posa en travers de l'orifice. Ils enlevèrent leurs ceintures, les bouclèrent autour de l'axe ainsi constitué et se suspendirent à leurs sangles de cuir, au-dessus de la cavité dans laquelle s'étaient réfugiées Julie et Venus. L'hélicoptère les survola bruyamment avant de s'évaporer. Ralph se hissa le premier et tira son complice.

— Finissons-en ! ordonna-t-il.

— D'accord, finissons-en !

Il dégoupilla quatre grenades et les jeta dans la fosse, faisant naître une série d'explosions qui résonnèrent dans les entrailles de la roche. Le sol trembla légèrement. Forrest posa l'arme sur son épaule et emboîta le pas de son mentor, qui lui indiqua la fissure.

— Arrose-moi ça !

Forrest prit position devant l'interstice, y planta son lance-roquettes, pressa la détente et libéra du tube le projectile qui fusa à l'intérieur en passant au-dessus de Treat. La déflagration secoua le promontoire. La roche claqua, craqua, les parois trémulèrent jusqu'à se rejoindre à certains endroits, un nuage de poussière s'échappa de la fente dans un ultime souffle de vie. Rapidement, l'endroit recouvra son calme funèbre. En quelques secondes, les deux hommes avaient achevé le lent travail que la nature avait commencé quelques milliards d'années auparavant. En apparence, rien n'avait vraiment changé ici. Les mâchoires de la falaise venaient pourtant de se refermer. Ralph essuya la sueur sur son front.

— J'ai cru que ça n'en finirait jamais cette déflagration !

— Cette quoi ?

— Cette explosion. Bon, on s'arrache !

— On s'arrache !

Lorsqu'il ne se répétait pas, Forrest répétait ce que disait Ralph. Un sorte de psittacisme le caractérisait, un terme certes bien compliqué pour un simple d'esprit, néanmoins pertinent pour brosser en un mot le portrait d'un individu qui ne méritait pas qu'on pousse plus loin l'analyse.

— Mission accomplie !

— Mission accomplie !

— Il est temps de rentrer chez nous. Après trois jours de croisade, les héros sont fatigués.

58

Dans la Pontiac, ils écoutaient religieusement une vieille chanson de Bob Dylan, mi-folk dans l'harmonica, mi-rock dans la guitare électrique. Tout en conduisant, Brad M.W. dressait le bilan de sa vie de célibataire, égayée par d'éphémères aventures qui s'étaient terminées entre les draps sans aller beaucoup plus loin. Sa belle gueule ne suffisait pas à convaincre une femme qu'elle pouvait essayer de faire un bout de chemin avec lui. Il était tout le temps sur la route et n'avait personne à ses côtés, sauf ce jour-là où il trimbalait un shérif et un chiot.

Le shérif McNeil : un type sympa, qui semblait avoir hérité de tous les problèmes de la terre. Il somnolait. Essayait-il de s'endormir ou de se réveiller? Depuis qu'ils roulaient, ils n'avaient pas échangé un mot et s'étaient arrêtés juste une fois, pour faire pisser le chien. Henry luttait pour ne pas s'assoupir. Le roulis ondoyant, la musique lente et la climatisation lénifiante participaient à son envie de dormir, cependant il éprouvait des remords à laisser l'agent fédéral sans compagnie. Brad M.W. avait l'air con avec les lunettes de soleil en plastique qu'il avait gagnées la veille en commandant un menu « Gringo » chez Taco Bell. À la radio, Marvin Gaye chauffa l'atmosphère avec son « *Sexual Healing* ».

Henry augmenta l'air conditionné, saisissant cette occasion pour redresser son fauteuil et engager la conversation, décidé cette fois à sortir de la torpeur ambiante :

— Un super chanteur!

— Qui ça?

— Marvin Gaye.

— Abattu en 1984 par son père, un prêcheur!

Le soleil brillait avec une ardeur inhabituelle, même pour cette saison. Dexter roulait plus vite que la vitesse limite autorisée. Aux alentours de Flagstaff, il faillit écraser une auto-stoppeuse.

— Putain, ils savent que c'est interdit de faire ça sur l'autoroute! maugréa Brad M.W. en frôlant à 160 le pouce tendu.

À peine eut-il terminé sa phrase que la Pontiac zigzagua comme si la fille lui avait jeté un sort au passage. Tandis que Henry comptait les secondes qui lui restaient à vivre, Brad semblait contrôler la situation.

— Que se passe-t-il, bon sang? s'exclama Henry au terme d'un interminable tête-à-queue.

— Désolé pour la secousse.

L'agent fédéral se rangea sur la voie de sécurité et inspecta son rétroviseur : l'auto-stoppeuse courait pour vite couvrir la distance qui avait été nécessaire à la Pontiac pour s'arrêter. Henry baissa sa vitre teintée devant une jeune femme essoufflée, ébouriffée.

— Vous ?

— Quoi nous ? s'étonna Henry.

— Vous... allez bien ?

Henry, qui ne comprenait pas la raison de cet arrêt périlleux, la rassura :

— On a été un peu secoués mais l'équipage est sauf !

— Vous allez où ? intervint Brad M.W.

— Los Angeles.

— Nous n'allons pas jusque-là.

— Justement au sujet de Los Angeles, je voulais vous dire..., commença Henry.

— Ce sera toujours ça de fait ! le coupa la belle piétonne en ouvrant la portière.

Elle s'assit à côté du chiot qui remua la queue pour manifester sa joie de partager la banquette.

— Vous pouvez m'expliquer, Brad ?

L'agent du FBI enleva ses lunettes et se retourna vers la passagère qui s'écria une nouvelle fois :

— Vous ?

— Le monde est petit, commenta Brad M.W. avant de redémarrer.

Henry dont le regard oscillait entre l'inconnue et l'agent fédéral analysa la situation et parvint à une brillante conclusion :

— Vous vous connaissez !

— Je te présente Anna ! Une amie de longue date. Une bonne douzaine d'heures au moins. Nous nous sommes rencontrés hier soir au Cactus Bar.

— Et nous nous sommes séparés à regret sur le seuil du Gold Rush, précisa Anna.

— Une soirée inoubliable.

— Un conte de fées.

Les présentations étant expédiées, ils laissèrent le « chant » libre à Elvis qui plaça un « *Love me tender* » plus suave que jamais, talonné par un « *Rape me* » de Nirvana, ambigu et incontestablement plus hard. Henry régla discrètement le rétroviseur extérieur sur le reflet d'Anna. Son visage lui était familier. Il attribua cette sensation à ce phénomène inexpliqué qui pousse parfois à croire que nous avons déjà vécu une situation ou déjà rencontré une personne dans une vie antérieure. Les bouddhistes avaient bien trouvé en la réincarnation une explication pratique. Cependant Henry se refusait à partager toute croyance religieuse, y compris la plus inoffensive. Son karma n'avait pas de quoi faire des envieux et il se voyait mal renaître sous la forme d'un vulgaire scorpion destiné à finir écrasé sous la botte d'un rancher ou sous la roue d'un pick-up.

— Il faut s'arrêter à la prochaine station. Le véhicule est à sec ! annonça Brad.

— Petit ou grand véhicule ? plaisanta Henry.

— Pardon ?

— Dites-moi, Brad, que pensez-vous du bouddhisme ?

— Le bouddhisme ? 350 millions d'adeptes dans le monde ! répondit celui-ci très prosaïque dans sa façon d'aborder les sujets.

— Vous croyez en la réincarnation ?

— Hey ! C'est tout ce qui vous préoccupe en ce moment ?

— Siddharta Gautama avait médité sur le sens de la vie...

— Cigare quoi ?

— Le type qui a inventé le bouddhisme. Un jeune prince nanti qui réalisa un jour que, quelles que soient les conditions de son existence, chaque homme est destiné à rencontrer la vieillesse, la maladie, la mort...

— Et de jolies femmes ! ajouta B.M.W.

Anna s'était endormie, victime du roulis hypnotique de la Pontiac et insensible aux avances du chiot qui finit par se servir de sa cuisse comme d'un oreiller.

— Il me semble que je la connais, murmura Henry.

— D'où ?

— Je n'en sais rien.

À 11 heures du matin, B.M.W. s'engagea sur une aire de service. Son estomac étant devenu le théâtre de crampes et de borborygmes peu flatteurs, il suggéra d'en profiter pour déjeuner.

59

Henry avait beau se concentrer sur la carte de la pizzeria, les lettres se brouillaient et se transformaient en flashes qui le ramenaient à Helen. Chaque nom de pizza était inéluctablement associé à un épisode de sa vie. La pizza Queen lui rappela le jour où il avait rencontré Helen, portant une couronne, alors qu'elle venait d'être élue Reine de Beauté à Orange County, toute fière de succéder à Michelle Pfeiffer. La pizza King lui rappela son mariage, à dix-sept ans, à Las Vegas, au cours d'une cérémonie éclair animée par un faux Elvis. Leur fuite avait puisé sa force dans le romantisme du destin des jeunes amants contrariés dans leur passion. Ainsi Pyranne et Thisbé, Roméo et Juliette, Tony et Maria, Henry et Helen. Il y avait des consonances shakespeariennes dans le fait qu'ils n'avaient pas jugé leur amour coupable. L'autre similitude avec *Roméo et Juliette* était l'origine italienne des beaux-parents de Henry. En revanche, la querelle tragique entre les Capulets et les Montaigus suscitée par d'anciennes rancunes n'avait qu'un lointain rapport avec la lutte des classes qui divisait les familles Del Montanino et McNeil. Fort de ces références, Henry avait pris l'habitude de surnommer sa belle-mère Lady Capulet, sans que celle-ci comprît d'ailleurs à quoi il faisait allusion. Le plaisir qu'il en tirait n'en était que plus grand.

Il continua à lire le menu. La pizza Roma lui fit revivre son voyage de noces, qui s'était terminé par un accident de voiture sur la Piazza del Popolo. La pizza Navajo lui suggéra son arrivée au Nouveau-Mexique avec sa femme. La pizza Diablo le poussa malgré lui à entrevoir sa belle-mère Luigina qui ne l'avait jamais véritablement reconnu comme son gendre…

L'hypnose introspective dans laquelle s'était enfermé Henry fut interrompue par les ongles d'Anna qui s'étaient légèrement enfoncés dans son bras. Tous les regards étaient dirigés vers lui. Une serveuse en tablier à carreaux rouges et blancs qui arborait un badge sur lequel était écrit « Frances » n'avait plus que sa commande à prendre. Ses gros seins évoquèrent à Henry l'univers mammaire de Russ Meyer.

— Vous avez choisi ?

— Une Luigina, décida Henry.

— Une quoi ?

— Excusez-moi, une Diablo, une pizza Diablo. Bien épicée.

— Elle est déjà bien épicée. Vous souhaitez des piments verts en extra ?

— Comme vous voulez.

— C'est à vous de décider. Après ça va retomber sur moi, si vous n'aimez pas.

— N'en rajoutez pas.

— De quoi ?

— Eh bien des piments !

— Bon.

La serveuse se cambra, mettant en avant sa poitrine siliconée. Henry voulut se rattraper de sa désinvolture en la flattant :

— Il me semble vous avoir déjà vue, vous n'auriez pas joué dans un film ?

— Si.

Surpris par la réponse de la serveuse et content d'avoir fait mouche, il enchaîna :

— Quel film ?

— Un film publicitaire. Pour Dizzy Pizza, une pizzeria à Los Angeles, vous connaissez ? J'en sors pas, n'est-ce pas ?

Aïe ! Il était allé trop loin. À force de vouloir trop en faire, il craignit d'avoir mis Frances dans l'embarras. Celle-ci continua en soupesant ses deux obus :

— Pas de quoi amortir la silicone que j'ai fait injecter. Malgré tout il faut bien manger, alors je travaille dans un resto.

Elle se retira dans un déhanchement qui fascina Brad M.W. et choqua une famille de dévots qui semblait attendre la venue du Christ dans ce restoroute.

— 110-65-90 ! estima B.M.W. en désignant la serveuse sacrément servie par la nature.

— Elle a le sens de l'humour en plus ! ajouta Henry.

— Comment ça ?

— Non, rien.

— Elle pourrait faire carrière.

— Quand je vois tous les culs minables qui défilent sur les écrans !

Henry s'excusa auprès d'Anna pour sa grossièreté. Brad sembla changer de sujet.

— Vous savez comment s'appellent les gilets de sauvetage des G.I. ?

— C'est une histoire drôle ? appréhenda Henry.

— Non, non, c'est sérieux !

Face aux airs ahuris, B.M.W. donna la réponse.

— Des « Mae West ».

— Pourquoi ? s'intéressa Anna qui ouvrit la bouche pour la première fois depuis qu'elle s'était assise dans le restaurant.

— C'était une actrice super bien roul... je veux dire... plantureuse.

— La fille d'un boxeur irlandais et d'un mannequin allemand, alors forcément le mélange !

Henry était cinéphile. Anna le comprit et voulut lui faire plaisir.

— Dans quels films a-t-elle joué ?

Il se remémora ses nuits passées dans les salles obscures de Hollywood Boulevard.

— *Go west, young man,* de Henry Hathaway, c'est le seul que j'ai vu.

Brad s'en tint à des critères plus... érogènes :

— Une bombe sexuelle !

Henry rectifia :

— Actrice, productrice et scénariste de ses films.

Trois verres d'eau remplis de glaçons atterrirent sur la table dans un tintement cristallin. Henry remercia Frances.

— À propos, je n'ai pas de nouvelles du Bureau. Je vais essayer de les contacter.

Brad M.W. ouvrit son ordinateur portable, effectua quelques branchements, composa un numéro sur son téléphone cellulaire et pianota sur le clavier.

Muette, Anna l'examinait comme une téléspectatrice découvrant un membre de l'équipe de « Mission impossible ». Le chiot, qui avait été hâtivement baptisé Spike par son maître, jappait en tirant sur la corde qui le retenait à la table. Discrètement, Henry observait la famille d'endeuillés, habillés par un tailleur qui, soit s'était foutu de leur gueule, soit avait copié le patron d'un dogme en panne d'imagination. Les parents discutaient à voix basse et respiraient l'étroitesse d'esprit, comme le couple du célèbre tableau de Wood Grant, American Gothic. Leurs enfants, quatre garçons et deux filles, semblaient tous regretter d'être venus au monde. Une famille qui eût été pitoyable si elle n'avait assimilé au plus profond de ses gènes la religion mercantile, sectaire et moraliste, dictant la standardisation de l'individu. La tristesse de vivre était le prix à payer pour un terrain au paradis. Henry sentit la colère monter en lui et décida de se défouler sur le chiot qui mordait les ourlets de son pantalon. Il s'adressa à Anna :

— Où vous rendez-vous exactement à Los Angeles ?

— Du côté de Venice.

— Vous y allez pour visiter ?

— Non, pour un travail.

— Quel genre de travail ?

— Dans la restauration.

— On ne se serait pas déjà rencontrés ? Votre visage m'est familier.

— Ah ! Les cons ! s'exclama B.M.W. face à son écran. Ils ont des résultats et ils ne m'avaient pas prévenu. Merde aux bureaucrates !

— Vous avez du nouveau ?

Brad M.W. hésita. Anna supposa alors que les deux hommes préféraient rester seuls.

— Je vais aux toilettes.

Elle se leva. Frances apporta le verre de Pepsi Light commandé par Brad.

— Ils ont comptabilisé soixante-cinq Eva, dont huit françaises, parmi les passagères qui ont atterri à Los Angeles depuis un mois. On vérifie les identités. Le Bureau a aussi commencé à analyser le carnet que j'ai envoyé hier. Sa provenance, la graphologie, les fautes d'orthographe, le style, la qualité de l'encre, les empreintes, les odeurs éventuelles, la construction des phrases, le vocabulaire, l'emplacement des virgules, le nombre de mots, l'espace entre les lignes… Quant au gribouillage en première page, il a bien été réalisé par Venus Kleinfeld.

— Un nouveau Codex Leicester !

— Un quoi ?

— Vous n'avez pas entendu parler du Codex Leicester, ce fameux carnet que Léonard de Vinci avait écrit à l'envers et qui n'était lisible que dans un miroir ? Il y dévoilait ses réflexions sur des phénomènes physiques et astrologiques. Bill Gates l'a acheté pour trente millions de dollars !

— Bill Gates, je connais !

— Je savais que ce nom vous dirait quelque chose.

Brad M.W. se lança dans un exposé sur Microsoft et sur son P.-D.G. multimilliardaire, sans vraiment passionner Henry, qui avait de plus en plus besoin de fumer. Putain de loi qui interdisait le tabac dans les lieux publics. Il serait bientôt plus facile de se procurer du crack que des cigarettes dans ce pays. Heureusement les pizzas, fumantes, arrivèrent. Henry réorienta la conversation sur le sujet qui avait fait fuir temporairement Anna.

— Mes suppléants passent le désert au peigne fin. J'ai bien l'impression que tout est en train de se jouer là-bas et qu'on perd notre temps ici.

— Un peu de patience, shérif. Les choses se mettent en place. Il me faut l'identité des tueurs et je suis persuadé que Dick Spaceck a des choses à nous apprendre.

— Pourquoi ça ?

— Parce qu'il a menti.

Anna les rejoignit alors que les pizzas commençaient à refroidir. Brad s'impatienta :

— Dépêchons-nous ! Il nous reste deux heures de route.

60

— Je n'ai rien à vous dire !

Un comble ! Tout ce chemin pour interroger un type qui n'avait rien à leur dire. Heureusement, la fin du voyage avait paru courte. La digestion des pizzas aidant, l'ambiance s'était enlisée dans la léthargie. Seul Brad M.W. n'avait pas montré de signe de fatigue. Henry jugea qu'il devait être déçu en découvrant que Dick Spaceck n'avait rien de plus à leur communiquer que ce qu'il avait déjà déclaré à la police. Pourtant l'agent fédéral ne semblait pas démonté. Il arborait même l'expression de celui qui prévoyait un tel accueil.

— Je sais ce que vous ressentez.

— Arrêtez votre baratin.

— Moi aussi, j'ai perdu mon chien.

Henry ne voyait pas le rapport, Dick Spaceck non plus :

— Qu'est-ce que vous me chantez ?

— À sa mort, j'étais bouleversé, comme vous. Or trois jours plus tard, un vieil Indien m'a donné une petite chienne que j'ai aimée tout de suite et qui a pris la place de Kiki dans mon cœur.

— Qui ?

— Kiki ! C'était son nom. Aujourd'hui elle a grandi et a mis bas.

Henry ne comprenait pas où Brad M.W. voulait en venir.

— Pourquoi me racontez-vous votre vie ? grogna Dick.

Apparemment Henry n'était pas le seul à être largué.

— Tout simplement pour vous dire que je partage votre chagrin. On a tué mon fidèle compagnon tout comme le vôtre. C'est alors qu'un inconnu m'a réconforté.

Henry perça la manœuvre de Dexter. À aucun moment celui-ci n'avait fait allusion au témoignage de Spaceck, ni à la torture qu'on lui avait infligée. Il s'était concentré sur l'unique tourment de Dick afin d'y apporter sa solution. Brad M.W. se dirigea vers la Pontiac et laissa échapper le chiot indiscipliné. Il pria Anna de le remettre à Dick.

— Voici notre dernier. Ma femme et moi, nous vous l'offrons, comme autrefois le vieil Indien nous avait offert sa mère. On l'a provisoirement appelé Spike.

Anna le cala maladroitement dans les bras du misérable qui essuya une larme du revers de sa veste pelée avant d'enfouir sa figure dans la fourrure fauve de l'animal, docile comme s'il venait de rencontrer son maître.

— Votre femme ? s'étonna Anna.

Brad M.W. se contenta d'un clin d'œil pour toute explication.

Dick les invita dans la touffeur opaque de son mobile home. Ils évoquèrent la météo, l'art moderne, Hollywood. Jusqu'à ce que Brad M.W. jugeât son interlocuteur détendu. Sans transition, il aborda le sujet principal :

— Vous avez signé une fausse déclaration à la police, ça tout le monde le sait. Les deux filles que vous avez sauvées sont poursuivies par des tueurs, lesquels vous ont torturé pour vous contraindre au mensonge. Ça aussi on le sait. Les détails ont été consignés dans un carnet par la Française que vous avez recueillie et que maintenant vous accusez. C'est chez vous qu'elle a commencé à écrire. C'est peut-être vous qui lui avez donné le calepin, n'est-ce pas ?

Dick opina en serrant Spike de plus en plus fort.

— Si vous revenez sur vos affirmations, vous ne serez pas poursuivi, vous garderez votre chien, nous sauverons deux innocentes, nous coffrerons les coupables. Si vous persistez, c'est le contraire qui arrivera... Je ne veux qu'une chose : l'identité des tueurs. Vous les avez vus ? Non, bien sûr. Ils étaient masqués ou plutôt... ils vous ont masqué, hein ? C'est ça. Vous n'avez rien vu, Dick, non ?

— Non.

— Vous les avez entendus !

Le silence fut considéré par tous comme un acquiescement. Brad posa son doigt sur la cloque rouge qui boursouflait le nez de son hôte.

— Ce sont eux qui vous ont fait ça ?

Dick recula. Brad enchaîna, sans laisser retomber la pression :

— Souvenez-vous de ce qu'ils ont fait, de ce qu'ils ont dit. Leurs mots ! Leurs gestes !

— Ils m'ont mis un bandeau.

Brad saisit un torchon glissé dans la poignée du frigo, celui utilisé par les tortionnaires, et le lui serra autour de la tête.

— Comme ça ?

Dick lâcha le chiot en protestant :

— Qu'est-ce que vous foutez ?

— Rasseyez-vous, je reconstitue la scène pour stimuler votre mémoire.

— Comment voulez-vous que je me souvienne ? J'avais les yeux bandés, les poignets attachés dans le dos et un briquet sous le nez.

— Rappelez-vous ce qu'ils ont dit ! insista Brad en le collant sur une chaise et en lui enfilant des menottes.

— Vous me faites mal, merde !... Ils étaient plusieurs. Y en a un qui a dit : « Passe-lui les menottes... »

— Les menottes ?

— Euh... non, les pinces... ouais, « les pinces ».

— « Passe-lui les pinces »... C'est ça ?

— Oui.

— Et après ?

— Après ? Ils ont parlé de Pancho Villa.
— Quoi ?
— Ils voulaient savoir qui l'avait assassiné... Comme j'ai pas su répondre, ils m'ont frappé et cramé la figure.
— Pourquoi vous ont-ils demandé ça ?
— Qu'est-ce que j'en sais moi ?
— « Qui a assassiné Pancho Villa ? »... Ensuite ?
— Ensuite, ils m'ont posé deux questions...
— Leurs mots ! Répétez-moi leurs propres mots !
— Euh... Où sont les filles que tu as... euh... serrées, je crois... ce matin.
— « Où sont les filles que tu as serrées ce matin ? » Okay. L'autre question ?
— Où vont-elles ?
— Okay. Après ?
— Je leur ai demandé qui ils étaient, et euh... ils m'ont sorti des conneries...
— Quoi, comme conneries ?
— Qu'ils étaient des anges gardiens...
— C'est déjà pas mal ! Quoi d'autre ? Qu'est-ce qu'ils ont dit d'autre ? Leurs mots !
Dick hésitait. Brad renforça d'un cran le réalisme de la reconstitution :
— Répétez : « Qui êtes-vous ? »
— Quoi ?
— Interrogez-nous, comme si nous étions les tueurs. Souvenez-vous de chaque terme, de chaque détail, de chaque virgule. Allez-y : « Qui êtes-vous ? »
— Qui êtes-vous ?
— « Nous sommes les anges gardiens des filles que tu as prises en stop ! »
— Non, c'est pas ça, ils n'ont pas dit ça... ils ont dit : « les demoiselles que tu as recueillies » et ils ont parlé de « méchants tueurs »... comme quoi ils les protégeaient de méchants tueurs...
— « Nous sommes les anges gardiens des demoiselles que tu as recueillies, nous les protégeons contre les méchants tueurs »... Qui sont ces méchants tueurs ?

Qu'ont-ils fait ? Les mots, Dick, les mots, concentrez-vous sur les mots exacts !

— Qui ont fait... qui ont fait...

— Qui ont fait sauter la station-service ?

— Non, je me souviens p...

— Qui ont fait une descente, qui ont tiré des coups de feu, qui ont brûlé la sta... ?

— Non, fouraillé... Défouraillé, plutôt !... dans la station.

— « Nous sommes les anges gardiens des demoiselles que tu as recueillies. Nous les protégeons contre les méchants tueurs qui ont défouraillé dans la station ! » C'est ça, Dick, ils ont dit ça ?

— Oui, c'est tout, enfin je crois. Je suis fatigué.

— C'est bon, vous pouvez aller rejoindre Spike.

Dick était dans l'état du patient charcuté par un dentiste incompétent. Brad le détacha, lui ôta le torchon, lui tapota amicalement l'épaule et amorça sa conclusion :

— Des flics ! C'étaient des flics !

— Ça, on le savait déjà, intervint McNeil.

— On savait d'après le carnet qu'on avait affaire à des types habillés en uniformes de police. Rien ne prouvait qu'il s'agissait de vrais flics. D'ailleurs la Française avait fini par en douter.

— Qu'est-ce qui vous rend si sûr de vous, maintenant ?

— Leur vocabulaire. « Passe-lui les pinces », « défourailler », ce sont des expressions de flics.

— Tendancieux comme raisonnement, non ?

— Non, c'est juste un peu de sémantique et beaucoup d'intuition !

— Je suis d'accord, précisa Anna.

Sa maîtrise de la langue l'autorisait à juger les gens selon leur vocabulaire et elle approuvait le raisonnement de l'agent fédéral.

— D'accord avec qui ?

— Peu importe ! s'emporta Brad. On ne va pas faire un sondage d'opinion. L'essentiel est d'arriver à ce que je crois être vrai. Il faut inspecter dans la police de Los Angeles. Vérifier l'emploi du temps de chaque flic.

— Peut-être que Spaceck n'a pas tout dit.

— Il a déchargé ses batteries. On ne peut plus rien en tirer pendant un moment. Il va falloir se contenter de ce qu'on a.

Henry fixa un paquet de Camel sur le coin de la table. Il ne put s'empêcher d'en soustraire une cigarette et de la glisser discrètement dans sa poche. Il en aurait bientôt besoin. Brad M.W. Dexter quitta la caravane et se délita dans la lumière aveuglante, suivi par Anna et Henry, qui vola une deuxième Camel au passage.

— Merci, Dick, dit l'agent du FBI. Occupez-vous bien de Spike. Et pour le reste, ne vous inquiétez pas, on aura ces salauds.

— Dexter ? appela Henry.

— Oui ?

— On peut se parler deux minutes ?

— Sans problème. Je vous livre mes conclusions d'abord. Ensuite les vôtres. Spaceck a reçu la visite des tueurs qui traquent les gamines. Ils l'ont forcé à produire un faux témoignage pour diriger les soupçons sur la Française et nous aiguiller sur Las Vegas, alors qu'elles filaient sur Santa Fe. Ils sont membres de la police de Los Angeles. D'après le journal d'Eva, l'un porte une moustache, l'autre est efflanqué. C'est déjà une base. Maintenant, il nous faut absolument un indice qui nous renseignera sur la position de Venus Kleinfeld.

L'agent du FBI monta dans sa Pontiac.

— Dexter ?

— Ah oui ! Excusez-moi, que vouliez-vous me dire ?

— Los Angeles n'est pas très loin.

— Bien raisonné.

Dans le feu de l'action, Brad M.W. avait pris la direction des opérations et la grosse tête. Henry fouilla sa poche pour en extraire une cigarette tordue qu'il coinça entre ses lèvres.

— Vous pouvez me passer l'allume-cigare ?

Brad enfonça le bouton, guetta son sursaut et tendit le tube rougeoyant à Henry qui tira sur sa cigarette comme un enfant assoiffé tire sur une paille plantée dans un verre de Coca-Cola.

— C'est la première fois que je m'en sers, avoua Brad en récupérant sa résistance.

— Merci... Voilà... Je voulais aller à L.A. Pour des raisons disons... personnelles...

— Votre femme ?

— Entre autres.

— Vous laissez tomber l'enquête alors ?

— Quelques heures.

— Je vous donne quartier libre. Je suis désolé, je n'ai pas le temps de vous accompagner.

— Pour le « quartier libre », je peux me passer de votre autorisation... C'est de votre voiture que j'ai besoin.

— Quoi ?

— Écoutez, on va ensemble à L.A., vous passez au FBI vérifier votre hypothèse sur les policiers en cheville avec les milices, on dépose l'auto-stoppeuse qui doit commencer à nous juger moins marrants, je retrouve ma femme et tout le monde est content. Qu'est-ce que vous en pensez ?

Brad M.W. Dexter s'esclaffa. C'était la première fois que le shérif l'entendait rire et il éprouva une impression bizarre. Ce type était conçu d'un seul bloc, calibré pour réussir, pas pour jouer les samaritains. Il était efficace, donc prévisible. Henry devait se servir de ce talon d'Achille. À l'ombre de la caravane, à l'écart de leur conversation, Anna patientait à côté de Dick.

— Je comprends ce qui vous a poussé à acheter ce clebs et même à ramasser cette fille qui a joué le rôle de votre femme auprès de Spaceck. Mais moi, pourquoi m'avoir emmené avec vous ?

— Pour que votre comté soit représenté.

— Plus sérieusement.

— Je veux en finir rapidement. Avec votre aide, je gagnerai du temps.

— C'est tout ?
— Je suis persuadé qu'à un moment donné votre présence me sera précieuse.
— On dirait que le monde tourne autour de vous.
— J'aide le monde à mieux tourner, nuance.
— Je vous propose de venir à bout de l'affaire Kleinfeld, ensemble, dans les meilleurs délais. Je m'y consacre à fond et je vous offre en prime une affaire qui sera réglée dans la journée et que vous pourrez ajouter à la liste de vos brillants états de service : la disparition de Helen McNeil.

Henry écrasa sa cigarette sous le talon de sa botte et observa Anna qui laissa échapper un sourire. Il estima que ce signe amical lui était destiné, étant donné que Brad M.W. était occupé à vérifier dans le rétroviseur que ses narines étaient propres.
— Où voulez-vous aller exactement ?

61

Depuis son départ de Los Angeles, six ans auparavant, Henry n'était jamais revenu dans la mégalopole. Un pincement au cœur trahit sa nostalgie, malgré le smog qui recouvrait les gratte-ciel de Downtown, les gangs qui remplissaient les cimetières, les embouteillages qui bouchaient les artères de la ville, la chaleur bourdonnante qui écrasait les piétons, les sirènes hurlantes qui perçaient les tympans et les lents mouvements souterrains des plaques tectoniques qui pompaient l'adrénaline. Henry avait le regard de l'enfant prodigue qui rentre au pays. À la différence que personne n'attendait son retour.

Il se mit à comparer ses deux existences, son présent et son passé, l'Ouest pur, dur, éternel, spirituel, et cette Californie hédoniste, permissive, éphémère, matérielle. Le bien et le mal n'étaient pas forcément là où on les revendiquait. Les forces ultra conservatrices et moralistes qui prenaient racine dans l'Amérique profonde et pudibonde donnaient des coups de bélier contre cette ultime frontière des pionniers et des précurseurs, contre ce sanctuaire des hérétiques et des libertins. Le massacre de Bel Air se voulait un avertissement de plus à tout un État symbole, marqué successivement par la société de consommation, la révolution beatnik, l'ère des golden boys, le new-age, et aujourd'hui l'idolâtrie de la jeunesse, l'adoration de la beauté et la quête des feux de la gloire ; une génération dont était issue Venus Kleinfeld.

Jusqu'où allait le bien ? Où commençait le mal ? Ce n'était pas à lui de décider. Henry, qui détestait par-dessus tout les donneurs de leçons, n'aimait pas juger, encore moins être jugé.

Dexter avait suivi ses indications, qui les avaient menés à Orange County, au sud de Los Angeles.

Anna suivait le mouvement. Elle profitait d'un sursis, repoussant le moment où elle serait jetée dans l'*American way of life*. Comme elle n'avait pas de but dans la vie, elle n'en avait pas non plus sur la route. Occasionnellement, les deux hommes lui en avaient fourni un : là où ils s'arrêteraient, elle descendrait.

La Pontiac s'engagea dans une allée tranquille bordée de chaque côté par des villas bien rangées, posées sur des pelouses impeccables.

Les palmiers royaux montaient jusqu'au ciel et donnaient à l'ensemble un air de Beverly Hills, une sorte de quartier pour parvenus qui n'auraient pas eu les moyens de s'installer au milieu des stars.

Henry fit signe à Brad M.W. de se garer devant la plus grosse maison, la plus haute aussi, à trois étages, assortie d'un arbre géant dont les racines s'agrippaient au jardin depuis le siècle dernier. L'indispensable voiture européenne de luxe rutilait devant le garage. Ces signes extérieurs de richesse faisaient la fierté de M. et Mme Del Montanino. Leur comportement rappelait à Henry ces bourgeois italiens du Moyen Âge qui édifiaient une tour dès qu'ils en avaient les moyens, et dont la hauteur mesurait l'apparat de son propriétaire par rapport aux voisins. Au cours de leur voyage de noces, Helen et Henry avaient découvert ces constructions se dressant encore aujourd'hui dans le magnifique village toscan de San Gimignano.

Rien n'avait changé depuis six ans. Le palmier était peut-être un peu plus imposant, la Jaguar un peu plus longue. Piétinant les parterres de fleurs, une bande de gamins se tiraient dessus à coups de revolvers en plastique chromé. Henry présuma qu'il s'agissait de ses six neveux, six affreux. La célèbre phrase de W.C. Fields à propos des chiens et des enfants lui vint soudain à l'esprit pour s'évanouir aussi vite qu'elle était venue. Le probable retour de Helen au bercail avait déclenché la venue de son frère Paul, un abruti complet qui avait fait pondre à sa femme, au lapinisme aigu, une tripotée de gosses destinée à satisfaire le planning familial imposé par les parents. Avec lui, le nom des Del Montanino ne risquait pas de disparaître. Une aubaine pour l'humanité.

Les rires d'enfants et les arrosages automatiques berçaient l'atmosphère douillette du quartier surprotégé. Henry hésita à perturber ce monde bien rangé. Il savait que son arrivée allait générer des cris, des larmes, des injures, des empoignades.

Ses beaux-parents avaient toujours critiqué son origine modeste, son agnosticisme, ses idées libérales, a fortiori qu'il épousât leur fille. De son côté, Henry dont la tolérance était la principale croyance, pas parce qu'il aimait les gens mais parce qu'il ne faisait que les tolérer, avait passé outre à cette conception de l'existence basée sur la rétention des valeurs morales et boursières. Il ne considérait pas sa belle et fortunée famille comme un obstacle à sa vie commune avec Helen. Sauf cette fois-ci.

Il savait pertinemment que sa femme était là, derrière ses murs fraîchement repeints. Peut-être l'observait-elle par la fenêtre du premier étage, derrière les rideaux, à la manière de sa mère, pour épier. Brad M.W. vit le shérif hésiter :

— Ça va aller ?

— Maintenant que j'y suis, je sais plus si…

— Écoutez mon vieux, il y a deux gamines qui sont en train de crever en ce moment dans le désert du Nouveau-Mexique et nous sommes payés pour les sauver. Alors, prenez un peu sur vous et essayez de vous dépêcher.

— Vous avez raison.

Henry descendit et marcha dans l'allée qui séparait la pelouse. Il se retourna furtivement vers la Pontiac avant d'accélérer le pas vers l'entrée de la villa.

Brad M.W. s'adressa au reflet d'Anna dans le rétroviseur intérieur :

— Je vous dépose où ?

Henry demeura un long moment sur le seuil, raide et immobile, tel un vendeur d'encyclopédies lors de sa première tournée.

— Ici, ça ira, répondit Anna.

62

Il appuya sur une protubérance convexe auréolée d'une rosace, au-dessus de laquelle était vissée une plaque de marbre de Carrare gravée au nom des propriétaires :

LUIGINA & ROBERTO DEL MONTANINO

Dans le vaste hall, Luigina et Roberto l'accueillirent avec des sourires chaleureux, comme s'ils avaient attendu leur gendre avec impatience. Derrière eux, Helen flottait dans une longue robe blanche au tissu vaporeux qui la rajeunissait de dix ans.

— Henry ! s'exclama-t-elle avant de coller ses lèvres fines sur les siennes.

— Elle vous guettait presque comme le messie, avoua Paul, en accourant.

— C'est une façon de parler ! ne put s'empêcher de relever Luigina qui embrassa son gendre avec l'affection d'une mère qui revoit son fils après une longue absence.

— Qu'est-ce que cela veut dire ? s'inquiéta Henry.

Ce fut au tour de Roberto de parler, comme il avait l'habitude de le faire, c'est-à-dire quand sa femme lui en laissait l'occasion :

— Nous avons pris une grande décision, Helen, Luigina et moi. Il vous faut définitivement revenir à Los Angeles. Prenez quelques jours de vacances et réfléchissez, ici, chez nous, au calme.

Pendant un laps de temps aussi interminable que celui qui s'écoule à un arrêt de bus, Henry s'absorba dans la vision de l'oculus qui le scrutait. L'œil des Del Montanino. Comme aucun timbre ne lui était parvenu, il crut avoir mal appuyé et reposa son index fébrile sur le bouton doré de la sonnette. La porte d'entrée s'ouvrit alors comme par magie, lourde et silencieuse sur ses gonds.

Le vaste hall était désert. Il aperçut l'un de ses neveux, sûrement le petit John, pendu à la poignée. Il ne l'avait pas reconnu sous son chapeau de cow-boy en feutre rouge. Il ressemblait aux photos que Helen avait reçues de son frère. Des taches de rousseur, des cheveux roux et cet air inexpressif qui le faisait passer pour un enfant bien élevé.

— T'es mort ! brailla le mioche qui visa l'étranger et appuya sur la détente de son Colt en plastique qui claqua. Clac !

Le costume étriqué qu'il portait fit sourire Henry. À l'ère des Batman et des panoplies de Super Héros Intergalactiques, ses parents, indécrottablement réactionnaires, lui avaient acheté ce costume anachronique. Toujours cette nostalgie des cow-boys qui avaient civilisé le pays, une bible dans la main, un fusil dans l'autre. John s'étonna de voir son adversaire souriant et vivant.

— T'es mort ! T'as un trou entre les deux yeux ! trancha-t-il.

— Et toi, t'as un trou entre les fesses !

Henry maîtrisait jadis l'art d'enseigner des grossièretés à ses neveux qui s'empressaient d'aller les répéter aux parents censeurs et sans reproche.

— Maman ! Maman ! hurla John en traversant le salon dont la baie vitrée bordée de glycines s'ouvrait sur un bassin de nénuphars et une piscine abyssale.

Henry pénétra dans la pièce immense qui sentait l'argent, le café et les fleurs coupées. Inhospitalière malgré le raffinement de la décoration, froide bien qu'ensoleillée, inconfortable tout en étant cossue, bien ordonnée mais composée de légers désordres savamment exécutés, la salle de séjour semblait vouée à faire la une d'un catalogue. Derrière ce cliché sur papier glacé, on imaginait la présence d'une famille américaine bienséante, bien-pensante et de bon goût. La féminisation de l'agencement dévoilait la présence de la mère au foyer, tandis qu'un fusil de chasse, accroché au-dessus de la grosse cheminée de pierre, trahissait les pratiques expéditives du père.

— Qu'est-ce que vous fabriquez ici ?

Henry se retourna sur le patriarche qui se tenait droit comme un « I » tiré d'une raideur résolument militaire. Immigrant italien, Roberto s'était engagé dans l'armée d'Eisenhower, plus motivé par l'obtention de la nationalité américaine que par la défaite de Mussolini. La guerre du Vietnam l'avait transformé en colonel. Au milieu des années 1970, il s'était lancé dans une affaire d'importation avec le Sud-Est asiatique. Ses états de service l'avaient rendu irréprochable et lui avaient donné carte blanche pour organiser ses sombres magouilles. Il avait créé une unité de production, comme il disait, près d'Hanoi. En bon militaire, le vieux était resté fidèle à ses principes. Après avoir massacré les Viets, il s'était mis à exploiter ceux qui étaient restés en vie. Avec sa solde d'officier et ses bénéfices confortables, il s'était offert tous ces biens matériels qu'il avait rêvé de posséder, des années plus tôt, lorsqu'il avait débarqué sous la torche de la statue de la Liberté.

Le colonel Roberto Del Montanino venait donc de l'interpeller, du haut de sa blancheur capillaire qui faisait passer son bronzage californien pour une brûlure au troisième degré. Le shérif resta laconique :

— Je veux voir Helen.

— Elle n'est pas ici.

Pour Henry, il y avait plusieurs façons de bien mentir. L'une d'elles consistait à déstabiliser l'interlocuteur par une prise de position inopinée. Ainsi le vieux aurait pu dire : « Moi aussi j'aimerais la voir. » Cependant, Roberto Del Montanino n'aimait pas l'imprévu.

Une autre façon de mentir résidait dans le désamorçage du mensonge par l'humour. Le beau-père aurait pu rétorquer : « Helen est recherchée par la police ? » Impossible, car l'humour était aussi absent de cette maison que les revues pornographiques.

Il y avait enfin la technique qui voulait que l'on caresse la vérité dans le sens du poil pour mieux se l'approprier, du style : « Helen était encore ici ce matin malheureusement elle est repartie en début d'après-midi. » Or, le vieux ne caressait jamais rien, a fortiori pas la vérité.

Dénué d'imprévisibilité, d'humour et de souplesse, il mentait mal. En répondant promptement et avec assurance que Helen n'était pas là, il avouait forcément le contraire. Henry se sentit soulagé, il n'avait pas investi pour rien dans le déplacement.

Luigina fit son apparition à l'autre bout de la pièce, sous la glycine, là où le parquet brillamment ciré se transformait en pelouse soigneusement peignée. Elle avait une tasse au bout des doigts et John sur les orteils.

— Que faites-vous ici, Henry ?

Pour les mettre mal à l'aise et les laisser parler, il resta muet.

— Il dit qu'il veut voir Helen.

— Qu'est-ce qui vous fait croire que Helen est ici ? demanda la vieille qui mentait aussi mal que son mari.

Henry se posa sur un fauteuil de style, passablement inconfortable, à plusieurs milliers de dollars. Il guigna Roberto à sa droite et toisa Luigina à sa gauche.

— Shérif McNeil ? s'étonna Paul qui débarqua dans le séjour derrière son père, en tenant son cigare comme une fléchette.

Henry essaya de reconstituer les occupations de ses hôtes avant son arrivée impromptue. Roberto et Paul devaient jouer au billard dans la bibliothèque, encombrée de livres que personne n'avait ouverts en dehors du relieur, sirotant du cognac français et fumant des havanes, pendant que les femmes papotaient au bord de la piscine dans laquelle personne ne nageait. Lynn, la femme de Paul, n'allait probablement pas tarder à faire son apparition aux côtés de sa belle-mère. Viendrait enfin Helen, restée seule dans le jardin. Il fallait être un peu patient. Le seul problème était que Henry avait peu de temps et beaucoup de route devant lui. Il voulut éviter à Paul de poser une question idiote et d'inventer un mensonge de la même veine :

— Je suis venu voir Helen et on vient de me préciser qu'elle n'était pas là.

Lynn entra en scène comme prévu, devant la baie vitrée. Elle portait une robe légère et des sous-vêtements à pois valorisés par le contre-jour. Malgré ou à cause de son insondable bêtise, elle fut la seule à dire bonjour à Henry. Ainsi les membres de la famille s'étaient approchés un par un, comme des badauds plus attirés par l'attroupement que par l'événement qui le suscite.

— Tu cherches Helen ? demanda Lynn qui déclencha une batterie de sourcils froncés.

— Non, je l'ai trouvée.

Un silence inconfortable, assorti au mobilier, pesa soudain sur le salon. Ce fut Helen qui le rompit, avec son pragmatisme coutumier :

— Tu aurais pu téléphoner avant de venir ici.

Elle tenait une tasse, confirmant ainsi les supputations de son mari. Plus belle que jamais près de sa mère aux allures de duègne, elle était rentrée dans le rang, logique retour aux sources de la vie. Henry se leva et marcha vers elle. Lorsque son beau-père s'interposa, il se fâcha gentiment :

— Écoutez, grand-père, je suis venu ici amicalement, je désire simplement parler à ma femme en privé. Je l'ai fait pendant dix-sept ans, et on n'est plus à quelques minutes.

— Je n'ai rien à te dire ! trancha Helen avec haine.

— C'est compris ? ajouta Roberto en écho.

Henry l'ignora et s'adressa à son épouse par-dessus l'épaule du vieux.

— Tu pars sans prévenir, sans aucune explication, après toutes ces années passées ensemble et je dois me contenter de « Je n'ai rien à te dire » ?

— Je vous prie de sortir, dit Roberto en haussant le ton.

Henry poussa négligemment le colonel qui venait de poser sur lui une main couverte de taches brunes. Roberto vacilla, Helen recula.

— Merde, Helen ! C'est quoi cette histoire ?

— Il n'y a pas d'histoire, il n'y en aura plus d'ailleurs. C'est fini entre nous, on va divorcer. J'ai un avocat.

Paul joua les grains de sel :

— Dites-moi, c'est pas parce que vous êtes shérif dans votre bled qu'il faut vous croire autorisé à entrer chez les gens et à les bousculer de la sorte.

— Tu aimes quelqu'un d'autre ?

— Allez, tirez-vous... Vous êtes pitoyable !

— Non, seulement je n'ai plus envie de te voir !

— J'ai l'impression que vous n'êtes pas le bienvenu, ajouta Luigina.

— C'est à cause de l'autre soir ? Parce que je ne suis pas rentré à l'heure ? Hein, c'est ça ? Parce que je faisais juste mon boulot ?

— Je n'ai pas envie de discuter.

— C'est un cauchemar ! Merde ! Qu'est-ce que je t'ai fait, Helen ?

— Maintenant, dehors ! cria Roberto qui fit signe à son fils de jouer les videurs.

Paul s'interposa entre les deux époux.

— Comprends une chose, il n'y a plus rien entre nous, dit Helen.

Paul attrapa Henry par l'épaule en le traitant comme un vulgaire resquilleur dans une boîte de nuit. C'était la deuxième fois en quelques minutes qu'on jetait sur lui une main inamicale. Henry McNeil, qui avait ses limites, sortit son beau-frère du salon en lui faisant effectuer un vol plané à travers la baie vitrée. Paul atterrit au milieu des éclats de verre, des nénuphars et des cris de femmes tandis que Roberto claudiquait vers la cheminée pour décrocher son Remington et le pointer sur l'agresseur.

— Un fusil chargé à la portée des enfants ? Bravo !

— T'inquiète pas, petit conard, je vais le vider tout de suite.

Dédaigneux, Henry lui offrit son dos pour se diriger vers Helen qui s'était réfugiée à l'autre bout du jardin avec sa mère.

BLAAM !

Il sentit le souffle de la décharge dans ses cheveux. Auprès de lui un vase Ming explosa. Il se tourna vers le vieux au faciès écarlate et dont les membres tremblants avaient modifié la trajectoire de la cartouche. Il fixa les yeux fielleux remplis de cette haine emmagasinée au fil des ans qui jaillissait soudain à l'autre bout du canon.

— La prochaine, c'est la bonne, menaça le barbon en essayant de maîtriser sa tremblote.

Sa cible n'exprima que du mépris et s'éloigna en raillant :

— Dans le dos, c'est plus facile, n'est-ce pas ?

Roberto Del Montanino hésita avant de tirer. Pourtant, les victimes animales ou humaines qui s'étaient écroulées devant son fusil auraient pu remplir un cimetière. Il avait déjà commis cette erreur au Vietnam, alors qu'il tenait un ennemi en joue : conscient qu'il ne restait plus qu'une seule et précieuse balle dans son arme, il avait eu un flottement, donnant ainsi l'avantage à son adversaire qui l'avait blessé à la jambe. Roberto avait terminé la guerre dans un hôpital, sans avoir eu une autre occasion de percuter cette balle qu'il s'était réservée pour la suite des combats. Il avait regretté sa réticence et s'était promis de ne plus tergiverser quand il viserait quelqu'un. Alors pourquoi ne pas faire feu illico sur ce gendre indésirable qui s'était introduit sous son toit pour terroriser sa famille ? Parce que tout simplement il était dans l'axe de Helen et de Luigina. La volée de plombs risquait d'atteindre l'une d'elles. Le patriarche se déplaça légèrement sur la droite pour bénéficier d'un autre angle : McNeil aurait bientôt rejoint les deux femmes. Le doigt qui se voulait celui du jugement dernier toucha la détente au moment où l'on entendit dans la pièce :

— Personne ne bouge ! FBI !

La scène était surréaliste. À l'entrée du salon, Brad M.W. Dexter, agent du FBI, pointait un Pietro Beretta sur un Roberto décontenancé, tout en brandissant sa plaque. Derrière lui, l'ébahissement d'Anna s'exprimait par la béance de sa bouche aux dents blanches et par l'écarquillement de ses iris mordorés. Face à eux, Lady Capulet, qui avait rejoint le champ de bataille pour jouer les diplomates, tentait de faire passer son sourire vipérin pour un sourire ingénu. Lynn draguait le bassin de nénuphars en quête de la lentille de contact que son mari avait perdue au cours de son plongeon. Paul, le front en sang, la paupière à moitié close, se trémoussait, n'osant retirer son pantalon mouillé à l'intérieur duquel il prétendait qu'un poisson exotique s'était faufilé ; ce à quoi sa femme lui répliqua sérieusement qu'il aurait dû fermer ses yeux et sa braguette avant de plonger. Près de la piscine, les enfants étaient figés, les bras ballants au bout desquels pendaient des revolvers en plastique, fascinés par cette façon inimitable qu'ont les adultes de jouer aux cow-boys avec de vraies munitions et du vrai sang. Dehors, Henry s'adressait à Helen comme si ce qui se déroulait dans son sillage n'avait aucune importance.

— Donne-moi au moins une raison ! insista-t-il.

Elle pleurait. Il ignorait si ses larmes étaient celles du chagrin ou du stress. Il fut vite fixé :

— J'en ai assez. Je ne veux plus te voir, c'est clair, non ?

— N'y a-t-il rien à sauver entre nous ? Toi et moi, on forme un couple, lié par l'amour, le mariage, dix-sept ans de vie commune, le souvenir de Brian...

— Nous ne sommes plus un couple, la procédure de divorce est déjà engagée.

— À ce point-là, ce n'est plus de l'indifférence que tu éprouves, c'est de la répulsion !

Elle conclut le face-à-face par un soufflement de nez dans un mouchoir en papier. Dépité, écœuré, terrassé par la seule personne qui eût été capable de le vaincre, Henry décida de quitter cet endroit sinistre.

— Que s'est-il passé ? lui demanda B.M.W. qui venait de désarmer Roberto.

— Ce sont des dingues et ils sont en famille. Allez, on se casse !

— Vous ne vous en tirerez pas comme ça ! menaça le colonel en levant sur son gendre son doigt noueux et sentencieux.

— Henry, vous saignez !

Anna s'était précipitée pour examiner le filet de sang qui coulait sur la tempe du shérif.

— J'ai pris du plomb dans la tête !

— Je vais vous envoyer mes avocats, qui vont tellement vous harceler que vous allez regretter d'être venu ici, et même d'être venu au monde ! continua le vieux.

— Fermez-la ! ordonna Brad M.W. avant de réclamer à nouveau un résumé des faits.

— C'est de ma faute. J'ai joué le rôle du trublion de service, ils sont tous tombés sur moi.

— Ce n'est rien à côté de ce qui va vous tomber dessus !

— Putain, comment on le fait taire l'ancien ? s'énerva Dexter.

Henry libéra son attention centrée sur Helen, pétrifiée telle une statue de marbre dans un jardin à la Française.

Anna nettoyait sa blessure, à l'aide d'une soierie qu'elle avait ramassée à la hâte sur le dossier d'un fauteuil en la confondant avec un torchon.

— Où que vous alliez, vous entendrez parler de moi ! menaça Roberto.

Henry dédaigna les menaces du vieillard cacochyme et se retira au bras d'Anna, laissant sur place un agent fédéral stupéfait. Après avoir promptement analysé la situation, Brad M.W. plaqua le colonel contre le mur et lui serra le col de chemise jusqu'à ce que son visage cramoisi vire au zinzolin. Ensuite, il formula sa tirade posément :

— Encore un seul outrage à un officier de la force publique et je m'occupe de ton cas. Un Rital aussi riche que toi a forcément des trucs à se reprocher. Des combines bien enterrées sous des pots-de-vin que je me chargerai personnellement de déterrer. Capisce ? Comme on dit dans ta langue...

Il l'étrangla jusqu'à faire sourdre un faible couinement. Roberto avait compris le message. Brad M.W. le lâcha sur une paire de jambes flageolantes. Avec l'âge et l'embourgeoisement, l'ancien militaire réagissait moins bien face à ce genre de situation. Avant d'abandonner les lieux, l'agent du FBI ramassa le Remington en le saisissant par le canon et le projeta dans la piscine, éclaboussant les enfants qui n'en rataient pas une miette.

Henry et Anna s'étaient retranchés dans la Pontiac.

— Blessé ? se soucia Brad en regagnant son siège.

— Juste une éraflure !

— Alors affaire classée ! Passons à la suivante.

Un silence s'installa. Anna était partagée entre la peur et l'excitation, entre l'assurance d'un gorille fédéral et les incertitudes d'un ours étoilé, entre la force de Brad et la fragilité de Henry, entre le désir de rester avec eux et l'envie de les quitter. Avaient-ils besoin d'elle ? Avait-elle besoin d'eux ? Brad M.W. allait décider pour elle.

63

Le retour vers le Nouveau-Mexique parut long à cause de la fatigue s'accumulant au fil des miles. La nuit les enveloppait. À la radio, « *Irresistible Force* », de Inspiral Carpets, donna du courage à Brad. Son partenaire était incapable de conduire ou de converser.

On s'imagine que les flics n'ont pas d'existence en dehors de leur job (ce qui était le cas de Brad M.W. Dexter), chaque affaire criminelle usurpant l'intimité de ceux qui sont censés la résoudre. C'est ainsi qu'au cinéma l'intrigue prend souvent le pas sur des personnages inconsistants qui disparaîtront avec son dénouement. Pour Henry, cela ne se produisait pas comme ça. Au contraire, sa vie privée était en train d'empiéter sur sa vie professionnelle. Merde, sa femme s'était barrée sans raison, du jour au lendemain, alors forcément les complots criminels dans les quartiers chics de Los Angeles ne pouvaient nourrir une éventuelle quête obsessionnelle.

Brad avait été conciliant, malgré la pression du Bureau fédéral qui grossissait de jour en jour, proportionnellement aux titres des journaux dont l'intérêt pour le massacre de Bel Air et pour le kidnapping de Venus Kleinfeld gonflait le tirage. L'affaire, que l'on avait nommée « Le Mystère de Bel Air », était devenue un sujet médiatique à fortes retombées publicitaires. Des experts sur tout et n'importe quoi défilaient sur les plateaux télévisés. La famille, les amis, les voisins, les relations professionnelles, les amis des amis, les amis des voisins, les psychologues, les voyants, les ex-employés du FBI, les ex-agents de police, donnaient leur avis sur l'identité des coupables. Johnny Carson, David Letterman, Phil Donahue se battaient pour inviter dans leurs shows les acteurs qui avaient donné la réplique à Venus Kleinfeld. La série télévisée dans laquelle la fillette avait joué était rediffusée. Les services secrets étaient mis en cause tandis que le *L.A. Times* avançait l'hypothèse d'un acte islamique. À cause de l'omerta imposée par le FBI, ou tout simplement parce qu'elles étaient la honte de l'Amérique, l'implication des milices était rarement évoquée.

Bientôt on entrerait dans le cinquième jour de l'enquête. Cela faisait quatre jours que Venus fuyait les assassins de ses parents en compagnie d'une inconnue. Quatre jours et peu d'indices. Le FBI préférait ne rien révéler aux médias au risque pléonastique de passer pour une bureaucratie incompétente. L'agent Brad M.W. Dexter, sur qui beaucoup de choses reposaient désormais, comptait sur le shérif Henry McNeil. Pour garder Henry, il avait eu l'idée de garder Anna. « Restez avec nous, j'ai besoin de vous, vous serez dédommagée » avait été suffisant pour l'instant. Elle n'avait pas hésité longtemps. La curiosité, la sensation nouvelle pour elle de se sentir utile, l'emporta sur le reste. Quel reste, d'ailleurs ?

Brad vérifia que Henry dormait, grâce à la triple dose de Valium qu'il lui avait fait avaler, croisant dans le rétroviseur le reflet d'Anna. Devant lui, un panneau d'autoroute signala la proximité d'une aire de service. Tous les éléments étaient réunis pour parler à l'autostoppeuse.

64

— Vous désirez ?

— Deux cafés.

— C'est tout ?

— Oui.

— Et moi, qu'est-ce que j'apporte ? enchaîna ironiquement Anna après le départ de la serveuse.

— Vous aimez bien Henry McNeil ?

— Qui est-il exactement ?

— Il est shérif, il est en instance de divorce, et il travaille avec moi sur une affaire compliquée.

— Et vous, vous êtes de la CIA ou du FBI, un truc comme ça.

— Vous ne m'avez pas répondu. Je dois en conclure que votre réponse est positive.

— Henry McNeil est attachant.

— Quelqu'un qui a des ennuis est toujours attachant. C'est toute l'histoire de ma vie, je n'ai jamais d'ennuis.

— On dirait les paroles d'une mauvaise chanson.

— Merci.

— Vous m'avez demandé de venir avec vous pour que j'écoute vos états d'âme ?

Brad n'aimait pas l'agressivité de la jeune Mexicaine, pourtant il avait besoin d'elle.

— J'ai besoin de Henry, dit-il.

— Je n'ai pas l'intention de vous l'enlever.

— Vous vous méprenez. Il n'y a...

— Venez-en au fait, ça facilitera les choses.

— D'accord ! Je suis un agent du FBI, McNeil est shérif et vous êtes une *indocumentada*. D'un simple claquement de doigts, je peux vous renvoyer de l'autre côté du Rio Grande. Voilà pour les présentations, bien que ce ne soit pas le plus important. Henry et moi travaillons sur une affaire qui a fait huit morts, voire plus, jusqu'à aujourd'hui. « Le Mystère de Bel Air », je ne sais pas si vous en avez entendu parler...

Anna avait perdu un peu de son aplomb. Elle hocha la tête de gauche à droite et laissa Brad continuer :

— La priorité est de retrouver une gamine de sept ans et sa baby-sitter, traquées par des tueurs. Est-ce que vous voulez nous aider ?

— Je n'ai aucune expérience policière.

— Vous n'en aurez pas besoin. Il s'agit plutôt de motiver Henry. Comme vous avez pu le constater, il a pas mal de problèmes personnels. Je ne vous sollicite pas pour recoller les morceaux, en revanche si vous pouviez m'aider à lui redonner du goût pour cette mission, vous seriez largement dédommagée.

— Lui redonner du goût pour cette mission ?

— L'idéal serait de lui faire un peu oublier sa femme.

— Vous voulez que je couche avec lui ?

— N'entrons pas dans les détails. Je vous précise juste l'objectif. À vous de décider des moyens.

— Vous dites n'importe quoi.

— Une carte verte, un billet d'avion en première classe pour Los Angeles, un job et mille dollars de pourboire, ça vous aiderait à être plus polie ?

Anna lui décocha un regard qui exprimait l'incrédulité, le mépris et l'adhésion.

Un drôle de regard.

— À Henry, qu'est-ce qu'on dit ?

— La vérité. C'est plus efficace pour mentir. Vous n'avez pas d'emploi et je viens de vous embaucher comme assistante.

— Pour combien de temps ?

— Le temps de l'enquête. Un jour, une semaine. Là, je ne peux rien garantir.

— Je veux plus.

— Plus de temps ?

— Plus d'argent. Dix mille dollars.

— Quoi ?

— Je vous préviens tout de suite, c'est impossible à négocier ! Vous n'avez pas idée de ce que vous me proposez. Alors, soit on en reste là, soit c'est dix mille dollars dont la moitié payable maintenant.

— Vous ne réalisez pas non plus ce que vous exigez.

— Alors, nous sommes tous les deux des amateurs et il vaut mieux ne rien entreprendre ensemble.

— Vous croyez que je peux sortir cinq mille dollars comme ça ? Je ne suis pas banquier, ni politicien. Il va falloir de la paperasserie pour justifier une telle somme.

— Je n'ai pas envie de discuter comme une vendeuse de *bargain shop*, en plus sur le dos d'un pauvre type qui vient de se faire lourder par sa femme.

Anna lui tendit la main dans un nuage de fumée, audessus des deux tasses de café chaud que venait de poser la serveuse.

— En outre, si on continue à discuter, je risque de revenir sur ma décision, qui est parfaitement inconsidérée.

Brad M.W. scella l'accord en s'interrogeant sur ses qualités de négociateur. Allait-il pouvoir tenir son engagement vis-à-vis d'Anna ? Pour l'instant il s'en fichait. Il voulait aller vite et il se souciait plus des actes que de leurs conséquences.

65

Prince s'égosillait sous une pluie violette. Henry ouvrit un œil, puis la bouche :

— Où sommes-nous ?

— À mi-chemin. Je viens de m'arrêter pour prendre un café. Je garde le volant, je crois que c'est plus prudent.

— Heureusement qu'on est coincés sur cette autoroute.

— Pourquoi ?

— J'ai une de ces envies de me saouler !

Henry s'hypnotisa sur les phares de la Pontiac qui caressaient l'asphalte. Si « *Wicked Game* » de Chris Isaak avait remplacé « *Purple Rain* », il aurait eu l'impression de rouler dans un film de David Lynch. Le téléphone portable de Brad se mit à couiner plus fort que Love Symbol.

— Allô ?... Qui ça ?... Ah oui... Il est là ?... Passez-le-moi... J'en ai rien à foutre, mon vieux, je suis à trois cent miles de votre saloon, alors passez-le-moi... Allô ? Oui, je vous écoute... Okay, merci, l'ami... Vous m'y emmènerez demain matin ?... C'est pas un problème, je vous ferai un mot d'excuse... Écoutez, j'ai pas l'habitude de me laisser emmerder ; le barman à grandes oreilles qui est en face de vous le confirmera... Donnez-moi votre adresse, je passerai demain à 6 heures. Henry, prenez de quoi noter ! Okay, allez-y...

Brad dicta une adresse à Henry avant de replier son portable :

— Vous savez comment on va à cet endroit ?

— Ouais.

— J'ai convaincu Charly Manson, le barman du Cactus Bar, d'être mon indic pour qu'il m'informe sur les confidences de sa clientèle.

— Pas bête.

— Il vient de me téléphoner.

— Sans blague ?

— Un de ses clients, Joe Morton, un Peau-Rouge, a vu hier de la fumée près du canyon de Chelly. Il a aussi entendu plusieurs explosions.

— On ne s'ennuie pas dans le désert.

— Il nous y conduira tôt demain matin.

— Super !

— Les explosions ont eu lieu dans le secteur où les deux gamines ont disparu.

— Ça tombe bien.

— C'est bon pour vous, demain à 6 heures ?

— Le pire c'est de ne pas savoir pourquoi elle est partie.

— Qui ?

Brad M.W. dut se rendre à l'évidence que Henry parlait de Helen. Il se félicita d'avoir engagé Anna.

— J'ai beau analyser le problème, je suis largué, à tous les sens du terme, confia Henry.

Brad M.W. fit une tentative :

— J'ai vu un soir à la télé un de ces reality shows dans lequel des couples à la mords-moi-le-nœud viennent étaler leur vie privée devant des millions d'andouilles. Le psy de l'émission avait expliqué pourquoi une bonne femme, qui réclamait le divorce en direct sur le plateau, haïssait tellement son mari qui n'avait rien vu venir. Un peu comme vous, quoi ! Le psy avait parlé du syndrome de l'autocuiseur... D'accord, l'émission était sponsorisée par une marque d'électroménager, n'empêche que l'idée n'était pas con. En fait, chaque individu fonctionne comme un autocuiseur. Dès qu'on se marie, on allume la flamme et on ferme le couvercle. Régulièrement on y enferme les moindres défauts, les peccadilles, les bévues quotidiennes du conjoint...

— Et dans conjoint, il y a joint ! ironisa Henry.

— ... Bon bref ! Au bout d'un certain temps de cuisson, enfin je veux dire de mariage, ces carences de la vie commune remplissent la cocotte qui est sous pression, un peu comme votre femme la veille de son départ. Il suffit d'un match de foot en trop, d'une paire de chaussettes sales qui traîne, d'un mégot sur le tapis, d'une boîte de bière coincée dans le canapé, d'un retard imprévu, et boum ! Ça explose ! Votre femme en avait plein la marmite, elle a pété les joints sans être consciente de ce qui la poussait à éclater. Elle serait d'ailleurs incapable de vous reprocher un truc en particulier. Le vrai problème, c'est dix-sept ans passés à mijoter.

— Et vous conseillez quoi ?

— Moi ? Si j'étais à votre place, je chercherais une autre cocotte à remplir plutôt que d'essayer de recoller les morceaux de celle qui a rompu.

— Facile à dire. Vous êtes marié ?

— Non.

— Une petite amie ?

— Euh, non.

— Des parents ?

— Oui.

— Vous les échangeriez ?

— Je ne vois pas le rapport.

— L'habitude, mon vieux ! Vous avez passé des années avec eux. Pour vous, ils sont irremplaçables. Vous les aimez, pas parce qu'ils sont les meilleurs parents du monde, mais simplement parce qu'ils vous ont familiarisé à leur présence, à leur façon de vivre, à leurs qualités, à leurs défauts. Ça n'a rien à voir avec le véritable amour, puisque vous ne les avez pas choisis. Pourtant, même s'ils sont moins bien que ceux de vos voisins, vous ne les échangeriez pas. Quand vous êtes marié, c'est pareil, sauf qu'en plus vous avez choisi la personne qui vit avec vous. L'habitude, c'est ça qui vous tient. Il est difficile de s'en affranchir.

— Henry, est-ce que je peux compter sur vous ?

— Oui.

— J'ai recruté Anna.

Henry pivota brusquement, surpris de voir la Mexicaine dont il avait oublié l'existence.

— C'est quoi ces conneries ?

— Son aide nous sera précieuse.

— En quoi ?

— Elle parle espagnol, elle connaît le Nouveau-Mexique, elle cherche un job, et j'ai besoin de toutes les bonnes volontés pour résoudre cette affaire le plus vite possible.

— Faites venir du renfort !

— Le FBI est débordé. En plus, il concentre ses efforts sur Los Angeles et tant que nous n'aurons pas identifié cette Eva, ils mettront en doute l'authenticité du carnet. Je vous l'ai déjà dit, nous travaillons sur plusieurs hypothèses simultanément. Les médias en inventent d'ailleurs chaque jour de nouvelles. Pour l'instant, je ne peux m'en remettre qu'à moi-même, alors je recrute sur place.

— Elle n'est...

— Vous préférez que je reste au chômage, shérif ? le coupa-t-elle.

— Peut-être qu'elle ne nous sera pas utile, dit Brad, peut-être que vous non plus ne m'aiderez pas beaucoup. Cependant, je préfère mettre toutes les chances de mon côté. C'est ma méthode personnelle. Vous qui avez de la culture, Henry, vous devez connaître cet écrivain russe qui disait que si un fusil apparaît en première page d'un roman, le coup partira avant la fin. Pour mes collaborateurs c'est pareil. Si je les enrôle, il y a des chances qu'ils aient une fonction à jouer avant l'épilogue.

— Dexter, vous n'êtes pas dans un roman. Vous êtes dans les faits divers !

— Vous appelez ça comment, l'histoire d'un agent fédéral qui perd une demi-journée à conduire un shérif auprès de sa femme qui ne veut plus le voir, alors que le temps presse pour sauver deux gamines qui ont des tueurs à leurs trousses ?

— Vous faites chier, Dexter !

— Je crois surtout qu'on a tous besoin de dormir un peu.

Brad M.W. tourna le bouton chromé de sa radio pour changer de fréquence, s'arrêta sur « *One of the Three* » de James et accéléra.

66

Soixante-six.

« Si vous prévoyez de tracer vers l'ouest, voyagez à ma façon, la meilleure, prenez votre pied sur la route 66... », chantait Bobby Troup.

« *Get your kicks on route sixty six* », donc.

La soixante-six, c'est la mythologie de l'homérique Amérique, la route des pionniers, un ruban gris d'asphalte se déroulant des rouleaux du Pacifique jusqu'à Chicago, sur deux mille cinq cents miles, 55 miles à l'heure, vitesse réglementaire.

La soixante-six, c'est la muse des musiciens, de Woody Guthrie à Trent Reznor, en passant par Lou Reed, Ry Cooder et Bruce Springsteen, c'est le règne de la FM, une ligne directe avec les stations de country susurrant des tranches de vie banales et des confessions de cowboys alcoolisés par des échecs sentimentaux, ballades sur la mort et l'amour, au rythme d'un violon, d'une guitare et surtout d'une voix, profonde comme un canyon et chaude comme le feu d'un bivouac.

La soixante-six fit naître les plus grands espoirs au milieu des grands espaces, de l'exode des *Raisins de la colère* à la révolution beatnik. Elle fit consommer à Jack Kerouac les miles et les mots, transforma l'inspecteur Harry en chanteur country, américanisa Wim Wenders et généra la poésie du bitume, qu'elle soit visionnaire selon Ginsberg ou électrique selon Dylan.

La soixante-six, qui fit noircir les carnets de route de nombreux globe-trotters, est devenue le symbole du road movie où l'on fonce droit devant, rarement pour le meilleur, parfois pour le pire, souvent deux par deux, toujours cheveux au vent, tels Thelma et Louise, Fonda et Hopper, Mickey et Mallory, Sailor et Lula, Julie et Venus. Coulant à travers le désert comme une veine de mercure, fluide et vitale, elle peut prendre aussi l'apparence d'une traînée de poudre. Bip Bip y fut pourchassé par l'indestructible Coyote et Thomas Howell y fut harcelé par le diabolique Hitcher.

Au tout début, la soixante-six c'était Cyrus Avery, Oklahoma, et John Woodruff, Missouri. Deux hommes d'affaires qui parièrent dans les années 1920 sur un nouveau tracé, une artère économique, un axe stratégique qui allait devenir le théâtre d'exodes, de migrations, de mobilisations, de mutations, de convois en tout genre, avant d'y attirer les errances de l'Amérique et ses recherches de paradis perdus.

Les années et le progrès l'ont transformée en itinéraire touristique initiatique et en série télévisée. Peu à peu dévorée par le mythe, effacée sur les cartes, réduite à quelques tronçons, elle a laissé la place aux autoroutes, ces *interstates* à quatre voies qui arborent des chiffres moins éloquents. Dix, quinze, quarante, ça ne sonne pas comme soixante-six

C'est cet axe légendaire qu'Anna, Brad et Henry empruntèrent le soir du 9 juillet. Contrairement à ce que chantait Bobby Troup, ils ne prenaient pas leur pied. Ils regagnaient le Nouveau-Mexique, sur les traces des deux jeunes filles disparues à cet endroit mystérieux où la soixante-six change de nom pour devenir la six cent soixante-six.

67

Brad M.W. avait déposé ses deux partenaires chez McNeil. D'après lui, et pour une raison qui échappait au shérif, son hôtel était complet. Henry avait donc proposé à Anna de l'héberger.

— Faites comme chez vous. Après tout, ce n'est plus vraiment chez moi. Helen ne va pas tarder à en récupérer une bonne partie. Profitez-en. Je vous montre la chambre.

— Je sais où c'est, dit Anna.

— Pardon ?

— Je suis déjà venue.

— Quand ?

— Il y a deux jours.

— Quoi ?

— En fait nous nous sommes rencontrés avant-hier dans un bar d'Albuquerque. Vous étiez ivre, alors forcément, vous ne devez pas vous souvenir de grand-chose.

— J'étais certain de vous avoir déjà vue ! C'est vous qui m'avez raccompagné ?

— Oui.

— Pourquoi ?

— C'est une longue histoire... Je venais du Mexique rejoindre un ami qui avait obtenu du travail. Mais il a oublié notre rendez-vous. Alors j'ai fait du stop pour tenter ma chance ailleurs. Vous étiez sur ma route, vous aviez un véhicule, vous étiez incapable de le conduire. D'abord, nous avons cherché vos papiers...

— Nous ?

— Il y avait Joe, le patron du Rio Grande Saloon. Il a trouvé votre adresse et a dit que c'était trop loin, que le mieux était de vous déposer à la police. Vous avez alors parlé de votre voiture accidentée. J'ai eu l'idée de vous ramener chez vous. Ça vous faisait gagner du temps et moi des miles.

— Et si j'avais dû rester à Albuquerque ?

— C'était un risque à courir. De toute façon, je n'avais pas l'intention de vous laisser ma carte de visite.

— Que je récapitule : vous m'avez rencontré il y a deux jours à Albuquerque, vous m'avez transporté jusqu'à Gallup, vous avez fait la connaissance de Dexter le lendemain, vous nous avez croisés le surlendemain tous les deux aux environs de Flagstaff ? C'est ça ?

— Si Dexter n'avait pas stoppé, vous ne m'auriez jamais revue.

— C'est quand même un peu fort comme hasard.

— Pourquoi le hasard n'aurait-il pas le droit d'être fort, comme un café italien ? Cela porte un nom d'ailleurs.

— Un espresso.

— Non, je parlais des contingences. Vous ne croyez pas aux contingences, shérif ? Pourtant, dans votre métier...

Henry savait en effet qu'il était né dans le monde d'Auster, peuplé de solitudes et régi par ces fameuses contingences. L'existence ne se déroule pas en ligne droite, comme auraient tendance à nous le faire croire ces autoroutes qui quadrillent le pays comme une grille de mots croisés. Chaque individu est ballotté sur une voie à sens unique tracée comme un zigzag où les accidents n'arrivent pas seulement aux autres ! Henry avait perdu sa femme et un peu plus loin, il avait rencontré cette auto-stoppeuse. Providence, coïncidence ou manigance ?

La présence d'Anna détonnait avec ce qu'il avait à lui offrir. Elle le suivit jusqu'à son lit dont il devait changer les draps. En proie à une vive accélération cardiaque, à des picotements et à la moiteur suspecte de ses paumes, Henry préférait se taire de peur de bégayer. Sa vie sexuelle étant limitée à sa vie conjugale, il était troublé par cette inconnue dans sa chambre qui méritait plus sa place sur un plateau hollywoodien. Intérieur, nuit. Très gros plan sur les yeux marron d'Anna exprimant qu'elle avait décelé sa gêne. Zoom arrière, suivi d'un travelling jusqu'au plan moyen de la Mexicaine.

— Je crois qu'on va bien ensemble, énonça-t-elle en glissant un oreiller dans sa taie.

— C'est-à-dire ?

— C'est comme un oreiller avec une taie. Ils sont complémentaires, l'un avec l'autre.

— L'un dans l'autre ! rectifia-t-il.

Son désir montait chaque fois qu'il devinait les courbes parfaites d'Anna sous la robe jaune qu'elle portait encore. Il se remarquait sur son visage comme un feu rouge à un carrefour.

— On s'est mal compris, Henry. Quand j'affirmais qu'on allait bien ensemble, c'était d'un point de vue professionnel. Je ne vous drague pas, soyez tranquille.

— Me voilà rassuré.

À son tour, Anna était embarrassée. Henry en profita pour déverser une longue tirade, comme si jusqu'à présent il avait retenu ses mots :

— Ça ne sert à rien de tergiverser, on ne va pas se jouer la comédie. Sachez seulement que je méprise ces aphrodites qui utilisent la beauté pour de l'argent. Tous ces mannequins ou ces fausses actrices qui posent dans les magazines et prennent la parole pour ne rien dire ont tellement fait de tort aux femmes intelligentes qu'on a fini par croire que le Q.I. était réservé aux boudins. Grâce à vous, il s'avère que tout n'est pas perdu pour elles… Ouf ! C'est sorti, j'ai balancé ce que j'avais sur le cœur.

— Présenté comme ça, on confondrait presque votre compliment avec une insulte.

— Je m'y prends mal avec les femmes, y compris avec la mienne.

— Il n'y a pas de méthode.

— C'est bien le problème ! Avouez que pour communiquer je suis nul. Même là, je ne parviens pas à être clair. Je m'évertue à manifester mon attirance pour vous. Vous êtes belle, Anna ! Vous voudriez coucher avec moi, je n'irais pas me barricader dans la pièce à côté ! Helen est partie et je me retrouve avec vous. Sincèrement je ne vois pas en quoi je suis perdant.

Trahissant la confiance que le shérif semblait avoir en elle, Anna savoura amèrement sa victoire facile. Elle avait rempli son contrat avec le FBI : le shérif McNeil avait déjà oublié son épouse. Il semblait en revanche avoir transféré son obsession sur elle, qui devait veiller à ne pas trop s'engager.

— Je crois qu'on a des heures de sommeil à rattraper, dit-elle.

— Bonne nuit, Anna. Si vous avez besoin de quoi que ce soit, je suis dans le salon.

— Merci pour tout, Henry.

Elle se glissa dans la salle de bains. Il s'écroula sur le canapé.

68

Henry fit un cauchemar. Vêtu de sa panoplie de cowboy, son neveu John vidait ses revolvers sur lui. À court de munitions, le gamin lâcha ses deux six-coups et déguerpit en dodelinant comme un pantin mécanique. Une grosse clé était enfoncée dans son dos. Le colonel Roberto Del Montanino, engoncé dans son uniforme et caché derrière des lunettes noires, lui laboura les cheveux avec sa dextre tremblante, avant de marcher vers le divan, sommant Henry de laisser Helen tranquille. Paul, qui portait un bandeau sur l'œil, venait de faire irruption dans la chambre où dormait Anna, l'obligeant à s'habiller et à quitter les lieux au plus vite. La Mexicaine en robe jaune monta dans une Corvette de couleur identique, et s'échappa en quatrième vitesse sous la menace de Paul qui souriait narquoisement avec une langue de belle-mère plantée dans son rictus. C'est à ce moment que Brad M.W. Dexter surgit dans le salon en tirant sur un Roberto écarlate qui répandait son venin et sa chevrotine. En voyant son mari s'écrouler sous l'impact des balles fédérales, Lady Capulet déclama en levant les bras : « Mon Dieu ! Ce spectacle funèbre est le glas qui appelle ma vieillesse au sépulcre. » Paul sauta par la fenêtre sans l'ouvrir et Anna réapparut aux côtés de Brad pour aller se réfugier dans les bras de Henry. Un ange rose et grassouillet vola au-dessus d'eux, décochant au passage, de son arc scintillant, une saucisse qui fusa dans leur direction.

Henry se réveilla sur le tapis, soucieux de reconstituer la logique de son rêve abracadabrant qui révélait une certaine confusion entre Helen et Anna. En revanche, nul besoin de l'interprétation freudienne d'un psy à cent cinquante dollars la séance pour savoir ce que symbolisait la saucisse.

Il frotta sa hanche douloureuse, se leva en s'appuyant sur une chaise renversée et alla se soulager.

Une force l'attirait vers sa chambre. Le prétexte de son cauchemar et l'inquiétude légitime qu'il avait suscitée lui donna un motif suffisant pour pousser la porte muette : le travail des gonds n'émit aucun grincement, le bâillement du ventail ne céda la place à aucun bruit nocturne, aucune respiration. Les rayons de lune, filtrés par les persiennes, remplissaient l'espace d'un éclairage bleuté et métallique. Henry s'avança vers le lit. Anna dormait sur le ventre, son dos nu était découvert. Il approcha son visage pour la respirer. Un trait de lumière opaline butait contre une mèche de cheveux noirs qui ombrait sa joue lisse d'une cicatrice. Il effleura ses lèvres. Une haleine fraîche. La femme parfaite, si ce n'était cette balafre éphémère qui s'effacerait de toute façon avec la nuit. Il voulut couvrir ses épaules, mais au lieu de rabattre le drap qu'il venait de saisir, il se surprit en train de dévoiler lentement, discrètement, insidieusement, les fesses d'une déesse qui lui étaient défendues. Il découvrait ce voluptueux relief galbé, drapé à l'image d'une Vénus de Milo, lorsque Anna se retourna dans un long soupir. Henry laissa aussitôt retomber le drap sur le corps callipyge. Il s'estima ridicule, réalisant soudain que son attitude était celle d'un gamin de dix ans. Il se compara au petit John, ce qui acheva de le convaincre qu'il était stupide et qu'il était temps de s'éclipser discrètement.

De retour sur son canapé, il tenta de dissiper sa frustration et son érection en éructant les bulles d'un Pepsi Max, et fouilla la poche de sa veste dans laquelle il se souvenait avoir enfoui une Camel. Il en sortit une cigarette coudée, la redressa, l'alluma et la fuma jusqu'au filtre en languissant après le sommeil. Son esprit naviguait d'un sujet à l'autre, sans que sa conscience eût besoin d'intervenir. Pour la première fois depuis qu'il avait quitté Los Angeles, il se concentra sur son job, médita sur Venus, Eva, les tueurs.

69

Le vent fouettait mollement les ourlets des pantalons et la paire d'escarpins rassemblés autour de l'excavation. Les hommes du shérif McNeil inspectaient les environs.

— Récapitulons, dit Brad M.W. à Joe Morton qui s'impatientait.

Joe Morton était Navajo et organisait des visites guidées à cheval dans le canyon de Chelly. Autant dire que pendant l'été, il était débordé et que la balade non rémunérée improvisée par l'agent du FBI dilapidait son temps et son argent. Il regrettait amèrement de s'être confié la veille au barman du Cactus Bar.

— Je vous ai déjà répété trois fois la même chose.

— Deux fois seulement, précisa Anna férue de sémantique et soucieuse du sens de « répéter ».

Elle avait bien dormi. Le lit confortable du shérif, une douche fraîche et une mission à remplir lui donnaient l'occasion de voir la vie sous un autre angle. Elle avait enfilé un tailleur gris anthracite assorti à des escarpins que Henry avait sortis de l'armoire de Helen. Le tailleur la serrait aux hanches et à la poitrine, les chaussures lui torturaient les pieds, néanmoins c'était la tenue idoine pour endosser le rôle de la collaboratrice de l'agent Brad M.W. Dexter.

— Il y a deux jours, vous avez entendu une série de détonations et aperçu un filet de fumée s'échapper de cet endroit, c'est ça ? insista Brad.

— Ouais, à une différence près. La fumée, je l'ai vue avant la détonation, au moins deux heures avant.

— Je vous remercie, monsieur Morton, vous pouvez disposer… Qu'est-ce que vous en déduisez, Henry ?

Henry avait besoin d'un café. La journée avait démarré sur les chapeaux de roue, comme tous les matins depuis l'arrivée de Dexter dans la région. L'agent du FBI avait débarqué à 5 heures chez lui et avait accordé à ses deux partenaires seulement cinq minutes pour se préparer. Dans la voiture, le shérif avait voulu raconter son cauchemar à Anna. Celle-ci lui avait avoué d'emblée qu'elle n'aimait pas écouter les rêves des autres. À 6 heures, le trio frappait chez Joe Morton dont l'habitation était préfabriquée, le café alcoolisé et l'humeur mauvaise. À 6 h 29, ils grimpaient le sentier en direction de la falaise percée. Henry avait aussitôt mobilisé ses hommes. Dexter avait anticipé leur découverte en sollicitant la veille une assistance technologique et humaine. Un hélicoptère du FBI était attendu dans la matinée.

— Difficile d'accorder du crédit à un type qui boit de la tequila au petit déjeuner, déclara Henry pour se débarrasser de la question que Brad venait de lui poser.

La cavité devant eux était bourrée de cailloux. Cela confirmait la thèse des explosions.

— Vous croyez qu'il y a des gens là-dessous ? s'inquiéta Anna.

— Si on exhume quelque chose, ce sera pas beau à voir, précisa Henry inutilement.

— On est tout près de l'endroit où la camionnette et les trois cadavres ont été retrouvés. Il est probable que les filles se soient réfugiées ici, dit Brad M.W.

— Elles seraient enterrées là-dedans depuis trois jours ?

— Anna, cessez de nous poser des questions dont nous n'avons manifestement pas la réponse, s'énerva légèrement l'agent Dexter.

Un suppléant héla le groupe rassemblé en haut de la falaise. Il agitait les bras en contrebas, devant l'entrée d'une grotte. Brad et Henry le rejoignirent, suivis par Anna qui dansait sur ses talons hauts.

Le policier venait de découvrir une immense bâche en nylon multicolore enduite de polyuréthanne, pliée au fond de la caverne.

— C'est une montgolfière, ou du moins ce qu'il en reste ! assura-t-il d'un ton péremptoire exprimant toute la perspicacité requise pour en arriver à cette conclusion.

— Qu'est-ce que ça fabrique ici ? s'étonna Henry.

Brad M.W. enleva ses Ray-Ban, qu'il avait récupérées la veille dans le tiroir de sa table de chevet.

— Mike Shaw, l'un des jeunes qui s'est fait tuer, organisait des sauts à l'élastique à partir d'un ballon dirigeable.

Il reposa les lunettes sur son nez, s'accroupit et dessina sur le sable un cercle grossier à l'intérieur duquel il traça trois croix.

— Nous sommes dans un périmètre qui comprend le lieu de l'accident du pick-up, la montgolfière et les explosions. À mon avis, on brûle...

Le vrombissement d'un hélicoptère au-dessus d'eux interrompit sa démonstration. Après avoir décrit lui aussi un cercle, l'appareil se posa rapidement dans une tempête d'où s'échappèrent des hommes courbés portant de grosses valises. Brad M.W. les guida sur le sentier.

Au bout d'une heure, une sorte de pieuvre métallique était scellée au-dessus du puits bouché. Au sommet du Meccano, un long câble téléguidé semi-rigide au bout duquel était fixé un foret se déroulait à la verticale. Le câble était relié à un moniteur devant lequel un opérateur coiffé d'écouteurs pianotait sur un clavier.

— Qu'est-ce que c'est ? demanda Henry à son partenaire du FBI.

— À l'intérieur du foret il y a des capteurs sensoriels et une micro caméra à infrarouges. On va fouiller la roche avec ça, un peu comme le chirurgien sonde la vessie de son patient. À la différence que nous avons le son en plus. S'il y a du monde sous nos semelles, on le saura bientôt.

La foreuse imita le bruit de la fraise d'un dentiste et se faufila entre les cailloux. Le moniteur était zébré de parasites. Au bout d'une demi-heure qui parut d'autant plus longue que le soleil ralentissait les efforts, l'opérateur se retourna vers Brad :

— On a capté quelque chose ! J'ouvre le foret et j'allume la caméra.

L'écran devint flou avant de se stabiliser. La définition de l'image ressemblait à celle d'une échographie. La comparaison s'arrêtait là, car à la place d'un bébé, c'était une fillette de sept ans, une adolescente de dix-neuf ans et un jeune homme de vingt ans que l'on cherchait.

L'opérateur régla la chrominance, posa son doigt sur une tache qui, pour le profane, suggérait un test de Rorschach et commenta :

— On dirait du sang !

Avec un peu d'imagination et surtout grâce aux indications du technicien, l'imagerie dévoilait ses secrets :

— … quelques centimètres de circonférence… on dirait un bras qui a été sectionné, le bras d'un enfant… Je vais le longer…

La foreuse se remit en marche, puis s'arrêta. Perça. S'arrêta. Perça. S'arrêta. Un œil sans paupière apparut à l'écran.

— Un serpent ! Coupé en deux ! Fausse alerte, je continue.

Il apprécia sur sa nuque un léger courant d'air frais que l'équipe derrière lui venait de pousser dans un long soupir de soulagement.

Les parasols imprimés aux couleurs du FBI retenaient les rayons du soleil, pas les degrés. Plus de quarante à l'ombre. Deux heures supplémentaires passèrent sans que les capteurs distinguent un signe de vie. La roche dédaléenne ne voulait pas révéler son secret. Plus le soleil montait dans le ciel, plus la foreuse descendait dans le sol. Henry avait fait livrer des sandwiches et des boissons pour une quinzaine de personnes. Au cours de la matinée, il avait eu un passage à vide. L'inactivité l'avait ramené à Helen. Brad, qui s'en était vite aperçu, en avait avisé Anna, avant de se coller un téléphone à l'oreille pour glaner des informations. Anna s'était déchaussée et avait dégrafé le chemisier blanc qui l'oppressait. Elle se sentait inutile.

L'anxiété avait peu à peu cédé du terrain à la lassitude. L'espoir au doute. La chaleur à la fournaise. Henry en était à sa cinquième cigarette. Le suppléant qui faisait office de buraliste bénévole avait fini par lui laisser son paquet de Winston. On pouvait en tirer la conclusion que le shérif McNeil s'était définitivement remis à fumer.

Vers 14 heures, Brad M.W. éleva la voix. Sans décoller son portable, il fit signe à Henry d'approcher.

— On vient de serrer La Furie. On l'a coincée à El Paso, une grenade dans la main et la bite d'un routier dans l'autre. Elle a été sérieusement blessée mais elle va vivre. On en saura un peu plus sur elle quand les chirurgiens l'auront remise en état. A priori, elle n'a rien à voir avec l'affaire Kleinfeld... Allô ! Rien, vous en êtes sûr ? Merde... ils ont pressé le carnet d'Eva comme un citron, sans succès.

— Il n'y a rien d'autre à en tirer que ce que nous savons déjà. Vous prêtez à cette Eva des intentions qui la dépassent.

— Je suis persuadé que ce calepin contient un message codé qui nous est destiné.

— Vous avez vu trop de films d'espionnage !

— Je vous rappelle plus tard.

Brad M.W. fit claquer son téléphone et se jeta dans une démonstration attestant que la principale de ses qualités résidait dans sa capacité à endosser la personnalité des autres :

— C'est la Française qui a vu trop de films ! Mettez-vous à sa place deux secondes. Elle est suivie par des salauds. Elle n'arrive pas à joindre la police, pour une raison qu'on ignore. Alors, elle rédige ce putain de journal. Pourquoi ? Par habitude, cette fameuse habitude qui vous colle à la peau, comme celle qui vous pousse à vous cramponner à votre femme après dix-sept ans de mariage. L'adolescente est du genre à se confesser par écrit pour pimenter son quotidien, à noter le déroulement de son premier flirt, à faire des arrondis et des déliés de ses sentiments intimes, protégés par un minuscule cadenas derrière lequel ses secrets sont bien gardés. Quand un jour des tueurs débarquent dans sa vie, elle ne va pas choisir ce moment-là pour abandonner la plume. Elle veut témoigner, ne rien oublier, pour raconter plus tard avec précision. Obsédée par ce carnet auquel elle se reporte systématiquement et qui prend de l'importance au fil des heures, elle réalise qu'il peut aussi servir de balise. Elle veut lancer un SOS, nous indiquer sa position sur ces pages qu'elle va abandonner volontairement pour que nous les lisions. Or, le message qu'elle nous destine ne doit pas être découvert par les tueurs, on ne sait jamais ! Elle imagine ainsi un code indéchiffrable, sauf par des professionnels comme nous…

— Un code tellement indéchiffrable que personne ne peut le décrypter. À mon avis…

— Peu importe votre avis ou même le mien ! Ce qui compte, c'est celui d'Eva.

— Tout ce qu'on sait, c'est que si les deux filles ne sont pas enterrées sous ces pierres, elles sont quelque part entre ici et Santa Fe.

— Ça fait 250 miles.

— Vous avez rappelé le grand-père de Venus ?

— Ouais, j'ai réussi à le joindre. Il n'a pas reçu d'autre coup de fil de sa petite-fille. À part ça, il confirme ce qu'on sait déjà : qu'il a appelé la police pour qu'on les intercepte sur la route de Flagstaff. Malheureusement, les assassins ont été plus rapides. Ils sont bien lotis, entre les fonctionnaires de la police et la jeunesse de leurs victimes… Pour en finir avec le sujet, c'est un type pas commode ce Zach Halloway. Il a menacé de s'occuper de moi s'il arrivait quoi que ce soit à Venus. Je lui ai recommandé de ne pas bouger de son téléphone au cas où elle rappellerait. Et de votre côté, qu'est-ce que ça donne ?

— Rien ! Tous mes suppléants sont sur la brèche. Pour ratisser le comté, c'est insuffisant. Il nous faudrait un sacré coup de main ou un sacré coup de bol.

— Une main ! s'écria l'opérateur.

Cette fois, l'image était sans ambiguïté : cinq doigts ! Le groupe clairsemé se rassembla.

— Qui est-ce ? demanda Henry.

— Impossible d'analyser les empreintes. Les doigts sont abîmés. Je vais les contourner pour remonter jusqu'au visage. Ça va aller vite, je suis dans une fissure.

PCHHHHTTT !

Le bruit d'une canette de Coca-Cola fit sursauter tout le monde. Un employé du FBI s'excusa immédiatement devant tous les airs courroucés.

— C'est un homme ! s'exclama Brad M.W. au terme d'un long travelling avant.

— Il est mort. Il n'émet aucune chaleur.

— C'est sûrement Treat Adamson, dit Brad. Continuez à percer. Les filles ne doivent pas être très loin.

L'attention et la tension étaient revenues à leur maximum. Les minutes filèrent sans que la caméra décèle rien de plus que du grès. La transpiration dégoulinait sur les joues de l'opérateur, comme si ses écouteurs étaient en train de fondre. La chemise Arrow de Brad était auréolée sous les bras et dans le dos. Anna avait redescendu le sentier pour se réfugier dans la fraîcheur de la caverne. Quant à Henry, il semblait à l'aise sous son Stetson, malgré l'absence de nouvelles de la part de ses adjoints qu'il avait envoyés sillonner les routes en direction de Santa Fe et de la part de Ben qui concentrait ses efforts sur la réserve navajo.

— J'en ai plein le cul, on crève ici !

Celui qui venait de se confier à qui voulait l'entendre était un porte-valises baraqué du FBI à petite tête. Il était en train de se liquéfier à tel point qu'en fin de journée son corps serait probablement redevenu proportionné à son crâne. Henry ne put s'empêcher de relever :

— Contrairement à ceux qui sont là-dessous, vous n'êtes pas en train de crever. Cela ne vous paraît pas évident ?

Le type haussa les épaules en s'épongeant un demi-litre de sueur sur le front.

— Microcéphale ! jeta Henry sans appréhension, persuadé que le musclé ne saisirait pas l'insulte.

Après s'être exprimé, il s'assura qu'à l'écran rien de significatif ne l'empêchait de faire une pause. Son esprit libéré, il alla rejoindre Anna dans la grotte. Elle était allongée sur l'immense pièce à conviction en nylon multicolore.

— Vous dormez ?

Elle croisa les jambes car sa jupe était courte et s'appuya sur les coudes pour répondre à l'intrus.

— Négative, votre incursion.

— Pourquoi ?

— Parce qu'on ne peut jamais l'accueillir par une approbation.

— Dexter me pose la question chaque matin depuis qu'il est dans le coin.

— Cela fait partie de ces agressions du genre « Vous êtes sourd ? » ou « Vous êtes mort ? »

— Vous êtes étrange.

— Étrange ou étrangère ?

— Je ne vous cerne pas. Parfois, je vous sens proche. À d'autres moments, plutôt...

— Distante ?

— Non, ce n'est pas le mot. Hostile serait plus exact.

— Hostile ?

— Ce n'est qu'une impression. Je n'arrive pas à me faire une opinion sur vous comme sur Brad par exemple.

— Brad ? Vous me faites rire. Dès qu'on le voit, on a tout compris.

— Et sur moi, vous avez tout compris ?

— À peu près. Excepté deux choses : ce qui vous a poussé à devenir shérif et pourquoi votre voiture sentait si mauvais.

Henry sourit face à la lumière qui faisait un demi-cercle au seuil de l'antre. Il retira de sa poche le paquet de Winston qu'il s'était approprié et le présenta ouvert à Anna.

— Il ne vous en reste qu'une, avertit-elle.

— Prenez-la, j'en ferai pas une maladie.

Face à la proposition presque devenue une injonction, Anna accepta. Il craqua une allumette en se laissant hypnotiser par la flamme grésillante. À son contact, la cigarette fit naître un nuage gris qui s'échappa vers la lumière, poussé par l'haleine fraîche de la caverne. Cette image s'illumina dans l'esprit de Henry, éclairant son investigation sous un angle nouveau : et si la fumée remarquée par Joe Morton avait été un signal envoyé par les deux filles du fond de leur trou ?

— Alors ? demanda Anna.

— Alors quoi ?

— Comment êtes-vous devenu shérif ?

— C'est une longue histoire.

— Faites-moi un résumé.

— Il y a six ans, j'ai perdu mon fils Brian. Assassiné à la sortie de l'école. Il avait onze ans. Après sa mort, j'ai quitté mon poste de prof de droit à l'université pour entrer dans la police de Los Angeles…

— Dans la police ?

— Je voulais exécuter la justice moi-même, plutôt que d'en enseigner les règles. J'espérais surtout coincer les assassins de mon fils qui n'ont jamais été identifiés. J'ai tenu six mois. Avec Helen nous avons alors décidé de nous exiler ici, au Nouveau-Mexique. J'ai accepté un peu tous les boulots. J'ai été facteur. Un matin que je distribuais le courrier, j'ai arrêté un type qui venait de voler le sac d'une personne âgée. C'est comme ça que je suis devenu shérif. Celui que nous avions dans le comté était bedonnant, grincheux, alcoolique et la vieille femme qui avait récupéré son sac était très influente. Je me suis présenté. Avec Helen, nous avons mené une campagne efficace, au porte-à-porte. Nous représentions la jeunesse, la modernité, l'avenir, le dynamisme. Elle était un excellent porte-parole et mon métier m'avait fait connaître de pas mal de monde…

— Ça vous plaît ?

— Au début, je me suis pris au jeu. Puis, le temps a passé. En fait, mon problème, c'est que je n'estime pas les gens. Vous avez lu *Le Misanthrope* de Molière ?

— Le quoi ?

— *Le Misanthrope,* une pièce du plus grand auteur français du XVIIe siècle. J'ai des points communs avec le personnage d'Alceste. Il aime une femme, se croit aimé d'elle et quand il finit par découvrir qu'elle n'est pas faite pour lui, il est incapable de raisonner sa passion pour elle.

— Raisonner sa passion ? Par définition, c'est impossible.

— À moins d'être la proie d'un nouveau coup de foudre, plus violent, qui anéantira le premier.

— C'est comme ça qu'il s'en sort Al ?

— Non. Il aura la force de rompre, de renoncer à un monde auquel il n'était pas vraiment adapté.

— Ça devrait être encourageant pour vous, je veux dire par rapport à votre femme.

— Ce n'est qu'une pièce de théâtre.

— Comment un shérif américain du XXe siècle peut-il connaître un auteur français du XVIIe ?

— J'ai choisi des études de lettres, jusqu'au jour où j'ai réalisé que, dans ce pays, les gens qui ne connaissent rien en droit ne peuvent pas s'en sortir. Néanmoins, avant de me pencher sur les textes de loi, j'ai découvert pas mal d'écrivains.

— Ils écrivent bien, les Français ?

— Certains mieux que d'autres. Des auteurs comme Molière, Flaubert, Proust, Camus, qui a reçu le prix Nobel, sont des auteurs universels, planétaires, incontournables. Le seul point noir dans la littérature française, ce sont les donneurs de leçons. Des types du style de Sartre me crispent, capables de passer quelques jours ici pour repartir avec des valises pleines de critiques sur la société américaine. Cependant, il y a des écrivains vraiment exceptionnels. Vous en connaissez ?

— Non. Vous savez au Mexique... Cela aurait été mon rêve d'être cultivée.

— Il n'est pas trop tard.

— Tout dépend du milieu dans lequel vous naissez. Cultiver son esprit, ça s'apprend, comme on apprend à cultiver la terre.

— Je peux vous l'enseigner. Vous verrez que dans la mesure où l'on peut faire les deux, nourrir son esprit apporte plus de satisfactions que nourrir son estomac.

— Dans un cas vous avez une chaire, dans l'autre vous finissez aux toilettes.

— Votre sens de la réplique est désarmant.

— Avez-vous déjà tué, shérif ?

Henry s'étonna de l'hiatus.

— Le seul mort à mon actif est un pit-bull qui pourchassait un gosse. Ce jour-là, j'aurais presque flingué son maître en prime. Malgré tout, en portant une arme je m'étais promis de ne pas laisser mon irascibilité commander la gâchette. Alors je me suis contenté d'enfermer le propriétaire du chien derrière les barreaux pendant une nuit. Ça m'a causé pas mal d'ennuis.

— Je crois que vous n'êtes pas fait pour ce métier.

— Vous ne croyez pas si bien croire !

— Vous ne vous représenterez pas ?

— De toute façon, je ne serais pas réélu. Je n'ai pas vraiment déployé la démagogie suffisante pour m'accorder les nouvelles faveurs de la population du comté.

— Vous allez faire quoi ?

— Aucune idée. Je ne sais pas si je vais finir mon mandat. Pour l'instant je m'accroche à un objectif : retrouver les deux fugitives.

— Vous y arriverez ?

— J'ai peut-être une piste. Il faut d'ailleurs que j'en parle à Dexter. Vous venez ?

— Je vous rejoins dans quelques minutes.

Henry se leva et fondit dans le contre-jour aveuglant, Anna était satisfaite. Elle avait réussi à le faire parler de manière à ce qu'il ne lui posât aucune question embarrassante. Elle s'étira, imagina ce qu'elle allait faire des dix mille dollars facilement gagnés et se rendormit dans la fraîcheur de la grotte.

70

Allongée sur un sol de terre durcie, Julie planait. Près d'elle, des bûches incandescentes lâchaient un chétif filet de fumée fuyant par une ouverture dans le toit arrondi. Elle était entourée de roseaux plantés dans le sol et de murs de rondins scellés par de la boue séchée.

« Dans l'harmonie, je me rétablis. Dans l'harmonie, la paix m'envahit. Dans l'harmonie, mes membres se raniment. Dans l'harmonie, ma tête devient légère. »

Ces paroles revenaient sans cesse à la surface de son esprit troublé, comme une carpe goulue remonte à la surface d'une mare pour y gober sa nourriture ; elles avaient supplanté ses maux et traduisaient une santé recouvrée.

Ses idées étaient claires. Ses visions étaient belles. Elle avait bu le calice jusqu'à la lie, calice qui s'était mué en sépale autour d'un bouton floral d'où avaient fusé un androcée et un gynécée aux allures de feu de Bengale. Les retombées de ces illuminations pyrotechniques s'étaient figées en corolle faisant éclore une fleur fardée de mille couleurs, parfumée de mille senteurs, vibrant de mille tintements. Une fleur si rare que personne n'avait jamais pu la cueillir et si riche qu'elle pouvait se multiplier à l'infini comme sur une immense toile d'Andy Warhol, sans parvenir à engendrer l'indifférence. Le chemin à parcourir était long pour mériter de l'entrevoir ne serait-ce qu'une seconde, générique fugitif d'une série de rituels restitués avec une telle foi qu'il fallait vivre ce déferlement d'images, d'odeurs et de sons comme une expérience réelle, une reconstitution de la vie dans toute son harmonie. Se souvenir de chaque détail n'en était que plus facile. Pourtant, elle n'avait pas été consciente tout de suite qu'elle était au centre d'une cérémonie et qu'elle servait de réceptacle à ce que les Indiens Navajos appellent une guérison.

Au tout début, elle avait posé sa bague en or, qu'elle tenait de sa mère, au centre d'une corbeille en osier. Une femme très âgée, dont la peau flétrie ne ternissait en rien l'éclat du regard, s'était approchée d'elle en parlant une langue étrange ; le bras droit de la vieille Indienne avait été pris de tremblements frénétiques et désordonnés. Ensuite, deux mains ridées s'étaient posées sur elle, faisant naître une sensation qui contrastait avec la violence de l'acte précédent. Un Indien au visage rond, aux yeux rieurs, au front ceint d'un bandana couronnant de longs cheveux noirs, avait projeté des pincées de poudre jaune sur les poutres de la cabane.

Elle avait bu des potions émétiques, âcres et âpres, avait ruisselé de sueur dans la vapeur d'un sauna avant de vomir toute sa bile. Elle avait été intégralement lavée par des mains délicates, massée aux tempes par des doigts experts, emmaillotée comme un nouveau-né dans un tressage de feuillage, bercée par d'incessantes mélopées. La voix familière d'un enfant qui se faisait l'écho d'un timbre plus grave, plus profond, sécurisant bien qu'abstrus, avait narré la naissance du Dineh et les tribulations d'Êtres sacrés.

Du sable blanc avait été répandu. Sur ce tapis immaculé, l'Indien avait réalisé des peintures avec la précision d'un fresquiste de la Renaissance italienne couplée à l'automatisme d'une machine issue de la robotique japonaise, laissant s'écouler entre le pouce et l'index une fine quantité de poudre colorée qui se transformait en lignes nettes, faisceaux, cercles, rectangles, ovales, bleu turquoise, jaune orangé, blancs, noirs, empruntés à la nature. Rapidement étaient apparus des arcs-en-ciel protecteurs, des serpents anguleux, des éclairs en forme de manivelles, des plantes sacrées, des personnages mythiques, des Dieux arroseurs, des Dieux noirs. L'*hataalii* dosait ses couleurs, travaillait son trait, comme si l'emprisonnement du mal et la venue des Êtres sacrés dans le dessin dépendaient de la perfection de sa réalisation fidèle aux modèles ancestraux gravés dans sa mémoire intacte. Il scandait son exécution par des chants et des prières, doublé par la voix enfantine qui en révélait le sens.

Était-ce dû à sa compréhension d'un rituel destiné à lui donner la force de combattre la douleur ? À un lien presque familial qui s'était créé avec cet Indien qui passait des heures à ses côtés ? Ou bien à sa volonté de guérir ? Elle avait fini par s'identifier aux puissances peintes avec la dextérité d'une main filtrant le sable fin, à ces objets devenus sujets de tableaux évocateurs. Elle s'était assise au centre de l'un deux, face à la porte, occupant la place du Héros qui autrefois avait reçu une cérémonie identique. Une potion à base de poudre colorée avait coulé dans sa gorge tandis que les pigments soustraits au personnage peint avaient été appliqués sur les parties correspondantes de son propre corps. L'identification allait jusqu'à ce qu'elle se métamorphose en un élément du tableau. Elle avait reçu les pouvoirs transcendants de la figure arénacée. Elle les avait sentis. À force d'application, de contention, d'attention aux prières de l'Indien, elle était parvenue à oublier les sources de ses souffrances, dépassant la réalité pour pénétrer le monde des esprits, devenant elle-même un esprit.

Le dénouement de la remise en harmonie de tout son être avait été marqué par un progressif retour à sa forme terrestre, libérée de tout vice. Les toiles éphémères avaient été effacées. Les sables colorés imprégnés par le mal avaient été jetés aux quatre vents.

« Dans l'harmonie, je me rétablis. Dans l'harmonie, la paix m'envahit. Dans l'harmonie, mes membres se raniment. Dans l'harmonie, ma tête devient légère. »

L'Indien à la voix d'enfant avait parlé d'*hozho*.

Elle avait assimilé une chose, confirmant ses visions initiatrices face au Grand Canyon ou au canyon de Chelly : que la beauté ne relève pas des sens mais du comportement.

71

Seule dans la cabane, elle ne mesurait pas la vitesse à laquelle les heures s'écoulaient. Son estimation temporelle n'était que relative, soumise à des points de repère qu'elle avait perdus dans la pénombre de cette pièce uniquement animée par la danse syncopée des flammes orange projetant leurs ombres noires sur les murs de rondins. Le spectacle millénaire du feu la fascinait. Julie était si bien qu'elle voulait rester là. Son esprit libéré s'élevait, tournoyait, planait, vrillait, pointait, remontait, comme un oiseau libéré de sa cage.

Comme tous ceux qui s'engourdissent dans un confort ouaté et languissant, elle voulut s'aventurer au-delà de ce qui lui était permis, au bord du gouffre, profond et sombre, de l'origine du mal. Contre vents et marées, elle remonta le temps dans sa mémoire, aux confins de la folie, juste avant qu'elle ne soit entrée dans ce hogan.

Un hogan. Elle venait d'utiliser ce mot machinalement, comme si elle l'avait connu depuis longtemps. En fait, elle l'avait entendu au cours des récits de la cérémonie orchestrée par le *hataalii.* Une autre personne avait prononcé ce mot auparavant. Bob Miller. Elle revit la tour d'échecs où Wilmerine était venue les chercher pour les conduire à l'horrible accident. Des criminels l'avaient séquestrée, torturée avant qu'elle ne tombe dans les bras de Treat, au fond d'un cratère circulaire. Elle se souvint de la crevasse, des coups de feu, de la mort de celui qu'elle avait aimé un court instant. Son cœur cogna sous sa poitrine, au risque de briser l'équilibre sacré qui l'habitait depuis peu. Elle prit ce risque.

Fermer les yeux pour se souvenir.

Au fond du puits qui les retenait prisonnières, Venus était à ses côtés. Elles s'étaient promis de ne pas se séparer, quoi qu'il arrive. Alors que tout semblait perdu, Venus avait évoqué les Indiens qui communiquaient par signaux de fumée. Julie s'était d'abord moquée d'elle. Son sourire s'était effacé en passant de l'enfant remplie d'espérance à la vacuité de la colonne noire légèrement ventée. L'idée était bonne ! La fissure aspirait l'air à travers la roche pour le recracher dans ce conduit situé au-dessus d'elles. En fait, elles étaient dans l'âtre d'une cheminée naturelle ! En allumant un feu, la fumée évacuée par le boyau pourrait s'élever dans le ciel. Avec un peu, ou plutôt beaucoup de chance, quelqu'un l'apercevrait. Treat avait un briquet, elle en était sûre, elle l'avait vu s'en servir. Il l'avait sûrement conservé sur lui. Que faire brûler ? Autour d'elles, il n'y avait que du sable.

Elle rouvrit les yeux au risque de perdre son souvenir. Dans le hogan, le ruban vaporeux se dandinait au-dessus du brasier, avant de se faufiler à travers le plafond.

« Dans l'harmonie, je me rétablis. Dans l'harmonie, la paix m'envahit. Dans l'harmonie, mes membres se raniment. Dans l'harmonie, ma tête devient légère. »

Julie baissa à nouveau ses paupières pour repartir aux côtés de Venus, vingt mètres sous terre, trois jours auparavant.

Pour seul combustible, elle disposait de vêtements. Du polyester, du nylon, du coton. Elle avait commencé par rassembler son jean, son tee-shirt, la chemise de Treat, le pyjama et les baskets de Venus. Elle s'était alors glissée dans la faille pour composer avec le sordide. Elle avait crié, pleuré, muée en harpie, arrachant ce qu'elle pouvait du cadavre de Treat. Dans la poche du pantalon de l'Américain, elle s'était emparée du Zippo dont elle avait vidé la quasi-totalité de l'essence sur les lambeaux entassés sous le conduit. Si elle n'avait pas eu si peur, si la situation n'avait pas été aussi dramatique, elle se serait aisément comparée à McGyver, particulièrement au moment où les flammes s'étaient allongées et que les émanations grises s'étaient mises à lécher l'intérieur du boyau. Le feu avait brûlé pendant plusieurs minutes. Julie et Venus avaient langui, leurs minois tournés vers l'orifice.

Le souvenir devint plus flou.

Comme par magie, le conduit avait parlé. Elle se rappela la vision des deux bottes apparues au-dessus de leurs têtes. Elle s'était accrochée à un homme vigoureux qui sentait le cheval, avant d'être baignée par une lumière aveuglante. Elle se souvint aussi d'une forte odeur de genièvre. Elle avait été transportée jusqu'à une destination perdue dans sa mémoire.

Fin du souvenir.

Le foyer crépita, ce qui la ramena au temps présent. Elle entendait des voix dehors, avec cette sensation éthérée qu'elle éprouvait jadis lorsque la maladie la retenait dans son lit de fièvre et que dans la pièce voisine les discussions allaient bon train, comme si le monde avait décidé de continuer à tourner sans elle.

Cette sensation familière lui prouva qu'elle n'était pas morte, qu'elle n'était que souffrante, et sur la voie de la guérison. Il fallait maintenant veiller à ne pas rechuter.

72

La journée du 10 juillet avait été tuante. Commencée avant le lever du soleil, elle s'était prolongée après son coucher. Dexter, McNeil et leurs hommes avaient travaillé plus que Phoebus, pourtant les deux filles demeuraient invisibles. Dans un sens, c'était encourageant, car ils n'auraient déterré que des cadavres. Celui de Treat

Adamson avait été remonté à la surface, étrangement dépouillé de ses vêtements et percé de quatre balles de calibre 45.

Brad M.W. avait réclamé du renfort pour passer deux cent cinquante miles au peigne fin, à la recherche d'un indice qui aurait signalé la présence de Venus et d'Eva entre le canyon de Chelly et Santa Fe. De son côté, Henry employait quatre-vingt-dix pour cent de ses effectifs sur cette affaire. Ben exerçait une pression sans relâche sur ses indics disséminés dans la réserve. L'identité d'Eva n'était pas établie, tandis que les investigations auprès des policiers de Los Angeles piétinaient.

À 22 heures, Brad M.W. rejoignit Anna et Henry au Cactus Bar. Son arrivée au comptoir fut saluée par un verre de Pepsi Light rehaussé d'une fine tranche de citron et délicatement présenté par un Charly mielleux.

— Rien de neuf ? lui demanda Brad.

— Il est trop tôt. À cette heure, les Indiens ne sont pas encore pétés.

— Quelle journée de merde ! À la vôtre !

Brad trinqua avec ses partenaires. L'ambiance était maussade au Cactus Bar, ce qui n'empêcha pas Henry d'avaler son troisième bourbon.

— Il faut concentrer nos efforts sur la réserve navajo, dit le shérif.

— Pourquoi ?

— Avant-hier, vers 11 heures du matin, Joe Morton a vu de la fumée. Vers 13 heures, il a entendu des explosions. Chronologiquement, c'est comme ça qu'il nous a présenté les choses. La fumée est venue deux heures avant les explosions. Quelqu'un a donc allumé un feu. Qui ? À part les deux filles, je ne vois personne, puisque l'autopsie nous a révélé que Treat Adamson était déjà mort. Pourquoi ? Pour émettre un SOS, pas pour se faire un barbecue. Le problème, c'est que les tueurs sont arrivés avant nous. Ils ont reniflé les gaz, repéré le trou et balancé la sauce.

Anna fit une moue, interpellée par le langage métaphorique et ambigu de Henry.

— Vous m'avez déjà parlé de ça, Henry, se contenta de dire Brad M.W.

— Je me répète, et alors ? Ça m'aide à trouver une log... Hic ! En plus, Anna n'était pas au courant de ce point de vue. Après tout, elle est votre collabora... callobatrice... callora... collègue ! Il faut qu'elle sache.

— Continuez alors.

Henry vida son quatrième verre de bourbon.

— Tout ça, je vous en ai déjà parlé. Or, il m'est venu une autre idée. Si quelqu'un avait repéré nos disparues avant les tueurs et les avait sorties du trou ? Hein ? N'oubliez pas que deux heures se sont écoulées entre le feu et les détonations, et que nous n'avons déniché que le corps de... dada... damson... Samson.

— D'Adamson ! Qui les aurait tirées de là ?

— Trois cent mille Indiens ! Trois cent mille Indiens habitent la réserve. Nous ne les voyons pas, en revanche eux voient tout. Là, pas de problème ! Il en suffit d'un seul... Hic... qui ait vu les signaux de fumée. Un type comme Joe Morton, en plus curieux.

— Pourquoi l'Indien qui les aurait sauvées n'aurait-il pas prévenu les autorités ?

— Il y a des Indiens Navajos qui ont gardé un certain ressentiment vis-à-vis des cons... colon... colonisateurs et qui n'ont pas forcément envie d'en référer allô !... à l'auto... rité.

— Foutaises ! C'était le cas à l'époque de John Wayne. À l'ère de Kevin Costner, les mentalités ont changé. Écoutez, ça va faire cinq jours qu'elles sont en fuite. Tout le pays est à leur recherche, et l'Indien qui les aurait dégagées de là les séquestrerait juste à cause de Kit Carson ? Vous me faites rire, Henry.

— On ne doit pas avoir le même sens de l'humour alors. Hé ! Hé !

Henry vida son cinquième verre d'un hochement du menton. Estimant qu'il était temps de partir, Brad s'adressa à Anna :

— Je vous raccompagne avant qu'il n'éponge tout ce qu'il y a derrière le comptoir.

Dehors il faisait très chaud, malgré l'heure tardive. Le shérif tituba jusqu'à la Pontiac, tout en bredouillant. Brad M.W. le poussa sur le siège passager sans trop de précautions et fit monter Anna à l'arrière.

— Z'avez vu la chatte ? *La Chatte*… euh… *sur un toit*… burp !… *brûlant* ? brailla Henry à la cantonade.

— Non ! répondirent en chœur les autres.

— C'est l'incommanni… minnie… muni… uni… cabilité qui nourrissait la crise entre Brick et Maggie dans le film. Ils avaient posé un putain de couvercle sur leurs putains de problèmes et ne se parlaient plus… Hic !… Avec Helen, on se parlait plus beaucoup, d'accord. Mais où étaient nos problèmes ?

— Vous savez quoi, Henry ? l'interrompit Brad. Vous devriez aller voir ce psy à Los Angeles qui prescrit des films à ses patients. La thérapie par le cinéma, je suis sûr que ça marcherait sur vous.

— Ouais, j'en ai entendu parler… Le type nikon… ni conne… n'y connaît rien… en cinéma. Il conseille que des navets… burp ! Pardon !

— Qu'est-ce que vous en pensez, Anna ?

— *Neuf Semaines et demie*, ça vous aiderait ? suggéra-t-elle.

— Pourriez faire qui… kiki… Kim Basinger, vous, hein ? Hic ! Si le cœur vous en dit.

— Le cœur peut-être, pas le corps, avoua-t-elle.

— Pas de fausse modestie, Anna, intervint Brad, vous êtes mieux roulée que Kim Basinger.

— Et vous, vous joueriez le rôle de Mickey Rourke ?

— Je crois que je vous… vais… vous… vé… laisser tous les deux.

Henry voulut descendre sans s'être aperçu que le véhicule avait démarré depuis longtemps et qu'ils roulaient à vive allure. Brad le rattrapa de justesse et freina brusquement, faisant déraper la Pontiac en travers de la chaussée. Une Trans Am qui les suivait et sur laquelle étaient peintes à la bombe des flammes destinées à simuler l'échappement d'un dragster s'arrêta net devant la portière bâillante. Henry envoya des coups de poing sur le capot rutilant du bolide avant de décoller du sol, tiré par le conducteur suralimenté, qui en dehors de la peinture sur tôle devait passer son temps sous la fonte des salles de musculation.

Brad M.W. colla sa carte du FBI sur le nez du Trans Am Man qui venait de reposer Henry et se préparait à lui donner une raclée après avoir enroulé jusqu'aux épaules les manches courtes d'un tee-shirt sur lequel était écrit « Batman n'est qu'un pédé ». Il lui proposa de choisir entre aller derrière son pare-brise ou derrière les barreaux. Le type opta pour la solution la plus sage, quitte à être pris pour une tantouze par la foule massée autour de lui et par sa copine dont les cheveux décolorés permanentés semblaient avoir été englués dans un fluide paralysant. En ouvrant sa portière, il fit hurler du Black Sabbath plein pot dans la rue, ce qui convainquit Brad de leur surdité.

L'agent fédéral remonta dans sa Pontiac auprès d'un Henry déconfit et d'une Anna spectatrice, et dégagea la voie aussi rapidement qu'il l'avait encombrée. Il commençait à se lasser de jouer les samaritains.

— Il avait pas l'air commode le gros Dan ! commenta Anna.

— Qui ? s'étonna Brad M.W.

— DAN ! Je suppose que c'est son prénom ; il était écrit sur sa plaque d'immatriculation.

Dans sa semi-inconscience éthylique, Henry enregistra la dernière phrase d'Anna. Pour l'instant, il avait la cervelle vaporeuse et les sens confus, il voyait des sons, entendait des odeurs, respirait des images, sa langue était brûlante. Il ne savait pas pourquoi, mais ces mots lui parurent importants. Il fallait juste ne pas les oublier afin de les récupérer quand tout se remettrait en place dans ses méninges.

73

La poussière rouge soulevée par le passage du 4 x 4 Cherokee recouvrit les buissons clairsemés qui frangeaient la piste de terre. Mark Lynch connaissait l'itinéraire par cœur et conduisait presque en fermant les yeux derrière ses lunettes noires. En dehors de guide-chauffeur, il était champion de *calf roping*. Attraper un veau au lasso, lui sauter sur le dos en pleine course avant de le plaquer au sol et lui lier trois pattes en moins de neuf secondes, était pour lui plus facile que de traverser la rue. Il lançait le lasso comme un cow-boy, il dressait les chevaux comme un Indien. Depuis que son beau-père avait pris sa retraite, il dirigeait Dineh Tours, spécialisé dans les excursions en Jeep ou à cheval au fond du canyon de Chelly. « Prononcez canyon di chai », précisait-il à ses clients.

Il s'arrêta au bord du précipice en jouant avec les freins sur les derniers mètres, afin de satisfaire ses passagers en quête d'émotions fortes à condition qu'elles fussent dosées. Devant les pneus crénelés de la Cherokee s'ouvrait une profonde saignée, dans un plateau désertique de l'Arizona comme taillé à coups de tomahawks géants qui auraient laissé çà et là des falaises abruptes, des colonnes rocheuses, des pitons de grès, des cheminées de pierre tellement improbables qu'elles semblaient se superposer artificiellement sur fond de grands espaces donnant l'illusion d'un mauvais trucage de cinéma. Le paysage changeait à chaque coude du canyon, à chaque mouvement du soleil, à l'exception de la couleur, invariablement rouge et mouchetée de vert.

Symbole de l'identité du Dineh, le canyon de Chelly fut jadis occupé par les Indiens Anasazis avant que les Navajos ne s'installent à leur tour sur les bords fertiles du serpent bleu qui avait creusé son lit en zigzaguant depuis des millénaires, faisant se dresser de chaque côté de la rive des murailles naturelles protégeant la tranquillité de cette terre devenue sacrée.

Mark commenta nonchalamment la vue aux quatre touristes américains qu'il trimbalait. « Tant que le regard de l'ignorant ne salit pas la beauté, continue les visites guidées », lui répétait Austin, son beau-père, qui s'exprimait volontiers par aphorismes.

Dans le 4 x 4, ils étaient cinq. Il y avait Bill, célibataire pour cause d'incompatibilité pondérale, Tom, étudiant en économie, Larry et Gladys, mariés depuis vingt-huit ans. Pour Mark, ils représentaient quatre cents kilos de fret et cent dollars de recette. Bill était l'inévitable comique de la bande. « Un Navajo dans une Cherokee, ça roule bien ? », avait-il plaisanté. Mark avait souri, à cette énième version de la même vanne.

Il leur fit partager quelques pages d'histoire édulcorées, passant rapidement sur les exactions ignominieuses de Kit Carson ou sur la résistance héroïque du chef indien Manuelito. À l'appui de son bref exposé, Mark pointa son doigt vers le fond du canyon, trois cents mètres plus bas, où paissaient des troupeaux de moutons autour de fermes éparses. « Les Indiens ont appris à cultiver le désert », dit-il en désignant des champs verdoyants qui bordaient la rivière étincelante. Il enclencha la marche arrière pour conduire ses passagers vers cet éden né au fond du désert, sans oublier de faire le tour de Spider Rock, une longue aiguille rocheuse de trois cent cinq mètres de haut que Clint Eastwood avait escaladée dans l'un de ses films. Mark les interrogea sur le titre. Aucun des passagers ne sut répondre. Tom hasarda un timide *Épreuve de force* juste avant que Mark n'avoue qu'il s'agissait de *La Sanction*.

Maintenant qu'ils avaient au moins une anecdote à raconter lors de la future projection diapos en famille, les touristes redoublèrent le mitraillage en contre-plongée de la pointe monumentale. Avec son Caméscope à stabilisateur d'image incorporé, Larry effectua un long panoramique de bas en haut puis de haut en bas. Mark avait suscité l'enthousiasme, ce qui lui confirma qu'il valait mieux s'en tenir aux explications stéréotypées agrémentées d'anecdotes faciles à retenir. En aucun cas, il ne se laissait aller aux confidences. Pour lui, le langage était sacré, secret. Certains récits ne se partageaient pas avec les non-Indiens. Comme la majorité de son peuple, Mark était prisonnier d'une longue tradition orale, au risque de faire disparaître cette culture qui refusait l'écrit contrairement à la société matérialiste qui avait besoin de tout consigner sur papier ou sur disquette.

L'équipée se prolongea vers les villages anasazis bâtis entre les IVe et XIVe siècles, blottis à flanc de muraille, camouflés naturellement, invisibles à l'œil profane, mélange de terre séchée et de roche, cavernes troglodytiques à l'architecture élaborée, villages entiers couverts d'un toit de falaise. Mark s'arrêta devant une batterie de viseurs, rouleaux de fonte orientés sur les sites et sur l'entrée des cavernes. C'est ici qu'il avait l'habitude d'évoquer la différence entre les Indiens anasazis et navajos. Nomades par atavisme, ces derniers n'étaient pas attachés à la notion de vie commune organisée autour d'un centre. Leurs habitations provisoires n'accordaient aucune importance à l'architecture et respectaient les espaces entre chaque voisin.

— Le peuple navajo est fortement individualiste, confia-t-il aux touristes qui commençaient à rosir sous la chape de soleil. Nous prenons nos distances et nous nous dispersons pour mieux respecter la liberté d'autrui. Contrairement aux Indiens pueblos, nos cérémonies, par exemple, sont conçues pour la guérison d'une personne et non d'un village entier.

— Vos cérémonies ? interrogea l'étudiant.

Moins préoccupé que les autres à dénicher un coin d'ombre, il était resté près de son guide pour en écouter le commentaire. Mark réalisa qu'il avait trop parlé. La faute à Austin et à cette fichue Française ! Il esquiva le sujet en proposant à ses clients des tarifs réduits pour assister au prochain pow-wow de Window Rock.

Sur le chemin cahoteux du retour, ils rencontrèrent Wallace Parson, dans son uniforme de park ranger, qui veillait. Il était interdit de s'aventurer sans guide officiel au fond du canyon.

— Salut, Wallace.

— Salut, Mark, comment ça va ?

— Comme d'hab !

— Comme d'hab ? T'as pas vu l'effervescence à côté d'ici ? Y a la police, le FBI, les envoyés spéciaux, les hélicos de CNN, tout un bordel ! Ça grouille, ça pullule, ça assourdit, ça pollue. Il paraît que les deux filles de Bel Air sont quelque part dans le coin. C'est tout ce que je sais.

— Je te demande rien.

— Comment je fais mon job moi ? Il y a des journalistes partout. En plus, ces cons se croient chez eux. Il y en a qui ont pénétré dans le mobile home de grand-père Lewis ce matin, ils lui ont braqué une caméra et un projo dans la gueule alors qu'il était en train de roupiller. Vivement qu'on retrouve ces filles. T'aurais rien vu, toi ?

Mark nia d'un simple hochement, ses lunettes noires masquant des yeux qui mentaient.

— Si t'entends parler de quelque chose, n'hésite pas. Plus vite ils auront débarrassé le plancher, mieux ça ira. Bon, j'y vais. Salut, Mark !

— Salut !

Mark Lynch démarra sa Cherokee en emportant ses quatre touristes, roulant plus vite que d'habitude dans la poussière de la piste.

74

— On ne va plus pouvoir les cacher très longtemps !

La jeune femme qui venait de parler aurait pu servir de modèle aux dessinateurs de « Pocahontas ». Les cheveux longs ruisselant sur une silhouette élancée, la peau mate comme le sable du désert, elle avait été sculptée dans un rayon de soleil. Vêtue d'une chemise et d'un pantalon en jean, moins sexy mais plus pratiques que la tunique de la célèbre héroïne disneyenne, elle partageait son temps entre Dineh Tours et le ranch familial. Elle s'appelait Lillie et vivait avec trois hommes : son père Austin, son mari Mark, son fils Jordan.

— Où est ton père, Lillie ?

Mark venait de rentrer.

— Je ne sais pas.

— Je dois lui parler. Ça ne peut plus durer.

Un bruit de verre cassé attira leur attention. Le couple se précipita aussitôt dans la chambre de Jordan d'où semblait provenir le fracas. Le gamin et sa nouvelle copine, blondinette de un an son aînée, étaient en train de ramasser les morceaux de la lampe de chevet en argile incrustée de turquoises.

— Vous devriez passer à des jeux plus calmes, les enfants, recommanda Lillie.

— Je montrais juste mon arc à Boucle d'Or. Elle ne sait pas très bien s'en servir, se justifia Jordan en remuant son bec pris en tenaille entre deux joues replètes.

Ce dernier était plus préoccupé par la préparation du pow-wow de Window Rock que par l'apprentissage de la lecture.

— Je m'appelle pas Boucle d'Or ! Et puis ton arc, je sais l'utiliser, répliqua la fillette.

— Attends un peu qu'on essaie dehors.

— Jordan, je t'ai déjà dit de ne pas sortir. Tu m'as bien entendue ? menaça sa mère.

— Pourquoi ?

— Parce que c'est comme ça.

— On va voir la télé ? proposa Boucle d'Or à son copain navajo.

— On peut, maman ?

Lillie acquiesça avant d'aller vérifier avec Mark que la porte d'accès à la cour était bien verrouillée.

— Tu demandes la permission ? s'étonna Boucle d'Or, rodée à une éducation plus laxiste.

— La permission de quoi ?

— D'allumer la télé.
— Ça m'arrive de la regarder sans demander la perm'.
— Moi, j'en ai une dans ma chambre…
Elle termina sa phrase par une moue subite qui présageait des larmes.
— Qu'est-ce que t'as ?
Inquiet, Jordan courut chercher sa mère qui s'empressa de consoler la fillette en la prenant dans ses bras, en lui parlant avec les mots d'une grande personne qui ne sait pas toucher le cœur d'un enfant. À court d'arguments, Lillie la porta jusqu'au canapé du salon où Jordan s'était retranché, plus à l'aise devant les tumultes télévisuels que face aux larmes d'une petite fille.
— Je la regarde pas souvent, dit-il pour réengager un dialogue interrompu.
Lillie profita de l'accalmie pour disparaître dans la cuisine. Boucle d'Or renifla avant de s'intéresser à l'écran tonitruant et à Jordan embarrassé. Elle reprenait vite le dessus dès que des sujets importants étaient abordés :
— Tu connais DragonBall Z, les Tortues Ninja, les Gargoyles, des trucs comme ça ?
— Et toi, tu connais Femme-Coquille Blanche, Tueur de Monstres, Bouche à Franges, l'Arroseur, le Bossu, la Grande Mouche… ?
— C'est quoi ?
— Des Êtres sacrés, sauf la Grande Mouche qui est une sorte de messager entre les humains et les dieux. Elle peut se déplacer à travers l'espace et le temps, elle est plus forte que Batman et Highlander. Tu dois pas connaître parce que ça passe pas à la télé.
Las des interminables conflits intergalactiques pétaradants, Jordan se saisit de la télécommande pour faire défiler les chaînes jusqu'à ce qu'un dessin furieusement animé retînt son attention. L'histoire ahurissante et japoniaise d'un garçon qui, trempé dans l'eau, se transformait en fille. Jordan jugea ça stupide. Boucle d'Or en apprécia l'aspect pratique.

Dans la cuisine, les époux se disputaient. Mark claqua la porte d'entrée et la portière de la Cherokee qui démarra en trombe devant la fenêtre du salon. Les enfants se tournèrent vers Lillie, debout dans l'embrasure, masquant son inquiétude sous ses longs cheveux raides.

— Qu'est-ce qu'il y a ? chuchota Boucle d'Or à l'oreille de Jordan.

— Mon père est énervé parce qu'il ne sait pas où est Austin.

— Au Texas, bien sûr !

— Comment tu le sais ?

— C'est connu, t'apprends ça à l'école.

— À l'école ?

— Oui, la capitale du Texas, ça ne te dit rien ?

— Je te parle d'Austin, mon grand-père, le papa de ma maman.

— Il s'appelle Austin ? C'est drôle comme nom.

— Toi tu t'appelles bien Venus.

Sur l'écran de télévision de marque nippone, le dessin animé de même origine se perdait de plus en plus dans une sordide histoire freudienne qui finit par lasser les deux enfants. Jordan zappa sur d'autres chaînes, passant sur un animateur de talk-show interrogeant un présentateur TV, une vendeuse de télé-shopping vantant les mérites d'un matelas amaigrissant, un épisode de « Amour, gloire et beauté », un clip vidéo d'un groupe poilu et chevelu, Humphrey Bogart en version colorisée, *New York 1997* en version tronquée Pan & Scan, un vendeur de télé-shopping attaquant une batterie de casseroles à coups de marteau, le générique d'un flash spécial d'informations, un match de hockey sur glace…

— Remets les infos ! commanda Lillie en crachant l'élastique qu'elle avait gardé entre les dents alors qu'elle tressait ses cheveux.

Un présentateur au brushing grisonnant sous un visage enfariné par une épaisse couche de fond de teint s'efforçait de lire un texte sur un prompteur qui semblait défiler trop vite. « Le FBI et les forces de police locales sont toujours à la recherche de Venus Kleinfeld, disparue dans la nuit du 5 au 6 juillet... »

— Allez dans la chambre, les enfants ! exigea Lillie sur le ton autoritaire qu'elle avait adopté depuis trois jours.

Jordan entraîna immédiatement Venus hors de la pièce. Lillie s'assit sur le bord du canapé pour ne rien rater des images prises d'un hélicoptère qui survolait une partie de sa région. La voix off du journaliste vantait la beauté des paysages et s'en servait de contre-pied par rapport au drame qui se nouait dans cette nature sereine : le crime se répandait tel un mal contagieux transmis par la mégalopole vérolée de Los Angeles. À la suite de ce raccourci analytique illustré par un aperçu touristique qui devait masquer le manque d'informations du reporter, un psychologue expliqua sur un ton professoral ce qui pouvait se passer dans le cerveau d'une fillette kidnappée par les meurtriers de ses parents. Le spécialiste, qui s'était payé des lunettes en écaille et un costume Cerutti grâce à ses interventions médiatiques, s'embourbait dans des explications qui conduisaient à légitimer la thèse hasardeuse selon laquelle « la gamine pouvait s'attacher à ses ravisseurs dans la mesure où des adultes charismatiques avaient pris la place de parents défaillants dans leur rôle de puissance tutélaire ». Lillie éteignit la télévision machinalement et mordilla le coin métallique de la télécommande.

C'est à ce moment précis que l'on sonna.

Elle se précipita dans la chambre pour ordonner aux enfants de se cacher là où on leur avait appris à le faire. Jordan et Venus grimpèrent l'escalier qui conduisait au premier étage tandis que Lillie se dirigeait lentement vers l'entrée.

Deux armoires à glace en costume strict étaient plantées sur le paillasson. L'un des deux hommes avait le nez aquilin, l'autre portait une paire de moustaches à laquelle un enfant aurait pu se suspendre. Elle les examina sans rien dire. Le moustachu ouvrit la bouche après avoir déballé un insigne de police qu'il rangea aussi vite qu'il l'avait fait apparaître comme dans un tour de passe-passe :

— Police ! Vous avez sûrement appris par les médias...

Il désigna la télécommande que Lillie avait gardée dans la main.

— ... que nous recherchons Venus Kleinfeld.

— Vos collègues sont déjà venus me voir.

— Permettez-nous d'insister. Auriez-vous, depuis, remarqué un détail inhabituel, entendu parler d'un fait a priori anodin qui pourrait nous mettre sur la piste des ravisseurs ?

— Non.

Comme s'il fallait qu'il justifiât de sa présence ainsi que de son salaire payé par le contribuable, l'autre policier au visage glabre subtilement croisé entre le profil d'un aigle et le regard de Bjorn Borg ajouta :

— N'importe quel détail qui pourrait nous mettre sur leur piste.

— Non.

— Vous répondez trop vite, madame, dit le moustachu. Vous n'avez pas pris le temps, ni fait semblant de réfléchir.

— Auriez-vous quelque chose à nous cacher, madame ? enchaîna son collègue.

— Quoi ? ! Non ! Il n'y a personne ici. Vous...

Une porte claqua au premier étage, provoquant une pesante et oppressante aposiopèse. Lillie rompit maladroitement un silence qui l'accusait :

— Vous me prenez pour leur complice ?

— Ce n'est pas ce que nous voulions dire, madame... euh ?

— ... Lynch, Lillie Lynch.

— ... Madame Lynch. Pourriez-vous nous laisser entrer sans que cela vous mette, disons, mal à l'aise ?

— Pour quoi faire ?

— Les ravisseurs de Venus Kleinfeld sont des tueurs. Nous sommes persuadés qu'ils n'hésiteraient pas à exercer sur vous une certaine pression pour bénéficier de votre complicité.

— Nous voulons entrer juste pour vérifier qu'ils n'exercent pas de pression sur vous, répéta le non-moustachu.

Espérant effacer les soupçons qui venaient de naître à son égard, Lillie leur céda le passage. Les deux hommes inspectèrent méthodiquement chaque pièce du ranch avant de ressortir en s'excusant du dérangement.

Avec un soupir de soulagement, Lillie referma à clé. Jambes et respiration coupées, elle appuya son front contre la porte et se massa le ventre pour apaiser son estomac vrillé comme un linge essoré. Elle inspira tout l'air qu'elle pouvait emmagasiner dans ses poumons puis expira lentement en essayant de ralentir ses palpitations et de dissiper les picotements qui l'assaillaient. Croyant s'être ressaisie, elle se dirigea vers la cuisine, ouvrit le mitigeur et dut s'accrocher à l'évier pour avaler un verre d'eau sans défaillir. Ce ne fut qu'après s'être assurée que les policiers avaient quitté la propriété qu'elle grimpa au premier étage.

Elle pénétra dans la chambre d'Austin, fonça dans la salle de bains attenante et se glissa dans le placard du cumulus pour retirer une fausse cloison derrière laquelle s'étaient cachés Venus et Jordan. Elle s'aperçut tout de suite que le contreplaqué était mal posé. Les enfants n'étaient plus là ! Elle les appela en inspectant chaque recoin comme les flics venaient de le faire, avant de s'immobiliser au milieu du couloir du rez-de-chaussée. La porte d'accès à la cour était entrebâillée.

75

Quand Becky Flanagan était à table, sa bouche ne restait jamais vide. Ses muscles maxillaires fonctionnaient sans relâche jusqu'à l'achèvement du repas que l'on pouvait situer à peu près au moment où elle essuyait sa lippe luisante. Elle hoquetait alors d'un rot de plaisir, reprenait son souffle avant de s'intéresser à ce qui se passait au-delà de son assiette. Avant l'assaut final, sa fourchette piquait, fouillait, fourrageait, virevoltait, tournoyait, semblable à la baguette d'un chef d'orchestre lobotomisé. L'ustensile argenté entamait chaque fois un peu plus la montagne de spaghettis à la bolognaise qui s'élevait devant elle, avant d'aller s'engouffrer dans une bouche cernée d'un rouge baiser, qui dessinait à chaque ouverture un « O » rouge presque parfait.

Face à sa femme, Pat Flanagan grimaçait. Les lèvres tirées vers l'oreille, le nez tordu, l'œil mi-clos, il se curait un espace entre deux molaires avec un couteau pointu. Becky baissa les babines pour aller à la rencontre d'une bobine de spaghettis qui n'était pas montée assez vite au niveau de sa cavité buccale. En relevant son visage lourd, elle avisa la grimace de son mari qui lui évoquait le sourire de son fils. Elle cessa de mastiquer. Pat profita de ce répit inhabituel pour placer la première phrase du déjeuner, hachée par des giclements de bulles de salive entre les dents destinés à expulser le morceau de viande récalcitrant :

— Shhhhh ! Dans les camps de réfugiés rwandais, il y a des enfants qui shhhhh ! fouillent les excréments... shhhhhh !...

— Où cha ?

— En Afrique ! Shhhhh !... Il y a des enfants qui récupèrent dans les excréments des grains de maïs non digérés, les lavent dans de l'eau croupie et les mettent dans une boîte de conserve pour les faire réchauffer et les remanger... Shhhhh !

La mastication de Becky, qui avait repris son rythme de croisière, ralentit temporairement puis s'accéléra pour permettre à sa langue de se dégager du flot de nourriture et d'émettre des sons intelligibles à défaut d'être intelligents :

— Pourquoi 'is'u cha ?

Un léger filet de sauce tomate suinta dans sa commissure gauche, transformant le « O » en « Q » rouge. Pat retira victorieusement le morceau de viande planté au bout de sa lame, contempla sa prise avec soulagement, la porta discrètement à ses narines et l'avala avant de conclure :

— Ne serait-ce qu'avoir conscience que cela existe devrait t'empêcher de te goinfrer.

Becky avait entre-temps enfourné une nouvelle fourchée, ce qui l'autorisa à réfléchir à ce qu'elle allait répondre à son mari soudain inquiet pour sa ligne :

— Rien 'e pourrait m'empê'er 'e bouffer.

Au moment où elle prononçait ces mots qui ne resteraient probablement pas à la postérité, sa fourchette resta suspendue en l'air, à mi-chemin entre l'assiette à moitié vide et ses mandibules paralysées. Ses calots globuleux fixaient l'entrée de la salle à manger. Pat crut pendant un instant qu'il avait enfin prise sur sa femme, mais il se rendit vite à l'évidence que l'arrêt soudain des allers et retours frénétiques de son poignet avait une autre origine. Il se retourna sur sa chaise et écarquilla ses prunelles porcines, marquant à son tour l'étonnement devant un visiteur que personne ne s'attendait à revoir de sitôt.

76

Hataalii à l'allure hiératique malgré des yeux rieurs perçant une peau cuivrée pour fixer droit l'horizon, Austin Klash, surnommé Stinking Skunk[1] à cause de l'odeur légendaire qui émanait de ses bottes lorsqu'il les retirait, enfonça ses pouces derrière sa ceinture à boucle en argent martelé et en turquoise. Ses longs cheveux, rete-

1. « Sconse puant ». *(N.d.A.)*

nus par un bandana, tombaient sur ses épaules, signe que le vent était tombé lui aussi. Le ciel était bleu, sans nuages. Austin se souvint du temps où il était *code talker*. Pendant la guerre du Pacifique, il transmettait des messages secrets en navajo, une langue vernaculaire que les Japonais n'avaient pas su déchiffrer. Après la guerre, il avait travaillé comme guide-chauffeur pour un Tour Operator avant de créer sa propre agence, Dineh Tours, qui drainait des touristes japonais au fond des canyons de l'Arizona.

Il se sentit un peu coupable. Ayant d'abord offert ses services aux Américains dont les ascendants avaient spolié les Indiens Navajos de leur terre, il passait désormais son temps à faire venir ici des étrangers qu'il avait combattus. Actuellement la présence des journalistes et de la police était aussi sa faute. Il évacua son sentiment de culpabilité par un signe d'énervement. Pour la première fois depuis vingt ans, depuis qu'il avait brisé une bouteille de Wild Turkey sur le crâne d'un promoteur projetant de construire un casino dans la réserve, il était énervé. Pour deux raisons. Car il en fallait au moins deux pour entamer l'équanimité de Stinking Skunk.

Premièrement, il enrageait contre ces conards de mormons qui menaçaient de détruire Big Mountain. Déjà défigurée et polluée par une mine de charbon à ciel ouvert, la montagne sacrée allait être percée d'un tunnel par une de leurs firmes, sans oublier tous les risques d'expropriation que ce projet comportait pour son peuple. Austin fulminait contre la vassalité des Indiens à l'égard de la secte puissante et corruptrice. L'affaire Big Mountain soulignait une fois de plus la pression économique exercée sur ce territoire que personne n'avait voulu et que maintenant tout le monde voulait.

Deuxièmement, il était agacé par son gendre qui se tenait face à lui et l'accusait de mettre sa famille en péril. Mark était venu chercher son beau-père chez l'inséparable Terry, vivant dans une baraque préfabriquée autour de laquelle trois moutons étaient gardés par quatre chiens. Le vieux Terry était resté réfractaire à la civilisation urbaine qui n'avait rien amené de bon, excepté Elvis et le bourbon.

Mark les avait surpris sous la véranda en train de fustiger les mormons et le gouvernement américain. Mesurant l'état de fébrilité de son gendre, Austin avait fini par se décoller de sa chaise et de son verre.

— Il faut avertir la police, sinon..., commença Mark en tirant son beau-père à l'écart de Terry.

— ... Sinon on va y laisser des plumes.

— Cesse de plaisanter, Austin. Il y a des flics partout, ils vont finir par découvrir Venus et Julie.

— C'est inéluctable.

— En les gardant chez nous, nous nous rendons complices...

— Complices de quoi ? Julie n'a pas enlevé Venus. Au contraire, elle l'a sauvée. La petite nous l'a dit, tu as déjà oublié ? Elles sont traquées par des tueurs. Toi qui les as tirées de cette crevasse, tu voudrais maintenant qu'on les replonge dans la tourmente ?

— On peut au moins prévenir Ben Calder ou...

— Les livrer à la police, c'est les livrer aux interrogatoires, aux médecins, aux psychiatres, aux médias, c'est aussi traumatiser Venus qui apprendra brutalement le massacre de sa famille. Ces nouvelles épreuves ne constituent pas une urgence pour elles, surtout dans l'état où on les a recueillies.

— Ce n'est que reculer pour mieux sauter.

— Pas en ce qui concerne Julie, si elle guérit... Quant à Venus j'ai besoin d'elle pour communiquer avec la Française.

— Julie a parlé ?

— Non.

— Je t'avais prévenu. Ça ne marchera pas. Notre médecine ne s'applique qu'à notre peuple.

— C'est ton point de vue. Beaucoup de gens le partagent, ce qui d'ailleurs n'est pas un gage de vérité. En fait, peu sont ceux qui acceptent d'appréhender le monde dans sa globalité. Pourtant, tous les hommes sont composés d'eau, d'air, de lumière, de matière. Ces éléments composent aussi notre environnement, les animaux, les plantes, les montagnes, les rivières, les nuages, ils sont universels. Cela paraît tellement évident…

Austin s'arrêta un instant pour suivre la progression arachnéenne d'un scorpion, puis continua sans que Mark ait osé profiter de ce silence pour couper court à un discours qu'il avait déjà maintes fois entendu.

— … « Toutes les choses sont liées », a dit autrefois un chef Indien. Alors quand au milieu de cette harmonie, naît un déséquilibre, il faut y porter remède, surtout dans le cas d'un être humain qui a perdu toute relation esthétique avec son environnement. La méthode est complexe. Cela m'a pris vingt ans pour l'acquérir.

— Je sais…

— Tu ne sais rien. Laisse-moi continuer, tu comprendras où je veux en venir. Si la cérémonie destinée à embellir les relations du malade avec l'extérieur est conduite avec toutes les précisions requises, si le patient reconnaît ces valeurs universelles simples que je viens de te décrire, s'il a la volonté de récupérer sa place dans l'ordre universel des choses, alors il a une chance de recouvrer la santé. Tu es d'accord avec moi ?

— Oui, et alors ?

— À ces seules conditions ?

— Oui, je t'ai dit.

— Est-ce que le patient a besoin d'être Navajo pour cela ?

— Cette fille qui débarque ici pour la première fois de sa vie, qui ne parle pas anglais, qui a la police du pays à ses trousses, remplirait ces conditions d'après toi ?

— Il y a une chose que tu dois garder à l'esprit : tu as trouvé Julie prostrée au fond de ce trou avec un seul mot sur ses lèvres, mon nom ! Comment l'a-t-elle obtenu ? On n'en sait rien, toutefois je dois respecter cet appel au secours… Je ne dis pas qu'elle est rétablie… Les chocs émotionnels qu'elle a endurés, qu'elle a refoulés et qui l'ont plongée dans cet état cataplectique s'évacuent peu à peu. Patience ! Tant qu'elle n'a pas parlé, il faut prolonger le traitement. L'idéal serait de le renouveler, de prescrire une période de convalescence. Donne-moi un sursis, Mark. Certes je t'accorde que nous n'avons pas eu de résultats spectaculaires sur les non-Indiens que j'ai traités...

— Mais ?

— Je suis convaincu que Julie a des prédispositions et qu'elle est sur la voie de la guérison. Sans le savoir, elle partageait déjà nos valeurs. Je l'ai vite jugée à travers le peu que nous a confié Venus. Au cours de son existence, Julie a appris que sa vie est un privilège. En sauvant la fillette, elle a prouvé qu'elle considérait aussi celle des autres comme sacrée.

— Tu crois vraiment tout ce que tu dis ?

Austin jaugea la course reptilienne d'un lézard qui se brûlait les pattes sur le sable.

— Quand j'avais ton âge, je croyais. Maintenant, je sais.

— Cesse de jouer avec les mots.

— Je ne joue pas.

— Et la petite ?

— Quoi la petite ?

— Venus, qu'est-ce qu'on en fait ? Elle n'arrête pas de pleurnicher, de réclamer ses parents. Malgré leurs efforts, Lillie et Jordan ne vont pas remplacer sa famille.

— Elle ne sait pas qu'elle n'a plus de famille. C'est déjà beaucoup.

— Permets-moi d'insister : les garder plus longtemps nous fait courir de gros risques. On a déjà reçu plusieurs visites des autorités au ranch !

— Les autorités ! Encore les autorités ! Deux enfants ont demandé asile à la Nation Navajo, nous leur avons accordé ce droit. L'homme blanc lui-même ne respecte pas son gouvernement et toi tu voudrais être tenu sous leur joug ! Le FBI et les flics n'ont rien décelé chez nous, alors qu'est-ce que tu me fais chier avec ça ?

Mark fut déconcerté par la surprenante virulence de son beau-père. Cependant l'enjeu était trop grand pour se laisser désarçonner si rapidement :

— Ils nous surveillent en permanence, vu qu'on habite en plein dans la zone de recherches.

Austin Klash reprit sa contenance habituelle :

— La paranoïa t'anime. Moi c'est la compassion. Julie est devenue un membre de notre famille, je n'ai aucune raison de la sacrifier. L'amour, car c'est dans ces moments-là que l'on reconnaît le véritable amour, peut la sauver.

— À moins que les tueurs ne la trouvent avant !

— Patiente un peu, jusqu'à ce qu'elle soit en état de nous dire ce qui s'est réellement passé et ce qu'elle comptait faire en venant ici depuis Los Angeles avec mon nom sur le bout de la langue.

— Écoute-moi bien, Austin ! J'ai peur pour Lillie et Jordan. Je voudrais éviter de voir des assassins débarquer chez moi. Je sais que Lillie se pliera à ta volonté. En ce qui me concerne je suis responsable de ma famille. Je ne te laisserai pas la mettre en péril.

— Sur ce dernier point, nous sommes d'accord.

— Je te donne jusqu'à demain matin. Julie aura ainsi passé quatre nuits ici. Largement suffisant ! Après, je préviens la police.

— C'est un ultimatum ?

— C'est un fait.

— Tu connais la vraie différence qu'il y a entre nous ?

— Il y en a plus d'une…

— Je suis un mauvais Indien. Toi, tu es un bon Blanc.

— C'est ça, dit Mark en remontant dans sa Jeep. N'oublie pas ! Demain matin !

— Ramène Venus ! cria Austin en se demandant si son gendre l'avait entendu.

La Jeep s'éloigna jusqu'à ce qu'elle disparaisse de son champ de vision. Il jeta un œil sur sa montre. Il avait le temps de finir son verre avec Terry.

77

— Tu vois, mon gros, l'obésité est la seconde cause de mortalité aux États-Unis et aujourd'hui, avec le plomb que je vais t'envoyer dans le buffet, tu vas entrer dans les statistiques. À moins que tu ne te décides à coopérer.

Celui qui parlait régime avec Pat venait de faire irruption dans la salle à manger, au milieu du repas des Flanagan. Ralph était de retour.

— Ça va trop loin, Ralph, il faut prévenir Z, avoir son accord.

— On en a rien à foutre de X, Y ou Z, assis devant son ordinateur de merde à donner des putains d'instructions ! Nous, on est sur le terrain. Quand on commence un boulot, on le termine, en laissant propre derrière nous.

— Fichez-nous la paix.

— Te mêle pas de ça, Becky, trancha Pat.

Ralph se pencha sur l'assiette de spaghettis et embrassa les lèvres vermillon de la grosse femme. Après avoir repris son souffle et commenté favorablement le goût de la sauce tomate, il arma son Mac10 et s'écria :

— Alors, on marche ensemble, comme avant ?

— Comme avant, se résigna Pat.

— Bien ! On appelle la famille Lynch, on échange leur fiston qu'on a chouravé contre la Française, on fume tout le monde et chacun rentre chez soi. Qui n'a pas compris ce plan en quatre temps ?

— Qu'est-ce que tu veux dire par « on fume tout le monde » ?

— On élimine Venus et la Française. Elles nous ont vus, elles ont vécu.

— La petite ne nous a pas vus…

— Moi, elle me connaît. Ce ne sont pas mes fauches moustasses… moustaches… qui l'empêcheront de m'identifier.

— Moi aussi, elle me connaît, ajouta Forrest en entrant dans la pièce. Ça y est, les moutards sont bouclés dans la cave. J'ai refermé la trappe pour pas qu'on les entende couiner.

— Oui, mais..., commença le révérend.

— Putain ! Ça me démange ! s'énerva Ralph en plissant avec la paume une moustache broussailleuse dans laquelle une famille entière de piverts aurait pu se nicher.

— Qu'est-ce qui te démange ? s'inquiéta Pat.

— Ça me démange à l'index de te tirer une bastos dans ta gueule de viandard. Ça me démange aussi à la bite de fourrer ta grosse. Je vais te secouer cet immonde tas de gélatine qui me fait bander si tu continues à moufter !

Ralph semblait perdre les pédales. Dans son cerveau, les neurones fusaient, fusionnaient, faisant fi de toute raison. Poussé à bout, il s'octroyait tous les pouvoirs. Forrest dont les cellules grises, en revanche, ne se bousculaient pas, restait calme. Pour une fois, il prit l'initiative :

— On passe aux choses sérieuses ?

— Prends ton bigophone parpaillot et appelle la squaw ! ordonna Ralph à Pat.

— Je lui dis quoi ?

— « Je lui dis quoi ? », singea-t-il en lui envoyant un coup de crosse. Tu lui dis qu'on a son mioche à la con et que si elle veut le revoir, il nous faut la Française. Merde, c'est simple !

Le révérend composa nerveusement le numéro dicté par Ralph.

— Ça ne répond pas, s'excusa-t-il après avoir laissé sonner deux fois seulement.

Ralph lui arracha le combiné en lui assenant au passage un crochet qui le fit choir. Becky ravala son beuglement avec l'aide du Colt .45 de Forrest.

— Allôôôôô ! s'exclama Ralph au téléphone en imitant la voix d'un animateur de jeu radiophonique. Madaaaame Lyyyyynch ?... Eh bien bravoooo, vous avez été tirée au sort pour gagner un Jordan dodu tout neuf, pas encore abîmé... Non, madame, ne pleurez pas, ce n'est qu'un jeu après tout... Alors voilà, pour gagner le gentil Jordan, vous devez me répondre en moins de dix secondes à la question suivante : où est cachée la Française qui accompagnait notre Venus préférée ? Attention top chrono : 1... 2... 3... 4... 5... 6... 7... 8... 9... 10 ! Dooonnng !!!

Méconnaissable, Ralph grimaçait comme un forcené. Il approcha son Mac10 du téléphone et tira une rafale dont la violence soudaine fit sursauter l'assistance. Les balles de 9 mm criblèrent le mur, égayant au passage une toile de petit maître qui hésitait entre le minimalisme et l'expressionnisme abstrait. À la suite de cet argument de poids qui faillit détruire le tympan de Lillie, l'animatueur précisa que Jordan allait lui être livré avec des trous. Lillie déballa tout ce qu'elle savait. Les traits de Ralph se radoucirent :

— Nous allons vérifier votre réponse. Si elle s'avère bonne, nous vous expédierons un Jordan garanti étanche. Attention, si la réponse était mauvaise, vous éprouveriez la déception de ne plus entendre parler de nous, ni de votre cadeau.

Ralph raccrocha, effaça son rictus de débile radiophonique et distribua les rôles :

— Becky, tu finis ton assiette ! Pat, tu viens avec moi ! Forrest, tu me gardes tout ça au chaud !

78

Assis en équilibre sur sa chaise, le shérif McNeil avait posé ses bottes sur le bureau, à la manière locale, dissimulant sous un flegme apparent un état d'excitation inaccoutumé. En pleine tachycardie et en érection, il se repassait image par image la nuit qu'il venait de vivre. Impossible de se concentrer sur cette maudite affaire de Bel Air.

La veille, à la suite de son échauffourée grotesque avec un automobiliste dont Brad M.W. l'avait débarrassé avec son aisance coutumière, les trois partenaires s'étaient retrouvés chez lui. L'agent du FBI s'était invité, peut-être à cause d'Anna qui ne le laissait pas indifférent. Celle-ci avait fait du café noir et fort pour dessaouler Henry tandis que Brad s'était versé une rasade de Southern Comfort qu'il venait d'acquérir en 70 centilitres. La discussion s'était enlisée dans un ésotérisme syncrétiste bon marché à base de foi chrétienne, de rites aztèques et d'élucubrations extraterrestres. Henry avait ajouté une pincée de sorcellerie Indienne en évoquant les vertus hallucinogènes du peyotl, d'autant plus facilement d'ailleurs que son état éthylique lui procurait des troubles visuels. Le nez plongé dans son verre d'alcool à 40 degrés, Brad avait vainement tenté de prononcer correctement le nom du Dieu « Quetzalcóatl » cité par Anna qui s'était mise à la liqueur faute de tequila. Après avoir fait le tour du sujet, ils avaient fait le tour du salon, en martelant le plancher, improvisant un pow-wow au rythme saccadé d'une musique Indienne diffusée par le tuner réglé sur KTNN, la radio navajo. Au bout d'une dizaine de girations, interrompues par des arrêts aux toilettes et marquées par la désintégration totale des mouches géantes et phosphorescentes collées au plafond, Henry s'était senti mieux. Ayant remarqué quelques tentatives de Brad pour séduire Anna, qui l'avait repoussé timidement, il avait réalisé qu'il risquait de perdre sa chance. Il avait alors éteint la radio en proposant à ses hôtes d'aller se coucher. Brad avait résisté un peu mais l'alcool qu'il avait ingurgité de manière inhabituelle l'avait rendu docile. Légèrement perplexes, Anna et Henry l'avaient abandonné à son sort dans sa Pontiac louvoyant sur la chaussée.

La jeune Mexicaine s'était ensuite détendue sous une douche froide. Henry avait hésité sur la démarche à adopter. Il n'en avait donc adopté aucune. Quand Anna était sortie de la salle de bains enroulée d'une serviette-éponge, il était entré juste derrière elle, pour capter quelques effluves capiteux, sentir les empreintes humides et fraîches de ses pieds sur le carrelage, étirer sous les doigts un long cheveu noir oublié dans le lavabo, toucher le savon qui avait glissé sur son corps. Frayant avec l'intimité d'Anna, il avait éprouvé un certain émoi.

Au bout d'une demi-heure, il était ressorti dans la même tenue qu'elle. La porte de sa chambre était restée entrouverte comme une invitation, mais ses illusions s'étaient vite envolées : Anna dormait à poings fermés. Il s'était approché, magnétisé comme la nuit précédente, avec plus de hardiesse. C'est incroyable toutes les inhibitions que l'on peut refouler avec l'alcool.

Avant de se remémorer la suite de sa nuit classée X, Henry décroisa les jambes, s'installa confortablement et baissa les paupières pour mieux revivre la scène, comme au présent, dans son intégralité.

Il commença par soulever délicatement le drap qui couvrait le dos cambré de la jeune femme, contemplant tel un adorateur animiste ces courbes parfaites et lisses. Il avança son visage vers les fesses dorées d'Anna, pudiquement éclairées par une lune blanche et ronde, lorsque le timbre tonitruant du téléphone trancha le silence de sa transe, telle une scie circulaire contre une plaque de tôle.

— Allô ? Non, Sheryl, je suis occupé, ne me dérangez sous aucun prétexte.

Henry tenta d'éconduire sa secrétaire, sans pouvoir l'empêcher de révéler que le garagiste avait découvert une moufette déchiquetée dans le moteur de sa Chevrolet. Il raccrocha en force et se replongea dans son flashback, sous les draps d'Anna. Où en était-il exactement ?

Il revint un peu en arrière au cours de cette nuit fraîchement gravée dans sa mémoire. Il pencha son visage concupiscent pour effleurer, toucher, caresser de ses lèvres les fesses soyeuses, suaves et sensuelles de cette douce déesse assoupie. Il embrassa langoureusement tous les reliefs que la nature avait pris le temps de modeler, de peaufiner, d'accoucher en une incarnation du désir charnel. La peau de cire, satinée, sucrée comme de la cannelle l'excita, l'incita à enfoncer sa langue entre les deux parties charnues, fermes et rebondies pour en recueillir toute la saveur. Anna ondula lascivement dans un demi-sommeil, tandis que le cœur de Henry pompait tout son sang, faisant monter en lui un désir qu'il n'avait jamais connu auparavant. Elle se retourna au bout d'un long moment qui lui parut trop court et plaqua le visage du shérif contre son sexe humide…

La porte s'ouvrit violemment et le carnet d'Eva atterrit sur le bureau, au milieu des listings, des bottes en lézard et des cartes d'état-major. Dexter triomphait, sans une ride, vide d'intériorité, comme sur un tableau d'Alex Katz encadré par le chambranle de la porte.

— Ils m'ont renvoyé le calepin, il n'y a plus rien à en tirer. En revanche, on tient les tueurs ! Ralph Tyler et Forrest Carrey, deux flics de Los Angeles qui se sont fait porter pâles depuis le 6 juillet et sont portés disparus depuis aujourd'hui, car en débarquant chez eux, on n'a trouvé aucun malade. J'ai obtenu des infos sur ces terreurs. Ralph Tyler, 42 ans, célibataire, comptabilise quelques bavures raciales à son actif. Forrest Carrey, aucun lien de parenté avec l'acteur, 28 ans, marié, trois enfants, bien noté, est un père de famille tranquille. Sa femme croyait qu'il était en mission et que les poules avaient des dents. Carrey a un nez aquilin. Tyler n'est pas moustachu.

Face à cet assaut verbal, Henry dut interrompre à contrecœur le déroulement de son flash-back érotique et remit à plus tard la suite de son cunnilingus qui lui avait procuré une érection diabolique. Il passa ses jambes sous le bureau le temps de débander et se concentra sur l'agent du FBI qui débitait à grande vitesse le résultat des recherches à Los Angeles.

— Est-ce que le fait de connaître leur nom peut nous aider à les enlacer ? demanda Henry, obsédé par Anna et impatient de renouveler ses ébats au cours de la nuit prochaine.

— À les enlacer ?!

— Euh… À les serrer, je veux dire.

— Il faut diffuser leur signalement partout dans la réserve, harceler les indics, quadriller la région, installer des barrages…

Brad M.W. Dexter s'agitait dans le bureau comme s'il devait déclencher une nouvelle guerre du Golfe. En attendant que la tension baisse, Henry saisit le carnet qui avait atterri sur son bureau et fixa la couverture cartonnée sur laquelle était inscrit « EVA ». Le prénom semblait avoir été rédigé à la hâte. On s'en rendait compte en le comparant avec l'écriture ronde et appliquée des pages intérieures.

— Et sur Eva, pas de nouvelles ?

Il venait de couper l'agent Dexter au milieu d'une énumération exhaustive des actions à mener pour la réussite d'une offensive que les médias pourraient bientôt qualifier de « Tempête du désert II ».

— C'est là que ça coince. Toutes les Eva françaises ayant atterri à Los Angeles depuis deux mois ont été identifiées : aucune d'entre elles n'a rencontré les Kleinfeld. On continue à chercher dans les autres aéroports et plus loin dans le temps.

Henry examina le « A » de « EVA » dont la barre horizontale s'effaçait sur la droite, comme si on avait voulu tracer la dernière lettre rapidement, soulevant le crayon avant d'en avoir terminé. Certainement qu'on avait écrit ce prénom dans l'urgence.

— Et si « Eva » n'était pas son prénom ? demanda-t-il.

— Ce serait quoi, alors ? Son nom ? On a aussi vérifié ça. Aucune Miss Eva sur les listings !

— Elle a peut-être marqué quelque chose que nous ne savons pas lire. Pourquoi ne se serait-elle pas appliquée sur la couverture comme à l'intérieur ?

— Arrêtez de poser des questions, Henry. C'est de réponses que j'ai besoin.

— Imaginez que la Française ait voulu noter ce prénom au dernier moment. Imaginez alors qu'elle n'en ait pas eu tout à fait le temps. Alors, qu'a-t-elle écrit ? Ses initiales...

— Comme B.M.W. ! Merci, je connais la vanne.

— Ce n'est pas là où je voulais en venir.

L'agent Dexter se décida enfin à s'asseoir en face du shérif :

— EVA seraient des initiales ?

— Ce n'est pas ça non plus.

— Accouchez bon sang !

— Cessez de m'interrompre, alors. Je réfléchis pendant que je parle. Si vous aviez inscrit vos initiales sur ce carnet, on aurait lu une marque de voiture. Eh bien là, on fait peut-être une erreur similaire. On a lu un prénom alors qu'il fallait lire autre chose.

— Une marque de voiture ? ironisa Brad.

La boutade réveilla chez Henry la phrase d'Anna, chère Anna, délicieuse Anna ; cette phrase qu'il avait enregistrée la veille dans un coin de sa mémoire, sachant qu'elle était une clé que son esprit embrumé par l'alcool n'était pas en mesure d'utiliser. Dieu que le cerveau était complexe et fascinant. Il se mit à plaindre ceux qui n'en avaient pas.

— DAN ! C'était son prénom, écrit sur sa plaque d'immatriculation ! s'exclama-t-il.

— Qu'est-ce que vous racontez ?

— Hier soir, Anna a plaisanté sur le conducteur de la Trans Am. Sa plaque minéralogique commençait par DAN. Alors, elle l'a appelé DAN. Vous vous souvenez ?

— Oui, et vous venez, dix heures après, d'en saisir la fine subtilité. Quel rapport avec notre affaire ?

— EVA, c'est un prénom, c'est aussi trois lettres, tout comme DAN, qui peuvent constituer la moitié de l'immatriculation du véhicule des tueurs ! Vos laboratoires sont allés chercher midi à quatorze heures en imaginant des messages codés, alors qu'on avait le message en clair sur la couverture !

Brad M.W. dégaina aussitôt son téléphone, pour lancer des recherches sur tous les véhicules de l'État dont la plaque commençait par EVA.

— Quand vous vous y mettez, shérif, c'est impressionnant, avoua-t-il en refermant son portable. Dommage qu'on n'ait pas la marque de la bagnole. Ça irait plus vite.

— Vous vouliez aussi la liste des options ?

En faisant progresser l'enquête, Henry avait réactivé ses cinq sens, plus celui de l'humour. Il appela chez lui pour prévenir Anna qu'il allait bientôt passer la prendre.

— Je peux vous faire une remarque, Henry ?

— Allez-y.

— Vous devriez changer de fringues.

— Elles sont propres de ce matin !

— C'est pas le problème. Par contre la veste en velours côtelé orange avec des coudières marron, la chemise navajo bleue et mauve avec cette cravate bariolée, c'est pas très...

— Qu'est-ce que ça peut vous faire ?

— Personnellement pas grand-chose. Ce que j'en dis, c'est pour vous. Comme vous hébergez une jolie femme en ce moment, je vous donnais un conseil de beauté.

79

La Cadillac immatriculée EVA 486 s'arrêta devant le taudis décrépi de Terry Johnson. Elle roulait si lentement que la poussière restait collée au sol et que les cloches pendues au cou des trois moutons n'émirent aucun tintement. En revanche, deux des quatre chiens qui gardaient le troupeau ou plutôt le trio, s'avancèrent en aboyant. Le véhicule s'arrêta.

Ralph et Pat foulèrent la terre, contournèrent un amoncellement de ferraille et se dirigèrent sous la véranda branlante qui menaçait de s'écrouler au premier coup de vent. La fouille succincte de la baraque ramena les intrus à leur point de départ. Le moustachu examina l'épave d'une vieille Opel puis marcha à pas lents vers une construction aux murs de rondins, à sept côtés, dont l'ouverture vers l'est était masquée par un tapis. Ralph l'écarta avec le canon scié de son fusil à pompe. L'intérieur exhalait des arômes de plantes. Des braises étaient encore rouges.

L'inspection scrupuleuse des lieux dura dix minutes sans qu'aucun bruit vînt rompre un silence suspect. Les chiens pouilleux avaient fini par étouffer leurs aboiements paresseux.

— La squaw nous a baisés, il n'y a personne, dit Ralph.

— Qu'est-ce qu'on fait ?

BLAAAM !!! BLAAAM !!!

Les coups de fusil éparpillèrent les morceaux de chair sanguinolents d'un chien qui venait de se remettre à aboyer. Ralph rechargea son arme avant de répondre au révérend.

— On va tirer dans le…

Il n'eut pas le temps de terminer sa phrase. Un moteur venait de rugir derrière l'habitation principale. Un pick-up en piteux état s'extirpa d'un tas de ferraille au milieu duquel il semblait avoir été abandonné, entraînant dans son sillage des jantes et des pare-chocs.

— La salope, elle s'échappe ! cria Pat.

— Pas cette fois-ci.

Ralph plomba l'arrière du pick-up qui zigzagua avant d'aller s'abîmer dans un ravin.

Les tueurs dévalèrent la butte et dégagèrent un vieillard de la camionnette.

— C'est qui ce conard ? s'énerva Ralph.

— Ce doit être le type dont la squaw nous a parlé : Terry Johnson.

— Où est la Française, papi ?

Le vieux resta muet. Ralph menaça de le scalper avec la scie à bois dépassant de la boîte à outils qui s'était éjectée de la benne. Terry ne broncha pas jusqu'à ce que son tortionnaire ait entamé le cuir chevelu sur un bon centimètre, faisant jaillir soudainement un cri de douleur qui ressemblait à un hurlement de coyote.

— Parle, si tu ne veux plus crier! dit Ralph en retirant la scie.

Le visage cuivré de l'Indien s'empourpra. Le sang ruisselait du sommet de son crâne et s'insinuait dans les rides en crue, fines rivières rouges traçant leur lit sordide.

— La fille que vous cherchez vient de partir... Suivez la route pendant une dizaine de miles... Prenez ensuite à droite jusqu'au croisement des pistes et allez en direction de Chinle... Le ranch des Lynch sera sur votre gauche...

— Putain t'es loquace tout d'un coup, ma vieille, tu nous raconterais pas des bobards par hasard?

— C'est un risque à courir, dit Terry en s'essuyant les yeux baignant dans l'hémoglobine.

— Je prends le risque! répondit Ralph avant de tirer à bout portant sur le visage de l'Indien qui se déforma comme une baudruche que l'on dégonfle.

80

Sur la piste étroite et droite qui menait au ranch des Lynch, les deux nuages de poussière se rapprochèrent jusqu'à n'en faire plus qu'un seul. Dans son Broncos 4 x 4, Austin avait reconnu la Cherokee de son gendre qui roulait devant lui anormalement vite. Malgré des appels de phares et une vitesse dépassant allégrement les 120 km/h, il lui avait fallu du temps pour rattraper Mark et obtenir de lui qu'il s'arrête. Austin se rangea à son niveau en dérapant, projetant Julie contre le tableau de bord.

— Ils ont Jordan! cria Mark par la vitre baissée.

— Quoi?

— Lillie vient de m'appeler : Jordan et Venus ont été kidnappés ! Elle a été obligée d'avouer aux ravisseurs que Julie était planquée chez Terry. Sinon, ils tuaient Jordan.

Muet, Austin chercha comme à son habitude une solution dans l'horizon.

— Qu'est-ce qu'elle fait là ? s'étonna Mark en réalisant soudain la présence de Julie aux côtés d'Austin.

— Je la ramenais pour la livrer à la police. Elle allait mieux et tu...

— Trop tard ! Ils ont Jordan. Putain, laisse-moi réfléchir une seconde... Ces types sont allés la cueillir chez Terry... Ils ne vont pas la trouver, ils vont tuer mon fils !

Austin déglutissait avec difficulté. Il se racla la gorge et s'exprima sans conviction :

— Quand les ravisseurs vont tomber sur Terry, celui-ci les enverra au ranch et à ce moment-là, on l'échangera contre Jordan.

Bien qu'elle ne comprît pas un mot de l'étrange tractation qui se tramait autour d'elle, Julie sentit qu'il se passait quelque chose de grave. Ces deux hommes l'avaient sauvée. Sans crainte elle s'en remettait à eux.

— Conduis-la au ranch ! Moi, je vais chez Terry, commanda Mark.

— Non, si tu...

— Stop ! Y en a marre de discuter !

La Cherokee effectua un demi-cercle devant le Broncos et se volatilisa.

Les prophéties n'avaient pas cours chez les Indiens Navajos et Austin Klash n'était pas doué pour ça. Néanmoins, les événements se déroulèrent à peu près comme il les avait prévus. En arrivant au ranch, il surprit sa fille assise devant le téléphone, se consumant en douleur et en peine avec pour seul espoir cet appareil qui la reliait aux ravisseurs. Figée, affligée, elle n'avait pas bougé depuis le coup de fil hystérique de Ralph Tyler et l'appel au secours qu'elle avait lancé aussitôt à son mari.

Lorsque la sonnerie téléphonique déchira à nouveau le silence mortuaire qui avait pris possession des lieux,

Lillie décrocha en sursaut, s'accrocha au combiné, formula trois « oui », raccrocha en reniflant et s'adressa à son père :

— C'était eux ! Ils sont là, devant chez nous. Ils téléphonaient de leur voiture. Ils m'ont sommée de faire sortir Julie, uniquement elle.

Elle se mit à pleurer.

— Où est Jordan ? Il faut d'abord s'assurer qu'il...

Lillie ne permit pas à son père de terminer sa phrase. En un éclair, elle se leva, empoigna Julie, la poussa dehors, referma la porte à clé, s'y adossa. D'un geste qui pouvait passer pour du dépit, du dégoût ou de la démission, Austin plongea son visage au fond de ses mains calleuses.

Dans son dos, Lillie entendit des hurlements, des coups de poing marteler le battant, un cri étouffé, le claquement d'une portière, l'accélération d'un moteur, l'écho strident d'un téléphone. Elle ne bougea pas jusqu'à ce qu'elle réalise que ce dernier son venait de l'intérieur. Elle décolla de l'entrée, passa devant Austin pétrifié et décrocha. À l'autre bout du fil, une voix inconnue se présenta : Brad M.W. Dexter, du FBI. Celui-ci appelait du ranch de Pat Flanagan pour la prévenir que Jordan et Venus venaient d'y être délivrés et qu'ils étaient sains et saufs. Lillie lui résuma ce qui venait de se produire et Brad comprit alors qu'il était trop tard pour Julie.

81

— Elle est morte ! dit Brad M.W. en écrasant le combiné.

— Qui ? s'inquiéta Henry.

— Julie. Ils viennent juste de la refiler à Tyler et à Flanagan.

L'agent fédéral, dont la contenance et l'élégance se dégradaient au fil des heures contrairement au shérif qui avait ôté sa cravate bariolée et remplacé sa veste en velours orange par un blazer bleu marine, adoptait l'expression d'un joueur venant de perdre une partie importante.

Ils étaient pantois au milieu du salon des Flanagan dans lequel ils avaient fait irruption plusieurs minutes auparavant. La piste de la plaque minéralogique avait conduit à la bonne adresse.

Anna était assise dans un canapé, prise en tenaille par Jordan et Venus, blottis contre ses seins. Deux suppléants du shérif, qui auraient préféré être à la place des enfants, inspectaient le ranch et la cave. Dans son fauteuil, Becky Flanagan sanglotait ; un sparadrap sur le front, son fils Tim avait été tiré de son lit sans ménagement. Dehors, Forrest Carrey se tordait de douleur ; il avait essayé de fuir dans l'Oldsmobile gavée d'armes et planquée dans le garage. Brad M.W. l'en avait dissuadé en lui claquant la portière sur les doigts après avoir enfoncé le loquet de verrouillage. L'interrogatoire de Forrest Carrey avait commencé ainsi, livrant des réponses rapides, jusqu'à ce que McNeil intervienne. Brad avait alors libéré ce qui restait des doigts de Carrey pour lui glisser une paire de menottes attachée à la poignée du véhicule.

À la suite de son coup de fil, l'agent du FBI fondit sur le flic de Los Angeles, recroquevillé sur le sol, le bras suspendu, la main pendante. Il lui souleva la tête par les cheveux pour s'enquérir de la destination de ses complices.

— Je ne sais pas. L'idée c'était de bousiller tout le monde, pas de faire une balade, répondit le tueur en affichant un rictus railleur.

— T'arrives à plaisanter avec un sourire pareil ?

— Qu'est-ce qu'il a mon sourire ?

Le poing droit de Brad s'écrasa directement contre la mâchoire de l'Angeleno en émettant un craquement sec. Henry qui venait de les rejoindre fit la moue.

— Ton sourire ? Il est légèrement édenté, conard ! fustigea Brad M.W.

Forrest cracha une incisive à défaut de cracher le morceau. Sa bouche était remplie de sang, sa langue était coupée, ses lèvres enflaient. Il remua soigneusement toute cette chair meurtrie pour s'exprimer de façon distincte :

— Enculé !

Brad M.W. resserra son poing et prit de l'élan. Henry retint le bras tendu qui allait à coup sûr obliger Carrey à se payer un dentier entier.

— On se calme ! protesta Henry.

— Si vous connaissez un moyen plus efficace pour retrouver Julie avant qu'elle ne soit assassinée, je suis disposé à vous écouter. Dans le cas contraire, je poursuis l'entretien.

— Vous appelez ça un entretien ?

— Foutez-moi la paix, Henry !

— Ce type ne sait rien. Il ne sait même pas ce qu'il risque. C'est un obsédé de l'extermination, un idiot manipulé, gavé d'idéalisme bon marché, incapable d'accepter le fait que ceux qui lui donnent des ordres se fichent complètement d'un monde meilleur. Ce n'est pas en lui écrasant les doigts ou en lui arrachant les dents qu'il va devenir plus intelligent.

— Où voulez-vous en venir ?

— Cet idiot a un Q.I. minuscule et vous lui intimez d'extrapoler, d'imaginer où Ralph Tyler aurait pu emmener la fille. Il ne sait rien, vous pouvez me croire. Je connais bien ce genre de second couteau qu'on embauche dans les mauvais coups pour porter un flingue ou poser une bombe. On les met rarement dans la confidence.

— Il faut bien tenter quelque chose.

— Il reste une possibilité.

— Laquelle ?

— Que Tyler tombe sur un barrage et que la Française se serve à nouveau de son formidable instinct de survie. Ils ont quitté le ranch des Lynch il y a seulement cinq minutes. Ça pourrait être pire comme cas de figure.

82

Dolly Parton s'occupait de l'ambiance musicale à l'intérieur de la Plymouth tandis que John Ewing veillait à la route. Il venait de fêter ses cinquante ans dans un « Pizza Hut » avec des collègues de travail et projetait de vendre encore pendant dix ans des assurances-vie à ceux qui n'avaient pas peur d'entendre parler de leur mort. Au crépuscule de sa carrière, John Ewing se targuait d'un savoir-faire, voire d'un talent certain, mais sa fortune était loin d'égaler celle de son homonyme de la série télévisée. Il avait cependant ajouté un « R » entre son prénom et son nom pour donner de l'impact à sa carte de visite. Dans son fichier de clients potentiels il y avait la famille Lynch, avec qui il avait pris rendez-vous deux semaines auparavant et à qui il comptait bien fourguer un paquet de contrats destiné à grossir de façon conséquente sa commission mensuelle.

La route graveleuse et la guitare de Willie Nelson s'accordaient avec le look vestimentaire qu'il avait adopté et adapté à ses prochains prospects. Il avait tiré un Stetson du coffre, noué une cravate western et chaussé des Tony Lama.

J.R. Ewing décrocha son téléphone cellulaire payé par la compagnie, composa le numéro des Lynch afin d'annoncer sa venue au ranch et se renseigner sur la façon la plus directe d'y accéder. La ligne était occupée. Tant pis, il se débrouillerait seul.

Il profita du chemin qui lui restait à parcourir pour réciter un argumentaire qu'il connaissait par cœur. « Personne n'est à l'abri d'un accident… plaisanta-t-il avant de redevenir sérieux. Si votre mari vient à disparaître, madame Lynch, vous êtes sans emploi, avec une famille à charge et des crédits à rembourser. Comment faites-vous ?… »

Alors qu'il ratiocinait à voix haute en compagnie de Johnny Cash, il aperçut une Cadillac qui roulait vers lui au milieu de la route et ne semblait pas vouloir s'écarter. Attentif à l'état impeccable de sa carrosserie, Ewing préféra se ranger sagement sur l'accotement. La Cadillac se déporta sur la droite avant de freiner juste devant lui. Le chauffard s'en éjecta, braqua une arme sur la tempe d'Ewing et l'arracha de son siège comme une mauvaise herbe, tandis que deux autres personnes s'engouffraient furtivement à l'arrière de la Plymouth.

Respectant la propriété privée, J.R. Ewing n'acceptait pas que l'on s'emparât du bien d'autrui. Quand il réalisa que l'on était en train de le déposséder de son capital, de sa berline, de ses fichiers, de son autoradio, de ses cassettes country, de ses sièges en cuir, de son téléphone dernier cri, il s'accrocha par réflexe à la poignée de la portière qu'il ouvrit violemment au moment où la Plymouth effectuait un demi-tour. Le gentil et stupide J.R. entendit une détonation, lâcha prise et s'étala les bras en croix, du sable dans la bouche et une balle de calibre 9 mm dans l'épaule.

Ralph Tyler laissait trois nouveaux stigmates de son passage : une victime en travers de la chaussée, une Cadillac borgne et un peu plus loin une Jeep Cherokee couchée sur le flanc qui perdait du sang.

83

Quand elle reprit connaissance, Julie était coincée entre le tapis de sol d'une voiture et la semelle du gros rougeaud qui lui avait enfoncé en prime un revolver dans le cou. Une ornière sur la route pouvait à tout moment faire partir une balle au fond de sa gorge. La balade inconfortable fut interminable. Quand le véhicule stoppa, Julie fut happée à l'extérieur avant de s'aplatir le nez contre la roue. Un type au faciès familier la menaça avec son arme. Une sorte de croissant poilu était coincé entre son nez et sa lèvre supérieure. Elle reconnut le flic moustachu qui avait adopté cette fois le look de Stacy Keach dans la série « Mike Hammer ».

Lorsque Pat commença à creuser un trou, elle réalisa la gravité de la situation, s'inclinant devant l'acharnement et l'inexorabilité du sort qui la repoussait chaque fois vers les griffes des tueurs.

Elle était allongée sur le sable, dans un endroit si plat et si aride que les colons anglais l'avaient sûrement contourné lors de la conquête de l'Ouest. D'ici, on avait le temps de voir venir l'avenir. Rien n'arrêtait le regard. Le silence aussi lourd que la chaleur offrait toute la place aux craquements métalliques du moteur brûlant de la Plymouth et au son étouffé de la pelle. Le rougeaud se congestionnait, transpirait, ahanait, tel un forçat forcené pour achever au plus vite une fosse dont les dimensions s'inspiraient de celles de Julie. La distance entre cette tombe et la ligne d'horizon les séparait du reste du monde, murs d'espace vide qui se faisaient les complices de son trépas, à l'image du désert entourant Cary Grant dans *La Mort aux trousses.* Sauf qu'ici, il n'y avait ni arrêt de bus, ni route, ni champ de maïs.

Le gros souffla en remontant à la surface et épongea la sueur qui luisait sur son front rose. Ralph arma son pistolet qu'il pointa sur Julie, visant bien la tête pour être sûr de lui ôter la vie à la manière d'un tueur de zombis. Car Tyler considérait un peu ses proies comme des morts vivants qui ne cesseraient de hanter son monde qu'à la seule condition que leur boîte crânienne fût détruite. Julie appartenait à ces malfaisants qu'il fallait éradiquer sans sommation. Ralph craignit soudain d'avoir manqué le conducteur de la Plymouth. Ce doute le poussa à réduire l'écart entre son arme et le visage de Julie.

Elle perçut le clic du chien contre la gâchette prêt à repartir vers l'avant pour guider le percuteur. Elle vit l'index se recroqueviller derrière le pontet contre la détente et suivit la chute d'une goutte de sueur du tueur venue s'écraser sur le canon dont l'orifice démesuré se rapprochait jusqu'à devenir flou. Elle inhala une odeur de transpiration mêlée à des effluves d'eau de toilette bas de gamme, sentit le sable chaud entre ses doigts, le goût métallique et sulfureux du guidon brûlant s'écrasant sur sa langue. Elle entendit la détonation, lointaine, stridente, récurrente, comme si le sens des sons s'était perdu à l'orée de la mort. Elle compara ce dernier bruit à une sonnerie téléphonique.

L'intérieur du canon était devenu un sombre tunnel au bout duquel apparut la fameuse lumière blanche, passage vers l'au-delà. Au milieu de ce nimbe aveuglant, Julie distingua une silhouette massive : celle du tueur à moustaches.

Ralph Tyler se tourna vers Pat Flanagan qui sourcillait, les bras ballants, dans une pose qui n'avait rien à envier à celle d'un orang-outan. La sonnerie venait de la Plymouth.

— C'est le téléphone de la voiture ? demanda le révérend-outan.

— C'est pas pour nous ! décida Ralph.

— Et si ça l'était ?

— Alors décroche, crétin, comme ça tu le sauras et t'arrêteras de déblatérer des questions débiles !

Le gros plongea dans l'habitacle, faisant apparaître un postérieur qui aurait nourri une famille de coyotes pendant un mois. Il décrocha et ressortit sa trogne plus purpurine que jamais.

— C'est pour toi !

Ralph s'empara du combiné à contrecœur. Son correspondant ne lui donna pas l'occasion de placer un seul mot :

— Ici Brad Dexter du FBI ! Nous venons de serrer vos complices, nous avons également votre identité. Cela ne sert plus à rien d'éliminer la fille, sauf à aggraver votre cas. Dans quelques minutes, vous serez cernés par une armée de policiers. À votre place, je l'utiliserais comme otage. Maintenant, c'est à vous de jouer.

Clic.

— Le con, il a raccroché !

— Qui c'était ?
— Ce con du FBI a raccroché !
— Qu'est-ce qu'il a dit ?
— Il nous a conseillé de garder cette salope en otage.
— Je ne comprends rien.
— Moi non plus. Il a même pas envisagé que nous nous rendions.
— D'où il a déniché ce numéro ?
— J'en sais rien, peut-être que le conducteur de la Plymouth a parlé avant de crever. De toute façon, on n'en a rien à foutre.
— Qu'est-ce qu'on fait alors ?
— Pour l'instant, on la garde avec nous et on se tire d'ici.

Un nuage noir et bruyant tacha le ciel bleu turquoise. Julie fut jetée sur la banquette. Avant que la voiture n'ait démarré, le sable se souleva dans un vrombissement assourdissant. Un hélicoptère les survolait ; il serait sûrement rejoint par des renforts terrestres. Le coin le plus isolé du monde serait bientôt l'endroit le plus fréquenté au mètre carré, promettant de devenir une étape touristique à la mode. Julie remercia le ciel qui lui avait envoyé du secours. Enfin la police ! Les pales tournoyaient au-dessus d'elle comme la spirale sans fin d'une anesthésie par masque. D'abord, sa vue se brouilla avec l'effet de vitesse du rotor. Puis elle sentit une douleur dans la nuque. Les images devant elle s'effacèrent dans un fondu au noir très cinématographique.

84

— Prenez de l'altitude, on ne voit plus rien ! cria Brad M.W. au pilote.

L'hélicoptère dissimulait la Plymouth sous une chape sablonneuse. L'appareil s'éleva, laissant filer aussitôt le véhicule.

— C'est quoi le plan ? demanda Henry, assis à côté de l'agent fédéral.

— On met la pression sur eux, jusqu'à ce qu'ils commettent une erreur.

Brad M.W. repoussa provisoirement le micro et composa sur un portable le numéro de la Plymouth.

— Pourquoi ne répondent-ils pas ? s'impatienta-t-il.

— Ils ont une stratégie, supposa le shérif.

— Le véhicule semble se diriger vers Gallup.

— Que cherchent-ils à faire ?

— J'en sais foutrement rien pour l'instant. L'essentiel, c'est de ne pas les perdre de vue une seconde.

— Comment se fait-il que le FBI ne vous fournisse pas plus de moyens ?

— C'est pas faute d'avoir réclamé, seulement le crime paie plus que l'administration. Les hors-la-loi ont plus de moyens que nous et prennent les décisions plus rapidement. En compensation, on a vos hommes, non ?

La Plymouth fila sur la route pendant une vingtaine de miles avant de s'arrêter à l'entrée de Gallup dans une station-service devant laquelle se rangèrent deux véhicules du shérif.

— Ils prennent de l'essence. Ils ont l'intention d'aller loin, commenta Brad avant d'enfoncer une paire de jumelles dans ses orbites.

Pat Flanagan empoigna le pistolet accroché à la pompe et le planta dans le réservoir. Devant lui, un homme âgé versait de l'essence dans une Ford Escort blanche. Brad effectua une mise au point sur ce type, le temps de juger ses cheveux, trop noirs pour être naturels, et son costume à carreaux, trop tape-à-l'œil pour être celui d'un émissaire. Il revint ensuite sur Pat Flanagan qui revissait déjà son bouchon.

— Il va payer ! s'exclama-t-il.

— Ne soyez pas vindicatif, plaisanta Henry.

Brad était trop concentré sur l'action pour saisir les traits d'humour de son coéquipier qui déjà en temps normal n'atteignait pas son but à tous les coups. Flanagan attendait son tour à la caisse, derrière l'homme mal habillé. On les distinguait clairement à travers la vitre du magasin. Lorsque le révérend ressortit, un énorme Mack de quarante tonnes pila pile en hurlant devant un chauffard qui débouchait de la station-service avec l'aplomb du novice persuadé d'être prioritaire. Brad reçut des poussées d'adrénaline le temps que le poids lourd s'éloigne dans un concert d'avertisseurs faisant réapparaître la Plymouth qui démarrait derrière la Ford blanche.

— C'est reparti ! dit Brad M.W.

— J'ai un doute ! dit Henry.

— Quoi ?

— Qui est dans la Plymouth ?

— Ralph Tyler, Pat Flanagan, Julie Gauthier.

— Vous les avez vus ?

— Bon sang, comment voulez-vous percevoir quelque chose à travers des vitres teintées couvertes de poussière ?

— Justement. Vous êtes trop sûr de vous, Brad. Ces salauds comptent là-dessus. Vous avez insisté sur l'importance de ne pas les perdre de vue une seconde. Or il s'en est écoulé plus de trente derrière ce camion. Imaginez qu'ils en aient profité pour monter dans la Ford devant eux…

— Qui conduirait la Plymouth alors ?

— Pour le savoir, il faut arrêter l'une des deux voitures.

Brad se massa le crâne, adoptant la coiffure de Nicolas Cage dans *Arizona Junior*.

— Il faut intervenir maintenant, insista le shérif.

— Ça va, ça va, j'ai compris ! Évitons quand même la bavure. Si on se goure de bagnole, on risque la panique chez les tueurs et la mort de Julie.

— Exact. Une chance sur deux !

La Ford commença à distancer la Plymouth.

— Putain, on est en train de merder ! s'exclama Brad.

La Ford bifurqua. La Plymouth continua tout droit.

— Arrêtons la Plymouth ! proposa Henry.

Le shérif ordonna par radio à son adjoint Ben Calder de l'intercepter et aux autres suppléants de suivre la Ford blanche. L'hélicoptère resta suspendu au-dessus de la Plymouth qui ne manifesta aucune résistance. Ben s'avança à la hauteur du conducteur et fit sortir l'homme en costume à carreaux. Il était seul.

— Ils nous manipulent, conclut Brad M.W.

— Que voulez-vous dire ?

— On se fait berner depuis le début.

Brad M.W. interrogea Ben par radio :

— Qui est ce conard en costard de clown ?

Un effet larsen lui fit grincer des dents. Il se frictionna le tympan avant d'écouter la réponse de Ben se frayant un passage à travers les crachotements de la radio :

— ... Crrrrrr... Roy Barnes, un acteur... Crrrrrr... figuration... Crrrrrr... un type l'a braqué à la stat... Crrrrrr... kidnappé sa femme et menacé de la descendre s'il ne conduisait pas la Plymouth jusqu'à Holbrook... Crrrrrr...

— Qu'il décrive le type qui l'a braqué ! s'impatienta Brad.

— Il correspond... Crrrrrr... signalement de Pat Flanag... Crrrrrr... D'après Barnes, il a balancé une fille dans le coffre de la Ford avant de prendre le volant... Crrrrrr...

— C'est tout ? Il n'y avait personne d'autre ?

— Non... Crrrrrr...

— Ralph Tyler n'était pas avec Flanagan ?

— Non... Crrrrrr... il n'y avait que le révérend et la Française dans la Plym... Crrrrrr...

Brad arracha son micro. Il était énervé. Il se tourna vers Henry. Pour la première fois depuis qu'il l'avait rencontré, Henry lut de l'incertitude sur ses traits.

— Aidez-moi, Henry, je suis largué !

Henry commanda au pilote de rejoindre la Ford le plus rapidement possible. L'appareil effectua un demi-tour en épingle à cheveux pour survoler à nouveau l'Escort escortée par l'autre voiture de police qui roulait à tombeau ouvert en direction de Grants.

— Il faut les stopper avant que Flanagan ne nous échappe pour de bon, dit Brad.

— N'oubliez pas qu'il a deux otages, maintenant : Julie et la femme de Barnes !

Brad dessina sur un morceau de papier un rectangle censé représenter la Ford. Il traça deux croix à l'avant, une à l'arrière.

— On sait que Julie est enfermée dans le coffre et que Flanagan conduit. Mme Barnes est sûrement assise à ses côtés, commenta-t-il.

— C'est trop risqué d'arrêter la Ford ! Il vaut mieux la filer.

— Il y a toujours des risques dans ce genre d'opération. Notre rôle c'est de les réduire au minimum.

— Flanagan doit être capturé vivant. Il sait où se cache Tyler.

— Bon, eh bien je crois que nous avons évalué tous les paramètres. Il ne reste plus qu'à prendre une décision.

— À vous l'honneur, ironisa Henry qui refoulait une nausée déclenchée par les virevoltes de l'hélicoptère.

Brad recommença à se gratter les cheveux, au risque cette fois-ci de concurrencer le look de Robert Smith. Il fixa la Ford qui, d'en haut, ressemblait à son croquis et reprit son micro pour entrer en contact avec Ben :

— Demandez à Barnes si sa voiture est équipée d'un double Air Bag.

Brad M.W. écouta puis esquissa un sourire :

— Je crois que vous aimez la conduite sportive, Henry, non ?

— Sans plus. Pourquoi ?

— Il faudrait sacrifier deux bagnoles.

— Vous pouvez préciser ?

— On va percuter la Ford en pleine gueule.

— Et la fille, vous l'oubliez ? Il n'y a pas d'Air Bag dans le coffre.

— Ça c'est le risque minimum incompressible dont nous parlions tout à l'heure.

85

Un panneau en bordure de route mentionnant « *Drive in beauty* » frissonna au passage de la Ford Escort. Conduisant de la main gauche, Flanagan maintenait son allure bien au-delà de la limite autorisée. À ses côtés, Maggie Barnes était pétrifiée depuis qu'il lui avait enfoncé son revolver dans le gras.

Il jeta un œil dans le rétroviseur. L'hélicoptère s'était volatilisé. En revanche, les hommes du shérif étaient à ses trousses. Son plan avait foiré, il fallait une autre idée. Il comptait sur la ville d'Albuquerque, oasis d'hydrocarbures qui lui permettrait de se fondre dans la circulation. Plus qu'une vingtaine de miles.

Une Firebird rouge qu'il n'avait pas vue venir surgit soudain à sa hauteur, le dépassa, lui fit une queue de poisson et ralentit brusquement. Flanagan freina, saisit son volant à deux mains et, grâce à un réflexe qui le surprit lui-même, évita le bolide. Furieux, il martela son klaxon à coups de crosse de revolver qu'il replanta très vite dans une madame Barnes au bord de la crise cardiaque. Il dut réduire sa vitesse à 60 km/h à cause du chauffard qui se traînait désormais. Le genre de conducteur que Flanagan détestait. Il essaya de le doubler, mais un gros pick-up GMC arrivant en sens inverse l'obligea à se rabattre. À ce moment précis la Firebird déboîta sur la voie de gauche, roulant face au GMC qui braqua à son tour sur la voie de droite pour l'éviter. Cette fois, Pat Flanagan n'eut pas le temps de réagir. Le pick-up GMC s'encastra dans la Ford Escort, plongeant les passagers dans leurs Air Bags respectifs. Les portières de la Ford s'ouvrirent simultanément. Avant qu'ils n'eussent compris ce qui leur arrivait, Flanagan léchait l'asphalte, un revolver dans la nuque, pendant que Maggie Barnes échouait dans un buisson en écrasant un adjoint du shérif qui l'avait attirée là.

Henry McNeil s'éjecta de la Firebird pour se ruer vers la Ford, rejoint par Brad qui avait eu plus de difficultés à s'extraire du GMC ratatiné. L'hélicoptère du FBI se posa à proximité, couvrant le lieu de l'accident d'une épaisse couche de poussière d'or. Trois hommes en sortirent, courbés sous les pales, progressant vers le coffre ouvert de la Ford au-dessus duquel Dexter et McNeil étaient déjà penchés.

Les regards des cinq hommes convergeaient vers les yeux verts hagards d'une jeune fille recroquevillée qui semblait se réveiller d'un terrible cauchemar. Le vrombissement strident du rotor, la tornade jaune qui remplissait l'atmosphère, les visages inconnus qui la fixaient comme une bête curieuse, les sirènes de police, les braillements des véhicules de secours, les nasillements et les crachotements des radios, tous ces sons et ces images donnaient à la scène un air de fin de film.

Le docteur, qui avait surgi de l'appareil entre les agents du FBI, rassura Henry et Brad M.W. sur l'état physique de Julie. Fractures, contusions, tuméfactions, ecchymoses, la liste était longue. Heureusement, ni le coma ni la mort n'en faisaient partie. Julie Gauthier fut rapidement transférée du coffre de la Ford à une ambulance plus confortable qui ulula en direction d'Albuquerque.

Henry chercha son partenaire pour le féliciter. Ce dernier était déjà en train d'interroger énergiquement Pat Flanagan.

— Où est Tyler ?

Le révérend était étourdi par le choc qu'il avait subi.

— Qui ?

— Écoute ! Nous t'avons arrêté vivant en misant sur l'hypothèse que tu nous révélerais la planque de Ralph

Tyler. Si on s'est trompés, on te remet à ta place, avec une bastos dans la tronche.

— Vous n'avez pas le droit. Je veux appeler mon avocat.

L'agent fédéral poussa Flanagan sur le siège, referma la portière, pointa son Beretta sur le faciès rouge et rond comme un cœur de cible et tira. La détonation fit sursauter les forces de l'ordre qui ne s'attendaient plus à un coup de feu. La balle avait traversé la vitre en dessinant une toile d'araignée autour d'une perforation parfaite. Brad ressortit un Flanagan flagada. Le projectile de 9 mm qui venait de lui friser les poils du nez lui avait au passage délié la langue :

— Quand vous êtes tombés sur nous en hélico, Tyler n'est pas monté dans la Plymouth. Il s'est jeté dans un trou que je venais de creuser pour... euh... Avec le sable que vous souleviez, vous n'avez rien vu. À l'heure actuelle, il a dû rejoindre la route et stopper la première bagnole qui passait. Sincèrement, je ne sais pas quelle direction il a prise car on a tout improvisé à la suite de votre appel téléphonique. À mon avis, vous n'êtes pas près de le revoir.

TROISIÈME PARTIE

This is the end...[1]
Jim MORRISON

1. *C'est la fin...*

86

Le dénouement de l'affaire Kleinfeld, car le mot « dénouement » était utilisé par les journalistes bien que Ralph Tyler fût toujours en cavale, avait renvoyé chacun des protagonistes dos à dos. La vie quotidienne reprenait son cours après six jours de bruit et de fureur. Les héros étaient redevenus des êtres normaux, ou presque. Au fond, ils n'étaient plus tout à fait les mêmes qu'avant.

Brad M.W. Dexter considérait que cette affaire n'était pas dénouée. Pour lui, elle ne faisait que commencer. Certes l'enquête avait mis au jour l'existence de ZOLTAN, une milice jusqu'alors inconnue des services secrets. Cet obscur groupuscule d'extrême droite uniquement composé de militaires et de policiers comptait plus de morts à son actif que de membres actifs. ZOLTAN était également lié à l'association religieuse « ICAN » dirigée par le révérend Pat Flanagan. Le réseau avait été entièrement démantelé, tous les miliciens avaient été appréhendés sauf un, leur chef, surnommé Z et identifié par le FBI comme étant Ralph Tyler. Ainsi, Brad M.W. Dexter n'avait plus qu'une seule obsession, que ce nom à l'esprit. Obtenir de l'avancement n'était plus son unique motivation. Il n'avait jamais été confronté à un cas aussi difficile et le résoudre l'aurait grandement conforté dans ses certitudes ainsi que dans son amour-propre.

Henry McNeil avait repris le chemin de Gallup, tel « *a poor lonesome cowboy* ». Il avait regagné une maison vide, reçu la visite de l'avocat de Helen, signé les papiers du divorce, non sans un pincement au cœur. Néanmoins, il préférait considérer ses dix-sept ans de mariage comme un chapitre dont il venait de tourner la dernière page plutôt que de se laisser envahir par cette terrible sensation d'avoir gâché sa vie. Anna avait été pour beaucoup dans sa volonté de tout recommencer, pour la deuxième fois de son existence. Malheureusement la Mexicaine était partie sans dire au revoir. Henry avait alors décidé de prendre le large et de l'oublier.

Anna avait obtenu une carte verte. C'était d'ailleurs tout ce qu'elle avait reçu du FBI qui n'avait pas très bien compris son rôle dans l'histoire. Brad M.W. lui avait donné l'adresse d'un restaurant à Los Angeles géré par un ami, avec la perspective d'une place de serveuse.

Après avoir enduré une pléthore d'examens physiques et psychologiques, Venus avait été recueillie par son grand-père Zacharie Halloway. Certains psychologues avaient diagnostiqué un traumatisme mental irréversible chez la fillette. D'autres, plus optimistes, avaient pronostiqué un rétablissement progressif. Paradoxalement, la fuite en avant de Venus et ses cruels avatars avaient libéré en elle une décharge émotionnelle qui l'avait prémunie contre l'annonce à retardement de la mort de ses parents et de son frère. Parallèlement, un lien fort, voire maternel et fraternel selon certains spécialistes, s'était créé entre Venus et Julie. Grâce à la grande, l'équilibre de la petite paraissait avoir été préservé. Seul le temps départagerait les experts.

87

Julie avait séjourné plusieurs jours à l'hôpital, affronté les interminables interrogatoires de la police, des fédéraux, des journalistes, des médecins, et confirmé les dépositions rédigées à partir de son carnet. Elle avait enfin été rejointe par son père qui avait pris l'avion dès que le FBI l'avait localisé à Singapour.

Le visage familier qui venait de se glisser dans l'entrebâillement de la porte n'était pas celui de son père. C'était celui d'Austin Klash dont les mobiles de ce déplacement à l'hôpital, sous escorte de la police, ne manquaient pas.

L'un de ces motifs était son gendre Mark qui occupait une chambre voisine de celle de Julie. Il avait été grièvement blessé par les tueurs alors qu'il roulait à leur rencontre en direction de chez Terry. Une balle lui avait traversé la mâchoire, une autre avait frôlé la moelle épinière. Ses jours n'étaient plus en danger et les risques de finir dans une chaise roulante avaient été écartés. Il lui fallait seulement compter sur un bon chirurgien esthétique et laisser sa Cherokee au garage.

Les médecins avaient proposé à Austin de confronter leurs théories à sa thérapie, peu orthodoxe même pour les Indiens Navajos. Les résultats qu'il avait obtenus sur la Française étaient spectaculaires.

La troisième raison de sa présence ici était Julie, à qui il avait rendu visite à maintes reprises. Elle appartenait désormais à sa famille. Malgré la mort de son meilleur ami, Terry, malgré l'hospitalisation de son gendre, malgré ses démêlés avec le FBI qui lui reprochait sa folle initiative, Austin était serein. Il avait perdu un ami, il avait gagné une fille. Toujours ce souci d'équilibre. L'*hozho*.

Tel un médecin délivrant sa prescription, l'Indien avait recommandé à Julie de rester isolée pendant quelques jours et de consommer des aliments dont il avait soigneusement dressé la liste aux docteurs. Elle n'avait plus mal à la tête et savourait cette douce sensation de n'éprouver aucune douleur physique.

— *My headache has gone !* dit-elle en s'appliquant.

Le vieil Indien dont les yeux rieurs avaient perdu un peu d'éclat s'offusqua :

— *YOUR headache ? Not YOUR headache !*

Julie fit intervenir l'infirmière baragouinant un français pratiqué dans les bras d'un touriste toulousain qui s'était fait hospitaliser à la suite d'un accident de voiture.

Elle voulait qu'elle lui traduise les récriminations d'Austin. L'Indien tenait à lui préciser qu'il fallait dire UNE migraine, pas SA migraine. Cette douleur, qui résultait d'un déséquilibre extérieur, ne lui appartenait pas.

Il se mit à parler de plus en plus vite à tel point que l'infirmière préféra faire une synthèse assortie d'un commentaire personnel :

— En... euh... résume, il dit les gens ont le tendancy à s'attribu... ter les maux qui les tormentent et à ne plus les lâcher... euh... Il dit il faut se libérer d'un mal comme d'une passagère anomaly... Tu parles ! Et comment tu libères toi du AIDS ? En prétende qu'il n'appartient pas à toi ? Tu choisis pas ton maladie, c'est elle qui choisit toi !

Julie ne releva pas les propos de sa traductrice en blouse blanche. Austin posa sur son front un long baiser au travers duquel elle sentit tout l'amour d'un père. C'était sa dernière visite. Avant de se retirer, il plaça discrètement un minuscule morceau de cristal dans les chaussures de Julie. Cela faisait partie de la thérapie. Elle essuya ses larmes pour enregistrer ce visage souriant, animé de compassion, de dévotion. Elle lui promit fermement de revenir le voir le mois prochain, car il avait prétexté la nécessité de poursuivre la cérémonie. L'Indien marmonna quelques mots puis s'esquiva comme un fantôme. Il lui fallait aussi apaiser les siens et se justifier auprès de la justice.

— Qu'a-t-il dit avant de partir ? demanda Julie à l'infirmière.

— J'ai pas compris très bien. C'était quelque chose comme : « Nous saluerons le *dawn*... comment dit-on ?... oube... aube ?... avec le chant du bleu oiseau. » Je suis pas sûre dans le traduction.

— *Dolie ah nee...*, scanda Julie en souriant.

— Vous croyez dans les esprits ?

— Austin Klash m'a dit une fois : « Les esprits n'existent pas, mais parfois ils guérissent ! »

88

Une sirène de police hurla sur la bande d'arrêt d'urgence.

Julie ouvrit les yeux sur son père assis à ses côtés à l'arrière du taxi et le fixa longuement comme pour se convaincre que tout était fini, qu'elle était bien de retour dans un monde meilleur, coincée dans les embouteillages légendaires de Los Angeles qui n'avait pas assez de ses larges rubans de bitume pour digérer la circulation automobile. Le chauffeur maugréait. Julie avait le temps, leur avion ne décollait que dans quatre heures. Elle était partie en avance car elle avait insisté pour revoir Venus une dernière fois à l'aéroport.

Contrairement aux voitures qui roulaient au pas, les images défilaient vite dans sa tête, succession de visages qu'elle avait rencontrés, d'êtres solitaires hors normes qui l'avaient protégée. Ce grand Noir, dont elle avait déjà oublié le nom et qui l'avait sortie de la ville. Ce Français de la station-service, mort avant d'avoir pu se présenter. Dick dans sa caravane rouillée, Bob dans sa tour d'ivoire, Burt dans son camion rutilant. Un itinéraire jonché de violence et de mort, par sa faute. Mike et Treat.

Son nez soudain la démangea. Elle versa une larme qu'elle sécha du bout de son ongle, s'efforçant de réprimer les contractions spasmodiques qui la poussaient aux pleurs. Treat. Sa mort atroce la hanterait longtemps comme un cauchemar récurrent hante les nuits des jeunes esprits sensibles. Wilmerine, qu'elle aurait aimé connaître, Austin, qui l'avait métamorphosée, et les deux hommes qui l'avaient sauvée, tels des héros de cinéma : cet agent du FBI qui portait le prénom de Brad Pitt et ressemblait à un jeune premier; ce shérif au look plouc intello à la Sam Shepard qui lui avait rendu visite à l'hôpital et qui avait lu Molière...

89

Julie et Venus se retrouvaient à nouveau seules. On leur avait improvisé un coin de tranquillité artificielle dans un salon pour VIP, ceinturé par un cordon de policiers destiné à contenir les journalistes et les curieux.

— Que vas-tu faire quand tu seras en France ?

— Reprendre une vie normale. Je vais me reposer d'abord chez ma tante en Normandie. C'est dans l'ouest de la France. Ensuite, je préparerai ma rentrée à l'université. Je chercherai un studio, je contacterai mes amis…

— Ton fiancé aussi ?

— Je ne sais pas.

— Il n'en voudra plus à toi d'être partie ?

— On verra… Tu sais ce que ça veut dire en anglais « Ailrunwizyoutouhel » ?

— Quoi ?

— Je n'ai pu retenir que la phonétique. C'est une phrase que Treat avait prononcée, un truc comme : Ailrunwizyoutouhel.

— *I'll run with you to hell !?* Si c'est ça, ça signifie : je fuirai avec toi jusqu'en enfer !

Julie attacha son regard à un avion qui décollait, et le perdit avec lui dans les nuages.

— Julie, ça va ?

— Ouais, ça ira… Je n'aurai pas beaucoup appris l'anglais avec toi.

— À quoi ça sert ? Je peux parler pour toi. Je suis ta traducteuse.

— Traductrice. Comment je vais m'en tirer à la fac ? Je n'ai pas progressé.

— Tu diras à eux que tu as moi.

— Une traductrice de sept ans ?

— Et alors ? Sept ans d'anglais, c'est pas mal. En plus je vais grandir.

Les flashs de quelques photographes vite réprimés aveuglèrent soudain la fillette.

— Quand je serai grande, reprit Venus, on vivra ensemble ! Tu n'auras pas besoin d'étudier l'anglais…

— Deviens d'abord une adulte. Tu verras, tu rencontreras un garçon et tu m'oublieras.

— Jamais, ils sont tous des enfoirés !

— Qui t'a appris ce mot ?

— Toi.

Le père de Julie s'approcha de la table et toucha l'épaule de sa fille :

— Il faut y aller, ma puce.

— Il appelle toi « ma puce », comme toi avec moi ! chuchota Venus. Au fait, Julie, tu n'as pas expliqué à moi pourquoi tu n'aimes pas les moustaches.

Julie sourit et murmura à son oreille :

— Tu as vu mon père ?

Venus avisa les fines moustaches impeccablement taillées de M. Gauthier.

— C'est à cause de ton père ?

Julie lui répondit en posant son index sur la bouche.

— Julie, il faut y aller, c'est l'heure.

Entourée par une armée de policiers et une nuée de photographes, elle marcha avec son père vers la porte de contrôle. Elle se retourna, le cœur déchiré comme sa carte d'embarquement. Au milieu de la foule, elle vit un bras menu s'agiter au-dessus d'une chevelure blonde et bouclée qui encadrait un visage d'enfant aux yeux rougis par les larmes.

En entrant dans l'avion, Julie pleura à son tour. Maintenant que tout était fini, elle pouvait libérer sa peine. Son père la consola en la serrant contre lui.

Non loin d'elle, un homme lisait *Le Monde*. Au gré des différents pliages que le passager imposait à son journal, elle se contorsionna pour en distinguer les gros titres. Des mots trop familiers pour vraiment l'interpeller :

« … grèves massives… vacanciers pris en otage… Front national… attentat… intégristes… 2 morts… 6 blessés… »

Julie mesurait le fanatisme de ceux qui avaient massacré la famille de Venus. Qu'elle soit sporadique aux States ou endémique en France, l'intolérance n'avait jamais failli, depuis la nuit des temps. Le chef-d'œuvre de D.W. Griffith, réalisé au début du siècle, était toujours d'actualité.

Après cette brève vision peu enchanteresse du monde, Julie imagina celui, plus harmonieux, que lui avait laissé entrevoir Austin Klash et que les adultes n'avaient pas légué à sa génération. Elle se blottit un peu plus contre son père. C'était à lui, désormais, de prendre un peu les choses en main.

90

Los Angeles. 4 juillet.

C'est tellement génial ici que j'en ai oublié d'écrire. Bon, je suis bien arrivée ! Depuis trois jours, je vis dans un décor de cinéma. Mortel. Pour l'instant, je me contente pleinement de mon rôle de figurante !

Je suis tombée dans une famille hyper cool. Nicole et Benjamin Kleinfeld m'ont adoptée d'emblée. Ils habitent une villa de rêve : douze chambres, six salles de bains, un Jacuzzi, un sauna, une piscine, un jardin paradisiaque. Leurs deux enfants sont trop gâtés.

Jeremy a 14 ans et ne songe qu'à une chose, devenir une rock star. Venus a 7 ans, veut faire du cinéma et parle français aussi bien que moi. En ce moment, elle a un emploi du temps très chargé : cours de français, cours d'art dramatique, castings. Heureusement qu'elle est en vacances ! Elle a tourné dans une série télévisée et a déjà fait plein de pubs. Dans sa chambre, elle a un salon de beauté et sa propre ligne téléphonique. Un autre monde.

Los Angeles. 5 juillet.

Je sens que ça va me changer les idées de passer deux mois ici. L'éloignement et le dépaysement vont m'aider à oublier la mort de maman et ma séparation de Nicolas. C'est vrai que je n'ai pas beaucoup pensé à eux ces derniers jours.

Aujourd'hui, nous sommes allées faire du shopping à

Beverly Hills et à Santa Monica. J'ai acheté quatre tee-shirts pour 10 dollars et Venus s'est payé des chaussures à 450 dollars. Mme Kleinfeld nous a ensuite emmenées dans un salon de thé sur Rodeo Drive. J'ai aperçu Cher qui entrait dans une boutique !

Benjamin Kleinfeld est rarement chez lui. Il travaille beaucoup, y compris la nuit. Il paraît que c'est un grand gynécologue. Je ne suis pas allée vérifier ! Hier soir, il nous a tous invités dans un restaurant français, pour me faire plaisir. Excepté le serveur qui se la jouait très Maxim's et l'ambiance qui était à mourir, c'était plutôt sympa. La nourriture était correcte. J'en ai profité pour essayer de discuter avec Benjamin. Venus faisait la traductrice, car pour l'instant je capte rien. Quand je lui ai demandé s'il s'intéressait à ce qui se passait en France, il m'a répondu texto : « Pour quoi faire ? Puisque tout ce qui se passe aux USA influence le reste du monde. » C'est une façon de voir les choses.

J'espère qu'il est meilleur en médecine qu'en géopolitique.

Bilan de mes quatre premiers jours ici : super… Non… HYPERCOOL ! ! !

« Quel gâchis ! », estima Julie en refermant son journal américain, qu'elle avait commencé à rédiger la veille du massacre et qui avait été récupéré avec le reste de ses affaires chez un sbire de ZOLTAN. Elle avait été interrompue au deuxième chapitre, la suite ayant été improvisée dans la tourmente sur le carnet offert par Dick Spaceck et jalousement conservé par le FBI.

À la lecture de ces pages, elle put constater le profond changement qui s'était opéré en elle en une semaine. L'adolescente, perceptible à travers le style naïf, maladroit, enthousiaste de ces deux chapitres, avait mûri d'un coup. « Tu as passé ton diplôme d'adulte », lui avait balancé son père en plaisantant. Comme si c'était une promotion, une récompense. Comme si c'était ce qu'il attendait d'elle pour qu'elle offre plus d'intérêt à ses yeux.

Julie compara ses vicissitudes à celles de *Thelma et Louise* ainsi qu'à tous ces *road movies*. Un genre initiatique qui exprimait la recherche d'une réponse, la quête d'une utopie, la tentative d'échapper à une société structurée. Dans son cas, l'inverse s'était produit. Elle avait fui une séparation, le décès d'une mère, l'absence d'un père, une famille déstructurée, le chaos, pour retrouver au bout de la route des repères stables et rassurants, la présence paternelle, sa chambre, son université, ses amis.

Elle se rappela le sujet de philo qui lui avait été proposé au bac un mois auparavant et qu'elle n'avait pas choisi, préférant se réfugier derrière le commentaire de texte : « L'action peut-elle mener à la réflexion ? »

Aujourd'hui, elle aurait pu noircir quantité de feuilles !

91

Henry McNeil buvait une Corona au comptoir d'un restaurant mexicain, face au miroir. Il y voyait un visage ridé par les ans, le soleil et les soucis. Il vida la moitié de sa bouteille qui se remplit de mousse et se remémora Anna, Dexter, Helen, Anna, Julie, Venus, Anna, Anna, et encore Anna. Quinze jours qu'il était à ses trousses ! Brad M.W. lui avait confié qu'elle était repartie au Mexique après avoir terminé sa mission pour le FBI. Henry n'en croyait rien. Pour lui, elle était à Los Angeles. Alors il jouait les détectives, en y passant son temps et ses économies. Repérer une Mexicaine à Los Angeles ! Autant repérer un Noir en Afrique. Aujourd'hui, il avait de la chance. Le barman du Mexicanas lui avait confié que son patron venait d'embaucher une serveuse prénommée Anna. « Une fille à rendre hétéro le plus pédé des acteurs de Hollywood », certifia le barman qui avait le sens de la formule. Henry reconnut une description assez fidèle de celle qu'il recherchait et décida de patienter jusqu'à ce que la fille vienne prendre son service. « Elle sera là un peu avant 5 heures, à moins qu'elle ne rencontre en chemin un agent avec du flair et du flouze qui la branche pour figurer au générique du prochain film de Roberto Rodriguez. »

Henry qui avait vu *Desperado* et *From dusk till dawn* engagea la conversation sur son terrain favori. Quel soulagement de se retrouver dans une ville qui ne vivait que par et pour le cinéma, de rencontrer des barmen qui ne prenaient pas John Ford pour un constructeur automobile et *Brazil* pour une marque de café. Il éprouvait cette envie de parler à des gens intéressants et de voir des films qui arrivaient rarement jusque dans les pueblos.

Il démontra à son interlocuteur que Kathryn Bigelow était une réalisatrice qui avait des couilles et enroula sa bouche autour du goulot citronné de sa bouteille de bière pour avaler la moitié du contenu. Il tira ensuite une cigarette du paquet qu'il s'était décidé à acheter, franchissant ainsi le pas entre le statut respecté de non-fumeur et celui de pestiféré. Son reflet dans la glace se dissipa derrière un nuage de tabac.

Le barman s'absenta pour un besoin pressant. Henry était seul dans la salle fleurant le frais et le détergent javellisé qui seraient bientôt dénaturés par le rush du Happy Hour. L'horloge indiquait cinq heures moins cinq.

— Bonsoir !

Il se retourna vers la voix féminine et familière, émise par une silhouette qui s'était précipitée dans l'arrière-salle. En un seul mot, il avait identifié la voix d'Anna. Le barman réapparut en remontant sa braguette :

— Vous l'avez vue ?

— Quoi ?

— Eh bien Anna ?

— Elle est passée en coup de vent.

— Elle se change.

Anna se manifesta très vite. En chemise rouge à froufrous et en jupe noire très courte.

— Salut, Stan ! lança-t-elle avant de s'intéresser à Henry.

Elle le reconnut lorsqu'il reposa la bouteille qu'il avait plantée dans sa bouche.

— Henry ?

— Tu es physionomiste.

— Que fais-tu là ?

— Le divin hasard. Nous sommes faits pour nous rencontrer dans les bars. Les contingences, tu ne te souviens pas ?

— Je vais voir ailleurs si j'y suis, dit Stan. Si la clientèle rapplique, sonnez l'alarme.

Il régla la sono et céda sa place à Jim Morrison :

This is the end, beautiful friend.
This is the end, my only friend, the end...

— Pourquoi es-tu partie comme ça, sans rien dire ?

— Que voulais-tu que je dise ?

— Au revoir !

— C'était trop compliqué, Henry. La vie est compliquée. Comment m'as-tu retrouvée ?

— C'est mon métier. La prochaine fois que tu voudras semer un type, choisis un dentiste plutôt qu'un shérif !

— Je n'avais pas mal aux dents.

— C'est vrai, tu avais un problème de visa.

— Viens.

Elle l'attrapa par le bras et l'entraîna vers une table isolée.

— Stan, tu peux reprendre ta place derrière le comptoir ! cria Anna.

— Je vous apporte un café, offert par le Mexicanas !

Anna et Henry s'assirent en s'observant. Elle était encore plus belle. Son costume synthétique exotique n'affectait en rien son pouvoir de séduction. Henry parvenait mal à maîtriser son émotion. Les cheveux hirsutes, la barbe naissante, des cernes prononcés, la chemise froissée, il ressemblait plus à un sans-abri qu'à un animateur de télévision. Heureusement pour lui, Anna les détestait. Il sortit une nouvelle cigarette pour se donner une contenance et demeurer muet, comptant sur elle pour orienter la conversation. Rompant un silence inconfortable, Stan posa deux cafés et Anna une question :

— Tu as des nouvelles de Helen ?

— Elle est morte !

— Quoi ?

— C'est une façon de parler. Helen et moi, c'est fini. J'ai franchi le pas, comme Alceste. Tu te souviens, Al le misanthrope ? Après le divorce, j'ai mis la maison en vente. J'ai rendu mon étoile aussi. Plus de femme, plus de toit, plus de boulot, plus de contraintes.

— Qu'est-ce que tu vas faire ?

Henry voulait la convaincre de vivre avec lui. Sa passion pour Anna débordait de toutes parts, transpirant par ses pores, pompant le sang dans son cœur, liquéfiant les paumes de ses mains, ramenant toutes ses pensées à un seul être aimé. Être aimé. Était-il aimé en retour ? Parmi les métamorphoses qu'il impose au corps, l'amour rend aussi aveugle et Henry n'avait pas envisagé d'évoquer ce doute. Pourtant, dans un éclair de lucidité, il chercha à savoir ce qu'Anna éprouvait pour lui.

— Je vais peut-être investir dans l'écriture. J'ai de la matière maintenant. Et toi ?

— Tu vois, je travaille.

— Le FBI, c'est fini ?

— C'était trop risqué et moins bien payé qu'ici.

— Je me sens un peu désorienté depuis la fin de cette enquête.

— Moi aussi.

— J'avais envie de revenir à Los Angeles.

— Moi aussi.

— Je t'aime, Anna.

— Que veux-tu que je réponde ?

— Tu viens de répondre.

Henry avala son café, écrasa son mégot, posa deux dollars sur la table et se leva. Anna empoigna son avant-bras pour l'inciter à se rasseoir.

— Je ne serais pas une source de bonheur pour toi, Henry.

— Du bonheur ? C'est bon pour les crétins. Ce que tu m'as apporté, c'est du plaisir, de la jouissance, de l'extase ! C'est plus fort que du bonheur ça, non ?

— Donne-moi une cigarette. J'ai un truc à te dire.

Anna bafouilla, sembla chercher ses mots. Elle avala profondément une bouffée de tabac et exhala son malaise en quelques phrases qui résumèrent à Henry le marché qu'elle avait passé avec Brad M.W. Dexter. Il accusa le coup avec fatalisme :

— C'est toute l'histoire de ma vie. Je n'ai jamais été très doué avec les…

— Tiens, j'ai déjà entendu ça.

— … ?…

— Brad. Il avait utilisé la même expression quand il avait commencé à se confier.

— Il s'est passé quelque chose entre vous deux ?

— En dehors du contrat dont je viens de te parler, rien.

— Un contrat ! répéta-t-il ironiquement.

— Comme tu le vois, notre relation était faussée dès le départ. Construire là-dessus n'aurait pas été très… disons moral.

— Qu'est-ce que la morale vient foutre là-dedans ?

— Tu ne crois donc en rien ?

— Si je me souviens bien, Oscar Wilde a dit un jour : « La morale est une attitude que nous adoptons vis-à-vis des gens que nous n'aimons pas. » Et tu sais ce que moi j'ajoute ? « Ce n'est pas parce que Brad M.W. Dexter est un enculé qu'on doit faire vœu de chasteté. »

— Tu as réponse à tout.

Elle regarda sa montre.

— Avant de te laisser travailler, je vais t'avouer une dernière chose. Devant moi, je vois uniquement celle que j'aime. Peu importe qu'elle soit vêtue d'un costume ridicule, qu'elle débarrasse des assiettes sales, qu'elle serve les autres et se soit servie de moi. Ce que je vois, c'est ce que j'ai envie de voir, et j'assume toute l'ambiguïté que revêt une telle affirmation. Chacun de tes défauts m'apparaît comme une qualité. Tu n'es pas prétentieuse, tu es féminine. Tu n'es pas hypocrite, mais comédienne. Ton indifférence est tolérance. Tu es la plus belle femme du monde et je suis un admirateur. Je t'ai touchée, je me suis brûlé, pourtant je ne regrette rien. Si c'était à recommencer, je serais partant, dussé-je employer un agent du FBI comme entremetteur.

Anna n'avait jamais suscité une telle passion. En tout cas, elle n'en avait pas eu conscience jusqu'à ce jour. Il y avait bien Pablo qui l'avait aimée autrefois, mais avec les mains, pas avec les mots, en la possédant, en la défendant de ceux qui l'approchaient, en la jalousant. Nullement comme Henry. Plus sensible à la musique du verbe qu'au silence des actes, Anna était comme beaucoup de femmes. Elle se sentit touchée par cet homme venu d'ailleurs déposer dans son cœur une déclaration d'amour.

— Bon, cette fois, il faut que je te libère, conclut-il en espérant qu'elle le retiendrait à nouveau.

Il se dirigea vers la porte, salua Stan qui servait les premiers clients et s'éloigna dans un flot de piétons fuyant leurs bureaux.

— Henry!

Il se retourna brusquement sur un complet trois pièces qui le heurta de plein fouet dans sa folle course aux dollars. Après que l'homme pressé eut marmonné une injure et que les trente-six chandelles eurent été éteintes, il avisa Anna dans son costume rouge et noir.

— ... Je termine à une heure, cria-t-elle.

Quel futur accorder à cette demi-promesse, dans une ville qui prônait la frivolité et l'inconstance des sentiments? *Carpe noctem*, aurait répondu Horace. Il pointa son pouce en l'air pour signifier qu'il avait compris le message et qu'il serait là. Alangui par la chaleur à l'oxyde de carbone et par une serveuse hollywoodienne, il se laissa balayer par la foule indifférente au dénouement de sa *love story*. Il considéra les gens autour de lui. Pour la première fois depuis des années, il les jugea sympathiques. Il se remit presque à les estimer et à bénir le nom de Brad M.W. Dexter.

92

Ron Sullivan, dont les moustaches s'étaient déroulées jusque dans l'assiette, tournait le dos à l'entrée de la *taqueria* située au sud de Chihuahua où il était venu avaler des *tacos* et des *frijoles*. Il se sentait un peu comme Gregory Peck dans *La Cible humaine*, l'histoire d'un tueur poursuivi par son passé. Penché sur les haricots noirs, il ruminait des idées de la même couleur. Serviteur du Nouveau Testament, croisé de la foi chrétienne, pourfendeur de la licence, mais honni dans sa patrie, il s'accrochait désormais aux versets bibliques en s'efforçant d'y puiser les mots qui l'auraient fait rejoindre le rang des martyrs.

À une table voisine, trois « Barbie » et deux « Ken », vêtus de tee-shirts impeccables et de shorts taillés pour l'aventure, s'esclaffaient bruyamment autour d'une bouteille de *mezcal*. Dire que c'était pour eux qu'il s'était battu, pour sauver les États-Unis de la décadence et de la conspiration internationale, putain de pays qui partait à la dérive, voué à des lendemains sans valeur, ni morale. Il n'y avait plus de nation, plus de drapeau, le retour à la jungle était pour bientôt. Au milieu de cette tourmente préludant l'apocalypse, Ron Sullivan s'était engagé à barrer une arche de Noé, affrétée par le mystérieux Z. Il en avait été réduit à abandonner les siens, à fuir comme un lâche cette Amérique qu'il chérissait, à se cacher au Mexique et à changer de nom. Z l'avait aidé en lui procurant des faux papiers et en lui envoyant de l'argent, le temps que l'affaire se tasse. Ron toucha l'arme qu'il avait glissée sous sa ceinture. Il ne se laisserait pas prendre vivant par ce gouvernement qu'il avait toujours contesté. Il serait mort ou libre.

Victimes des effets hallucinogènes du *mezcal*, les touristes américains, élevés au Coca-Cola, se livraient à des débordements qu'un État civilisé aurait réprouvés sur-le-champ. Les païens se vautraient dans la luxure sous le regard concupiscent de l'aubergiste qui semblait vouer un culte particulier aux seins californiens.

Ron planta sa fourchette dans sa purée de haricots noirs en chassant les mouches qui partageaient son festin fumant. Il n'aimait pas les insectes et, depuis qu'il était au Mexique, il s'était lancé dans une guerre sans merci contre les cancrelats et autres bestioles qui s'acharnaient à le dévorer vivant. Il frappa le coin de sa table bancale, ce qui eut pour effet de tempérer momentanément l'ardeur des noceurs hilares et de faire sursauter la serveuse poilue qui s'endormait debout. Ron apprécia le carnage dans sa paume qui révéla une ligne de vie tachetée de sang. Trois moustiques d'un coup ! Il devenait bon. Il essaya d'en attraper un quatrième qui venait vers son front et ne fit que balayer l'air avant de le sentir se poser sur sa nuque. En voulant le chasser derechef, ses doigts rencontrèrent une bestiole plus grosse que prévue. Longue, froide, dure, métallique comme... le canon d'un pistolet automatique !

Il n'eut pas le temps de saisir son arme, car le déclic de la gâchette parvint plus rapidement à son oreille que sa main à son pantalon. Ron Sullivan pivota lentement vers celui qui le menaçait. Il découvrit un visage inconnu, avec une barbe de plusieurs jours et des yeux rougis par le peyotl ou le manque de sommeil. Le type était jeune et ressemblait à un routard. Mais à la place d'un guide écorné, c'était un Beretta rutilant qu'il tenait. Le visage interrogatif de Ron suscita une explication :

— Alors, Ralph, ces vacances au Mexique ?

— Vous vous trompez de client, vieux, je m'appelle Ron, Ron Sullivan.

— Ron Sullivan, Ralph Tyler, Z ou Jean-Paul II, peu importe l'étiquette, l'essentiel c'est que je reconnaisse ta gueule de salaud. Tu as cru qu'avec des moustaches mexicaines et un nom irlandais tu passerais inaperçu ?

— Qui êtes-vous ?

— Je n'ai pas fait le trajet jusqu'ici pour te raconter ma vie. Plus tard, peut-être, j'écrirai un bouquin sur mes meilleures enquêtes, avec ta tronche en couverture, que je viendrai volontiers te dédicacer en prison. Pour l'instant je veux juste que tu renifles ton assiette de dégueulis et que tu tendes gentiment les bras à travers ton dossier, sans passer par le flingue que tu t'es fait greffer sur la bite.

Ralph Tyler sentit une paire de menottes s'enrouler efficacement autour de ses poignets. Le mystérieux routard le désarma et lui entrava les chevilles au barreau de la chaise avec une seconde paire de menottes.

— Qu'est-ce que vous foutez, merde ?! s'énerva Ralph, jetant un froid dans la touffeur de la *taqueria*.

Une plaque d'identité atterrit à côté de l'assiette de *frijoles*. Ralph reconnut le logo du FBI et lut le nom de l'agent : Brad M.W. Dexter.

— FBI ! C'est une arrestation ! Tout le monde reste à sa place sans bouger !

Après s'être présenté, Brad chuchota à l'oreille de Ralph :

— On s'est déjà parlé au téléphone. C'est moi qui t'avais conseillé de garder la Française en otage. J'avais oublié de te dire merci.

Il l'embrassa sur la joue et jeta sur la table quelques pesos.

— Pour le repas, le pourboire et pour la chaise, dit-il à l'aubergiste qui avait eu son compte de spectacle pour la journée.

L'agent fédéral sortit du restaurant en traînant le prisonnier sur son palanquin de fortune. Réalisant trop tard ce qui lui arrivait, Ralph Tyler tenta vainement de résister. Un touriste californien prit une photo de la scène tandis que la serveuse allait vérifier le montant de l'addition.

— Salaud ! Je vais te crever ! Je ne sais pas quand, ni où, ni comment, ce qui est sûr c'est que je vais te crever !

— Il faudra d'abord que tu fasses de la taule ! Et quand tu sortiras, le monde aura tellement changé que tu ne distingueras pas une arme à feu d'une brosse à dents.

— Flingue-moi tout de suite si t'en as les couilles, conard ! Ou je fumerai ta famille, ton chien, tes voisins, tes amis...

— Épargne ta salive, tu en auras besoin pour l'interrogatoire.

Brad M.W. creusa deux sillons parallèles jusqu'à sa voiture. Il ouvrit le coffre et bascula directement l'ensemble non démonté à l'intérieur. Ralph beugla :

— Comment m'as-tu déniché ? Qui t'a rancardé ?

— Ça m'a pris du temps, bien que ce n'ait pas été compliqué. Il suffisait de se mettre à la place d'un imbécile dans ton genre. En fuyant les States, il était fort probable que tu fonces tout droit au Mexique pour t'arrêter dans la première ville assez grande pour t'y perdre, et suffisamment proche de la frontière pour revenir à n'importe quel moment. En chemin, il m'est revenu à l'esprit une question que tu avais posée à l'une de tes victimes, concernant l'assassinat de Pancho Villa. Ça ne te rappelle rien ? Comment un ignare comme toi pouvait connaître le destin tragique de Pancho Villa ? Dans les livres ? Tu ne lis pas. Au cours d'une conversation ? Ce n'est pas le genre de sujet qu'on aborde dans la police. Alors il m'est venu à l'idée que tu avais sûrement déjà mis les pieds dans la propre ville du guérillero rebelle et que tu y retournerais à l'occasion. Car l'inconnu, c'est pas ton truc, hein, Ralf ? J'ai donc misé sur Chihuahua. Ça tombait bien, c'était sur ma route. Je suis arrivé depuis trois jours et je viens de te surprendre en train de bouffer ici. Fin.

Ralph vociféra un chapelet d'invectives qui disparurent entre le cric et la roue de secours, à la fermeture du coffre.

Brad M.W. Dexter démarra et roula en direction d'El Paso. Sa mission était terminée, son avancement dans la poche, son amour-propre sauvé, Chihuahua débarrassé d'une ordure. Il enfonça la touche de sa radio et fredonna « *Wonderful World* » en compagnie de Sam Cooke.

93

Venus avait enfoui sa menotte rose et tendre dans la paume sèche et rugueuse de son grand-père, qui l'accompagnait vers les écuries.

Le visage grave de la fillette s'éclaira.

— Solo ! s'écria-t-elle en courant vers le cheval alezan retenu dans un enclos.

Elle escalada les rondins de la clôture, pour se hisser à la hauteur de l'animal qui tendait ses naseaux frétillants, et caressa le doux chanfrein, blanc comme une tache de neige.

Zach s'effaça discrètement, respectant les retrouvailles émouvantes des deux compères. Solo avait une valeur inestimable. Jusqu'à récemment, l'amitié infrangible nouée entre sa petite-fille et le cheval lui avait permis de tenir en échec sa fille et son gendre dans leur volonté de couper les ponts. Dorénavant, l'animal aiderait peut-être Venus à oublier cet attentat auquel elle avait miraculeusement échappé.

Les trépignements de Solo et le besoin de se libérer de son oppression la poussaient à s'élancer dans le désert. L'envie de se mettre en selle fut bientôt la plus forte. Elle se tourna pour réclamer la permission. Son grand-père avait déjà disparu.

— Je reviens, Solo, bouge pas !

Elle se rua vers Marvin, le valet d'écurie, qui pansait un mustang. Il ne céda pas à ses instances et lui recommanda d'en parler d'abord à Zach. Elle manquait d'entraînement.

— Je vais le prévenir !

Elle courut vers le ranch et grimpa l'escalier quatre à quatre. Elle se sentait déjà libre comme l'air, sur le dos de sa monture.

En appelant de sa voix d'enfant, elle fit renaître un brin de vie dans l'immense et lugubre demeure où les sourires s'étaient figés sur des photos jaunies, où un vieil homme coulait des jours solitaires depuis le décès de sa femme et le départ de sa fille Nicole à Los Angeles. Comme s'il s'était acharné à endeuiller ce foyer, le sort venait de décider de la mort de cette fille unique ainsi que de celles de son gendre Benjamin et de son petit-fils Jeremy, abattus par une milice.

— Grand-père, grand-père !

Impatiente et déterminée, Venus n'attendit pas sa réponse. Elle se précipita directement dans le bureau au premier étage et poussa la porte en bois, surprenant Zacharie derrière son ordinateur.

— Grand-père, je veux monter Solo !

Zach sembla perturbé.

— Ça va ? s'inquiéta-t-elle en le voyant soucieux. Je ferai attention, je te le jure !

— Je t'y autorise, à condition que Marvin t'accompagne. Cela fait trop longtemps que tu n'as pas chevauché. Il faut être très prudente.

Venus l'embrassa pour le remercier. Son œil gauche fut attiré par l'écran du Macintosh qui affichait une carte de l'Amérique du Nord couverte de points lumineux clignotants.

— C'est quoi ?

— Ça s'appelle « Crusade Game ». C'est un jeu dans lequel les gentils défendent l'Amérique contre les méchants qui veulent la pervertir.

— Ça veut dire quoi « pervertir » ?

— Pervertir, c'est changer le bien en mal.

— Qui c'est qui gagne ?

— Pour l'instant les méchants sont les plus forts. Ils viennent de capturer un gentil qui s'était caché au Mexique. Tu vois, c'est là, son point ne clignote plus. Le méchant a triché, il n'avait pas le droit de traverser la frontière pour arrêter le gentil. Les méchants trichent toujours. Mais la partie n'est pas terminée.

— Et toi, tu es où ?

— Moi, je suis là, dit Zacharie en pointant son doigt sur un point clignotant.

— Là où il y a le Z ?

— Oui, je suis du côté des gentils. Comme toi, ma chérie.

— Je peux jouer alors ?

— Bientôt, quand tu connaîtras bien les règles.

Table

Remerciements de l'auteur

À celles sans qui ce roman serait resté un exemplaire appelé manuscrit :

Corinne, mon épouse, pour son soutien et sa clairvoyance,

Noëlle, mon éditrice, pour son ardeur et son audace.

Pour leurs parts de responsabilité dans l'intérêt que ces pages auront suscité auprès du lecteur.

Philip Le Roy

IMPRESSION : CPI FRANCE
DÉPÔT LÉGAL : JANVIER 2007. N° 91375-3 (2022180)
IMPRIMÉ EN FRANCE